U0140646

林　庚　冯沅君
主编

中国历代诗歌选

先秦至隋代

生活·讀書·新知 三联书店

图书在版编目（CIP）数据

中国历代诗歌选 . 一 , 先秦至隋代 / 林庚 , 冯沅君主编. —北京 : 生活 · 读书 · 新知三联书店 , 2024.1
ISBN 978-7-108-07564-2

Ⅰ . ①中… Ⅱ . ①林… ②冯… Ⅲ . ①古典诗歌－作品集－中国－先秦时代－隋代 Ⅳ . ① I222

中国版本图书馆 CIP 数据核字 (2022) 第 229456 号

特邀编辑 王清溪
责任编辑 柯琳芳 唐明星
装帧设计 康 健
责任印制 卢 岳
出版发行 生活 · 讀書 · 新知 三联书店
（北京市东城区美术馆东街 22 号 100010）
网 址 www.sdxjpc.com
经 销 新华书店
印 刷 河北品睿印刷有限公司
版 次 2024 年 1 月北京第 1 版
2024 年 1 月北京第 1 次印刷
开 本 880 毫米 × 1230 毫米 1/32 印张 9
字 数 185 千字
印 数 0,001－5,000 册
定 价 49.00 元
（印装查询：01064002715；邮购查询：01084010542）

出版说明

该书的主编是林庚和冯沅君两位先生。

林庚（1910—2006），字静希，原籍福建闽侯，生于北京。1933 年毕业于清华大学中文系，留校担任朱自清先生的助教。1937 年后历任厦门大学、燕京大学及北京大学教授。林庚是著名诗人，一面写诗，陆续出版诗集《夜》《北平情歌》《冬眠曲及其他》《空间的驰想》等；一面进行关于新诗格律的理论研究，著有《新诗格律与语言的诗化》。同时，他也是卓有成就的学者，著有《中国文学史》《诗人李白》《唐诗综论》《诗人屈原及其作品研究》《天问论笺》《西游记漫话》等。

冯沅君（1900—1974），原名淑兰，笔名淦女士，原籍河南唐河。1917 年，随长兄冯友兰到北京，考入北京女子高等师范学校。1922 年，考入北京大学国学门研究所。1925 年毕业，先后到金陵大学、中法大学、暨南大学、中国公学大学部、复旦大学、北京大学等校任教。1932 年，同丈夫陆侃如双双赴法留学，1935 年二人均获得巴黎大学文学博士学位。同年回国，冯沅君历任河北女子师范学院、武汉大学、中山大学、东北大学、山东大学教授。冯沅君是曾得到鲁迅先生赞赏的、蜚声20世纪20年代文坛的小说家，著有《卷葹》《劫灰》等。学术研究方面，她在中国诗歌史、戏曲史领域成就突出，著有《近代诗史》《中国文学史简编》《南戏拾遗》《古优解》《古剧说汇》等。

20世纪60年代，时任北京大学古代文学教研室主任的林庚和山东大学古典文学教研室主任的冯沅君接到了教育部下达的一个重点项目，共同主编《中国历代诗歌选》，作为高等学校中文系中国诗歌选课程的教科书。该书分上下两编，依据二人学术侧重的不同，林庚负责上编自先秦至唐五代部分，冯沅君负责下编自宋代至“五四”前部分。两位主编在确定选注原则、选目、体例后，分别带领北京大学和山东大学古代文学教研室的同事，共同编写完成。编写团队中，不乏吴小如、袁行霈等著名学者，而其中，两位主编的功劳自然是主要的。

上编分一、二两册，于1964年1月由人民文学出版社出版，正文繁体横排，扉页有括号注明“本书供高等学校文科有关专业使用”。学者彭庆生评论其“既是一部独具特色的诗歌选本，又是一部自成体系的优秀教材”，“既富有诗人的灵性，又富有学者的卓识，同时也深具教师的匠心”。因为林庚的诗人本色，慧眼独具，发掘出许多被历代选家遗漏的佳作；因为是具有“独立之精神，自由之思想”的学者，所选诗歌洋溢着林庚一生提倡的“少年精神”和“盛唐气象”；因为长期在大学开设历代诗歌选课程，丰富的教学经验保证了该书作为教材的科学性、系统性和完整性。在选目上，既体现了中国诗歌历史发展的全貌，也突出了个别诗体、诗人、流派、风格在某一特定时期的高峰性呈现。此外，该书的作家小传和注解都力求简明扼要，但常有独到之见，给读者更多启迪。

下编出版较晚。陆侃如在《忆沅君》一文中说:“沅君最后几年的精力全滋注在这部教材里，精益求精，一丝不苟。可惜刚打好清样，因‘文化大革命’勃发了，未能及时出版。沅君弥留之际，还在挂念这件事。”袁世硕先生在《缅怀冯沅君师》一文中，回忆自己当年参与《中国历代诗歌选》编写过程中，对吴伟业两首诗的作期，依据常见的资料，做了个大约的推定，并未深究，“但是，冯先生在定稿时却重新进行了认真细致的考定，把有关史实和诗的内容这两个方面联系一起加以考察，推翻了我初稿中的意见，作出了符合实际的推断。当冯先生对我说明这两首诗的作期改动的情况时，特别语重心长地说：做学问是不能粗枝大叶、敷衍了事的，应当严肃认真，一直把问题搞透彻”。从这一事例，可以看到冯沅君一贯的认真严谨和做主编的尽职尽责。1979 年 11 月，下编一、二两册才得以由人民文学出版社出版（正文繁体横排，此次连同上编，统一由古干设计封面，扉页书名上方有“高等学校文科教材”字样），遗憾的是，冯沅君已于 1974 年因病逝世。

该书自出版后，广受各大高校师生及诗歌爱好者的好评，多次重印，并于 1988 年荣获国家教委高等院校优秀教材一等奖。2005 年 2 月，清华大学出版社出版九卷本《林庚诗文集》，收入《中国历代诗歌选》（上编）为第五卷。后于 2006 年 7 月，以单行本形式将《中国历代诗歌选》（上编）分为《中国历代诗歌选·先秦至隋代》和《中国历代诗歌选·唐五代》两种出版，正文改为简体。

这部名家领衔、历久弥新的经典选本在今天仍弥足珍贵，三联书店此次以人民文学出版社 1964 年版和 1979 年版为底本，修订再版，以飨读者。我们基本保留了原版内容全貌，只对少许内容按实际情况做了修订。比如，初版内容注解中记录的行政区划，现有一些由县改为市或者区，甚至有一些改了名字。此次出版都做了相应更新。还对书中的注音进行了整理，尤其是多音字，根据工具书，对不同义项的不同读音进行了核查。此外，对个别难字、生僻字补充了注音。

生活·讀書·新知 三联书店

2023 年 7 月

前 言

本书是为高等学校中文系中国诗歌选课程编写的教科书，考虑到课堂讲授的实际需要及同学们的自学时间，全书共选诗（包括词、曲等）一千首，希望能基本上体现中国古典诗歌优秀的成就。中国是诗的国度，数千年来诗人们的杰出创作美不胜收；在我们选诗的过程中，几次征求意见，都反映有很多好诗未能收入。我们尽量参考了各方面的意见，但是因为只能在一千首内取舍，挂一漏万，仍是在所难免的。我们希望尽可能选思想性艺术性都高的作品，同时为了体现中国古典诗歌全面的成就，以及历代诗歌流派的发展，也选了一部分思想性或艺术性有所偏重的作品。我们的选目一共征求过三次意见，最后才确定下来，今后仍盼多听到大家的意见。

全书包括简略的作家小传在内，连同本文和注解，平均每首诗实际上占六百字左右。这样，注解自然就不能不以简明为主。同时考虑到主讲教师应有发挥的余地，简明也是完全必要的。但课堂上并不是每首诗都能讲到，很多作品还得靠同学们课外自学，而本书也不免还会面对更多的读者，因而一定的串讲也是需要的。我们还试图采用一些注解中含有串讲或串讲中带有注解的办法，但总的说来，是以注解为主，适当地附以串讲。遇有重点疑难时作必要的说明或引证，我们希望尽可能做到不放过任何难点，当然，即使这一部分的文字也是力求精简的。

诗无达诂，又限于时间和水平，我们的注解很难说就都完善。本书虽是教科书，也仍然是只供参考之用，主讲教师还可以按自己认为更好的意见讲解。但从我们编写的过程说，凡有疑难，或历来聚说纷纭，或从来并无注解，或不同于传统成说之处，都经过再三讨论，才作出解释。有时并采用疑似语气，或附有他说以备参考。与讲解有关的重要异文，必要时也附在注后。

本书体例并不规定要有题解，因为很多作品读过之后，往往题意自明，简单的题解反而容易不全面或流于空洞，有时且限制了读者们丰富的体会，所以只是在需要时把它放在第一条注解里面。注解则一律放在本文之后，这对于长诗也许不太方便，但考虑到本书中长诗为数不多，更重要的是好诗不厌百回读，注解只是在最初阶段才特别需要，此后还要能离开注解自行熟读，如果注解夹在中间，反而会感到不能一气呵成了。注解一般是一两句一注，最多不超过四句。读音则只根据今音标注，近来语言学界对于许多古音当时的具体读法究竟如何，颇多怀疑，这里不如从略；至于没有今音的古字，则采取传统上的说法，斟酌标为今音。

中国古代诗歌发展中呈现的形式是丰富多彩的，唐以前先后出现了四言、骚体、五言、七言等，五、七言中又有古、律、绝等体，唐以后则更以诗、词、散曲等三个园地争长媲美。本书体例，在同一作家的作品中也据此依上述顺序分体安排，一体之中斟酌写作年代定其先后，作家则结合生卒年及其主要活动时期依次排列。

本书分为上下两编，上编自周代至唐五代，共五百五十首，下编自宋代至“五四”前，共四百五十首。上编由林庚（北京大学）主编，参加编写的有吴小如、陈贻焮、袁行霈、倪其心。下编由冯沅君（山东大学）主编，参加编写的有关德栋、袁世硕、朱德才、郭延礼、赵呈元。主编人之间，除曾先后三次充分面商一切外，并经常交换情况和意见。选注原则是根据作品选会议上的精神明确的。选目是由上下编主编负责分头拟定后，征求意见，不断修订的。体例是由上编主编先提出草案，然后协商确定的。在工作开始时并曾选出不同作家的作品若干篇，大家均就此作出小传和注解，交流观摩，以便在要求和规格上尽可能取得一致。编写期间，上下编都各自成立了小组。上编方面：林庚负责起草选目，审改初稿，组织讨论，并最后定稿；吴小如担任注解先秦两汉全部作品初稿；倪其心担任注解魏晋南北朝全部作品初稿；袁行霈担任注解初盛唐全部作品初稿；陈贻焮担任注解中晚唐全部作品初稿。四位同志除经常参加讨论外，并协助主编查校材料，互审初稿，誊清部分稿件。此外，李绍广还主动地为上编注出十几首小令的初稿，谨在此表示感谢！下编方面：冯沅君负责起草选目，审改初稿，组织讨论，并最后定稿；此外，还担任注解北宋全部、南宋大部分及金、元全部作品的初稿。赵呈元担任注解陆游作品的初稿及全稿的校对工作；朱德才担任注解辛弃疾、陈亮及明代大部分作品的初稿；关德栋担任注解明清散曲及民歌部分的初稿；袁世硕担任注解刘基、高启、顾炎武及清代大部分作品的初稿；郭延礼担任注解近代全部作品的初稿。以上同志都同样参加小组讨论等工作。此外，还由刘卓平担任抄写全稿及资料的管理工作。

我们在征求对选目的意见时，曾得到多方面热忱的支持，在工作中并得到一些单位和专家们的帮助，稿成后，上编经冯至同志审阅，下编经余冠英同志审阅，谨在此一并深致谢意！盼望此后仍能获得各方面热情的支持，使这书更臻于完善。

〔附记〕

本书上编于 1964 年出版，下编已排好清样，未出版。上编这次重印，做了些许修订。下编这次是初印，亦就原清样做了些修订。

1978 年 12 月

目 录

先　秦

诗　经

《诗经》是我国第一部诗歌总集，共收作品三百零五篇。大部分是民间歌谣，小部分是贵族所作；其中只有极少数作者的名字是可考的。约在公元前六世纪中叶，由当时的统治阶级编纂成书。先秦时代通称为“诗”或“诗三百”；直到汉代以后，这部总集成为儒家的经典，才称为《诗经》。

《诗经》分为“风”“雅”“颂”三部分，都因音乐得名。“风”是地方乐调，共有十五国风，绝大部分是各国民间歌谣。“雅”分大雅、小雅，是周代贵族所作的乐章：“大雅”多朝会燕享之作，“小雅”多个人抒情之作。“颂”是用于宗庙祭祀而兼有舞容的乐歌。

《诗经》是儒家经典之一，后儒的解释各有师承。现存的《诗经》据说是战国时的毛亨和汉代的毛苌所传，因此又叫毛诗。另有齐、鲁、韩三家诗，则已亡佚不传。唐代孔颖达有《毛诗正义》，南宋朱熹有《诗集传》，都是研究《诗经》的重要著作，有通行本可用。

关 雎[1]（周南）

关关雎鸠[2]，在河之洲[3]。窈窕淑女[4]，君子好逑[5]。

参差荇菜[6]，左右流之[7]；窈窕淑女，寤寐求之[8]。求之不得，寤寐思服[9]；悠哉悠哉[10]，辗转反侧[11]。

参差荇菜，左右采之[12]；窈窕淑女，琴瑟友之[13]。参差荇菜，左右芼之[14]；窈窕淑女，钟鼓乐之[15]。

1. 这是祝贺新婚的诗。第一章是祝颂之词，第二章写男子的追求思慕，末章写迎娶时的热闹场面。 2. “关关”：雌雄二鸟相和答的鸣声；“雎”音jū。“雎鸠”，大约是鸠类的鸟。 3. “洲”，水中陆地。 4. “窈窕”，音yǎotiǎo，幽娴的样子。“淑女”，好姑娘。 5.“好逑”，理想的配偶。 6.“参差”，音cēncī，长短不齐；“荇”，音xìng。“荇菜”，一种可以吃的水生植物。 7. “流”，同“摎”，用手捞取。 8. “寤”，音wù，醒来。“寐”，音mèi，睡着。 9.“服”，念。 10.“悠”，忧思深长的样子。 11.“辗转”句：在床上翻来覆去。 12. “采”，同“採”。 13. “琴瑟”句：弹奏琴瑟来同她亲近。 14. “芼”，音mào，同“覒”，用手拔取。 15. “钟鼓”句：敲钟打鼓来使她欢乐。

卷耳[1]（周南）

采采卷耳[2]，不盈顷筐[3]。嗟我怀人[4]，寘彼周行[5]。

陟彼崔嵬[6]，我马虺隤[7]。我姑酌彼金罍[8]，维以不永怀[9]。

陟彼高冈，我马玄黄[10]。我姑酌彼兕觥[11]，维以不永伤[12]。

陟彼砠矣[13]，我马瘏矣[14]！我仆痡矣[15]！云何吁矣[16]！

1. 这是女子怀人的诗。第一章写女子因思念征夫而中止了采卷耳的劳作。后三章从征夫方面写，当思妇携筐采耳之际，正征夫登高望乡饮酒销愁之时。 2.“采采”，采了又采。一说，同“粲粲”，植物鲜明的样子。这里以前说为宜。“卷耳”，菊科植物，叶如鼠耳，嫩苗可食。 3.“盈”，满。“顷筐”，浅的筐子。 4.“嗟”，音 jiē，感叹词。“我”，女子自称。“怀”，怀念。 5.“寘彼”句：由于想念远人竟把筐子放在路边。“寘”，同“置”。“彼”，指筐。“周行”，大道。 6.“陟”，音 zhì，登上。“崔嵬”，音 cuī wéi，有石的山。 7. 自这句以下的“我”，都指征夫，是女子设想之词。“虺隤”，音 huītuí，腿软无力。 8.“姑”，姑且。“金罍”，饰金的酒器，上有云雷形的花纹。“罍”，音 léi。 9.“维”，语助词。“永怀”，长久地怀念。 10.“玄黄”，目眩。 11.“兕”，音 sì，顶生一角的野牛。“兕觥”，用兕角制成的大型酒器。 12.“伤”，忧伤。 13.“砠”，音 jū，多石的山。 14.“瘏”，音 tú，马病。 15.“仆”，仆人。“痡”，音 pū，人病。16.“云”，语助词。“何”，多么。“吁”，同“忏”，忧。

芣苢[1]（周南）

采采芣苢[2]，薄言采之[3]。采采芣苢，薄言有之[4]。

采采芣苢，薄言掇之[5]。采采芣苢，薄言捋之[6]。

采采芣苢，薄言袺之[7]。采采芣苢，薄言襭之[8]。

1. 这是描写妇女采芣苢的民歌。 2.“芣苢”，音 fúyǐ，植物名，即车前子。3.“薄”“言”，都是语助词，“薄”有“就”的意思，“言”有“这么着”的意思。“薄言”，等于说就这么着。 4.“有”，有“取得”的意思。 5.“掇”，音 duō，用手掐。 6.“捋”，音 luō，成把地从茎上握取。 7.“袺”，音 jié，手持衣角兜着东西。 8.“襭”，音 xié，把衣襟掖在带间盛东西。

汉广[1]（周南）

南有乔木[2]，不可休息[3]；汉有游女[4]，不可求思。汉之广矣，不可泳思；江之永矣[5]，不可方思[6]。

翘翘错薪[7]，言刈其楚[8]；之子于归[9]，言秣其马[10]。汉之广矣，不可泳思；江之永矣，不可方思。

翘翘错薪，言刈其蒌[11]；之子于归，言秣其驹[12]。汉之广矣，不可泳思；江之永矣，不可方思。

1. 这是男子求偶苦于不能如愿的恋歌。第一章连用四个比喻，说明女子不可得到。第二、三章设想女子出嫁时割草饲马去亲迎的情形，而自己这愿望却无从实现。 2.“乔木”，高大的树。 3.“休”，同“庥”，庇荫，覆盖。“息”，应据韩诗作“思”，是语尾助词。以上二句说南方有大树，但人们却得不到覆荫。 4.“汉”，水名，自湖北汉阳入长江。“游女”，指凌波水上的女神。 5.“江”，指长江。“永”，长。 6.“方”，用竹或木编成的渡筏。这里是渡过的意思。 7.“翘翘”，众多的样子。“错”，错杂。“薪”，草。 8.“言”，语助词。“刈”，音 yì，割。“楚”，蔓生的草，可以饲马。 9.“之子”，那个女子。“于归”，出嫁。 10.“秣”，用草料饲牲畜。11.“蒌”，音 lóu，也可以读 lú，和下文“驹”叶韵，即蒌蒿，生在水泽中的草。 12.“驹”，两岁的马。

击鼓[1]（邶风）

击鼓其镗[2]，踊跃用兵[3]。土国城漕[4]，我独南行[5]。

从孙子仲[6]，平陈与宋[7]。不我以归[8]，忧心有忡[9]。

爰居爰处[10]，爰丧其马。于以求之[11]？于林之下。

死生契阔[12]，与子成说。执子之手[13]，与子偕老。

于嗟阔兮[14]，不我活兮！于嗟洵兮[15]，不我信兮[16]！

1. 这是卫国士兵因戍边日久嗟怨思家的诗。前二章是从军者自述出征的经过。第三章写军心的涣散。第四章写从军者回忆与妻子分别时的情景。末章写从军者的怨恨。 2.“其”，语助词。“镗”，音 tāng，象声词，鼓声。3.“踊”，平地跳起。“跃”，连跑带跳。“用兵”，使用兵器。 4.“土国”，人们在首都修建土木。“土”，兴建土木。“国”，指卫国首都。“城漕”，人们到漕邑去筑城。“城”筑城。“漕”，卫邑名。 5.“我独”句：唯独我到南方去打仗。宋和陈都在卫国的南面。 6.“从”，跟随。“孙子仲”，人名，当时领兵的统帅。 7.“平陈”句：平定陈、宋两国的纠纷。 8.“不我”句：不让我回来。 9.“有”，语助词。“忡”，音 chōng，心绪不宁。 10.“爰”，于是，又，语助词，通“曰”。“居”，住。“处”，歇下来。 11.“于以”，在哪儿。 12.“死生”二句：“契”，合。“阔”，离。“契阔”，等于说“聚散”。“子”，指从军者的妻。“成说”，曾经约过盟誓，即指下文的“与子偕老”。 13.“执子”二句：追叙临别时执手盟誓的情形。 14.“于”，同“吁”。“吁嗟”，感叹词。“阔”，指戍地遥远。 15.“洵”，同“悬”，久，指戍守时间长久。 16.“不我信”，对我失信，指不能如期遣返。

谷风[1]（邶风）

习习谷风[2]，以阴以雨[3]。黾勉同心[4]，不宜有怒。采葑采菲[5]，无以下体。德音莫违[6]，及尔同死！

行道迟迟[7]，中心有违。不远伊迩[8]，薄送我畿。谁谓荼苦[9]，其甘如荠。宴尔新昏，如兄如弟。

泾以渭浊[10]，湜湜其沚[11]；宴尔新昏，不我屑以[12]。毋逝我梁[13]，毋发我笱。我躬不阅[14]，遑恤我后！

就其深矣[15]，方之舟之；就其浅矣，泳之游之[16]。何有何亡[17]，黾勉求之。凡民有丧[18]，匍匐救之。

不我能慉[19]，反以我为仇。既阻我德[20]，贾用不售。昔育恐育鞫[21]，及尔颠覆；既生既育，比予于毒。

我有旨蓄[22]，亦以御冬。宴尔新昏，以我御穷[23]。有洸有溃[24]，既诒我肄[25]；不念昔者[26]，伊余来塈。

1. 这是弃妇之诗。第一章以风雨起兴，怨故夫的无义；第二章写被弃时情景；第三章以新旧人对比，为被弃后对往日空余眷恋。后三章抚今追昔，回忆昔日持家治生的勤苦，并怨故夫的不念旧情。 2.“习习”，和谐的样子。“谷风”，东风。 3.“以阴”句：借风调雨顺暗示夫妇同心。“以”，为。 4.“黾”音 mǐn。“黾勉”，竭力自勉。 5.“采葑”二句：葑菲的根是主要部分，采葑菲而不取其根是不对的，比喻丈夫娶妻不取其德，因妻子色衰而遗弃她。“葑”，音 fēng，蔓菁，俗名大头芥。“菲”，萝卜。“以”，用，取。“下体”，指葑菲的根。 6.“德音”二句：意思说自己虽然色衰却始终保持着好的品德，愿意同生共死。“德音”，指好的品德。“违”，背弃。“及”，与。“尔”，你。 7.“行道”二句：追述临去时其夫勉强相送的神气。“行道”，走在路上。 8.“不远”二句：写其夫不肯远送，就只送到门口。“伊”，语助词。“迩”，近。“畿”，音 jī，门槛，这里指门口。 9.“谁谓”四句：谁说离别是苦事，其夫却甘之如荠；因为新婚在等待着他。“荼”音 tú，苦菜。“荠”，音 jì，甜味的菜。“宴尔”，欢乐愉快的神气。“昏”，同“婚”。 10.“泾以”句：泾浊渭清，是自古以来的传说。这里泾水喻旧人，渭水喻新人。由于泾、渭合流，泾水才显得浑浊，比喻故夫因有新人才嫌弃自己。泾水、渭水皆发源于甘肃，至陕西高陵合流。 11.“湜湜”句：是说泾水也有清洁的时候。“湜”，音 shí。“湜湜”，形容水清。“沚”，音 zhǐ，一作“止”，这里指澄净的止水。 12.“不我”句：以我为不洁之人。“屑”，洁。 13.“毋逝”二句：写弃妇不能忘情夫家，要求新人不要动自己的东西。“逝”，去到。“梁”，石堰，用以拦水，留缺口以捕鱼。“发”，拨动。“笱”，音 gǒu，一种竹器，摆在鱼梁缺口用来捕捉游鱼。 14.“我躬”

二句："躬"，自身。"不阅"，不为人所容。"遑恤"，何暇顾虑到。"我后"，指自己走后的事。 15."就其"二句：此用渡水比喻持家。下二句同此。"就"，面临。"方"，用筏渡过。"舟"，用船渡过。 16."泳"，潜水渡过。"游"，在水上浮过。 17."亡"，同"无"。 18."凡民"二句，凡邻里有危急之事，都竭力救助。"民"，人，指邻里。"丧"，音 sāng，泛指困难灾祸。"匍匐"，伏地膝行，形容急遽和努力。 19."不我"二句：是说丈夫不爱自己反以自己为仇人。"不我能慉"，即不能慉我。"慉"，音 xù，爱。又据《说文》，上句作"能不我慉"，则"能"同"耐"，忍的意思，是说忍心不爱我，反以我为仇人。 20."既阻"二句：是说故夫既然拒绝自己的好品德，自己因而便像商人卖不出去货一样。"阻"，拒绝。"贾"，音 gǔ，做生意。"用"，因。 21."昔育"四句："育恐"，生活在恐慌里。"育鞫"，生活在穷困里。"鞫"，音 jū，穷困。"及尔"，同你一起度过。"颠覆"，指窘迫的时光。下二句的意思是说现在生活顺适，却把我当作眼中钉。 22."我有"二句："旨"，美好的。"蓄"，腌菜。"御冬"，在冬天备用。 23."以我"句：把我当成在穷困时权且备用的东西。 24."洸"，音 guāng，粗暴的意思。"溃"，愤怒的意思。 25."既诒"句：过去把苦活儿留给我做。"诒"，同"遗"，留给。"肄"，音 yì，劳苦的工作。 26."不念"二句：现在就不想想从前是曾经爱过我的。"来"，语助词。"塈"，音 jì，"炁"的假借字，同"爱"。

静 女[1]（邶风）

静女其姝[2]，俟我于城隅[3]。爱而不见[4]，搔首踟蹰[5]。

静女其娈[6]，贻我彤管[7]。彤管有炜[8]，说怿女美[9]。

自牧归荑[10]，洵美且异[11]。匪女之为美[12]，美人之贻。

1. 这是一首民间情歌，写男子赴密约的喜悦。 2.“静”，幽娴。“姝”，音shū，丽。 3.“俟”，等待。“城隅”，城角幽僻之处。 4.“爱”，“薆”的假借字，隐蔽着。“不见”，没有被发现。 5.“踟蹰”，音 chíchú，走来走去。 6.“娈”，音 luán，美。 7.“贻”，赠。“彤”，红色。“彤管”，未详何物，疑是乐器。 8.“炜”，音 wěi，红而发光。 9.“说”，同“悦”。“说怿”，心喜。“女”，同“汝”，你，指彤管，下同。 10.“牧”，郊外放牧牲畜的地方。“归”，同“馈”，赠。“荑”，音 tí，初生的茅草。 11.“洵”，确实。“异”，好得出奇。 12.“匪女”二句：是说并非荑美，只因为它是美人所赠。“匪”，同“非”。

柏舟[1]（鄘风）

泛彼柏舟，在彼中河[2]。髧彼两髦[3]，实维我仪[4]。之死矢靡它[5]！母也天只[6]！不谅人只[7]！

泛彼柏舟，在彼河侧。髧彼两髦，实维我特[8]。之死矢靡慝[9]！母也天只！不谅人只！

1. 这诗写少女要求婚姻自主，宁死不改其志。 2.“中河”，即河中。 3.“髧”，音 dàn，发向下垂。“两髦”，把头发中分，向两边梳成双髻，是男子未成年时的发式。 4.“维”，语助词，有“独”的意思。“仪”，配偶。 5.“之死”，直到死。“矢”，立誓。“靡”，没有。“靡它”，没有二心。 6.“也”“只”，都是感叹词。 7.“谅”，体谅。 8.“特”，对象。 9.“慝”，音 tè，“忒”的假借字，改变常态。

载驰[1]（鄘风）

载驰载驱[2]，归唁卫侯[3]。驱马悠悠[4]，言至于漕。大夫跋涉[5]，我心则忧。

既不我嘉[6]，不能旋反。视尔不臧[7]，我思不远。

既不我嘉，不能旋济[8]。视尔不臧，我思不闷[9]。

陟彼阿丘[10]，言采其蝱[11]。女子善怀[12]，亦各有行。许人尤之[13]，众稚且狂[14]。

我行其野，芃芃其麦[15]。控于大邦[16]，谁因谁极！

大夫君子，无我有尤[17]！百尔所思[18]，不如我所之。

1. 据《左传》，闵公二年（公元前 660 年）十二月，狄人灭卫，宋桓公立卫戴公于漕邑。戴公在位仅一月即病死，弟文公继立。次年春夏之交，戴公同母姊妹许穆夫人来漕吊唁，并写了《载驰》。这首诗写许穆夫人不顾许国大夫的阻挠而毅然回国，并且主张卫国应立即向大国求援。 2.“载”，且。“驰”，让马奔跑。“驱”，用鞭子赶着马。 3.“归”，回到祖国。“唁”，音 yàn，对失国的诸侯或有丧事的人家表示慰问。“卫侯”，即卫文公。 4.“悠悠”，形容道路遥远。 5.“大夫”，许国的大夫。“跋涉”，奔波。这里指许国的大夫远道奔走，想把许穆夫人追回去。 6.“既不”二句：你们既不同意我，使我不能立即回去。这是对许国的大夫说的。“嘉”，赞同。“旋”，立即。“反”，同“归”。 7.“视尔”二句：你们表示这是不好的，可是不能打断我的想法。“视”，古“示”字。“臧”，善。“远”，离开的意思。 8.“不能”句：不能立即渡河回祖国去。 9.“閟”，音 bì，止。 10.“阿丘”，一面偏高的山。 11.“蝱”，音 méng，“莔”的假借字，药用植物，即贝母，可以治郁闷的病。 12. “女子”二句：女子虽然多愁易感，但也自有她的道理。“善”，多。“行”，音 háng，道理。 13. “尤”，责怪。 14. “众”，指许人。 15. “芃芃”，盛貌。“芃”，音 péng。 16. “控于”二句：意思说卫国理应向大国求援，但究竟凭借谁的力量，到谁那儿去呢！“控”，投奔，赴告。“因”，凭借，依靠。“极”，至，到。 17. “无我”句：不要以为我有什么可责怪的地方。 18. “百尔”二句：你们想出的种种办法，总不如我自己所选择的。“之”，往。

氓[1]（卫风）

氓之蚩蚩[2]，抱布贸丝[3]。匪来贸丝，来即我谋[4]。送子涉淇[5]，至于顿丘[6]。匪我愆期[7]，子无良媒。将子无怒[8]，秋以为期。

乘彼垝垣[9]，以望复关[10]：不见复关，泣涕涟涟[11]；既见复关，载笑载言。尔卜尔筮[12]，体无咎言[13]。以尔车来，以我贿迁[14]。

桑之未落，其叶沃若[15]。于嗟鸠兮[16]，无食桑葚！于嗟女兮，无与士耽[17]！士之耽兮，犹可说也[18]；女之耽兮，不可说也！

桑之落矣，其黄而陨[19]。自我徂尔[20]，三岁食贫。淇水汤汤[21]，渐车帷裳。女也不爽[22]，士贰其行。士也罔极[23]，二三其德！

三岁为妇，靡室劳矣[24]；夙兴夜寐[25]，靡有朝矣[26]！言既遂矣[27]，至于暴矣。兄弟不知，咥其笑矣[28]。静言思之，躬自悼矣[29]！

及尔偕老，老使我怨。淇则有岸[30]，隰则有泮；总角之宴[31]，言笑晏晏[32]，信誓旦旦[33]，不思其反[34]。反是不思[35]，亦已焉哉！

1. 这是弃妇的怨诗。女主人公在未成年时就认识这个男子，由相爱而同居。嫁了三年，男子就变了心。第一、二章，女子追述相爱和同居的经过。第三章自悔轻陷于情。第四章抱怨对方负心。第五、六章，因无所依归而自悲不幸。 2.“氓”，等于说这家伙。“蚩蚩”，同“嗤嗤”，笑嘻嘻地。 3.“布”，古代的货币。“贸”，交易。 4.“来即”句：到我这儿来打主意。“即我”，同我接近。 5.“淇”，卫国的水名。 6.“顿丘”，地名。 7.“愆期”，拖延婚期。 8.“将”，请。 9.“乘彼”句：写女子登墙远望。“乘”，登。“垝”，音 guǐ，颓坏的。“垣”，墙。 10.“复关”，未详。当指男子所居之地。 11.“涟涟”，流泪的样子。 12.“尔”，指男子。“卜”，用龟甲占卦。“筮”，用蓍草占卦。 13.“体”，指卦象。“无咎言”，没有不吉的话。 14.“以我”句：带着我的财物迁了过去。 15.“沃若”，形容桑叶肥硕润泽，比喻情意之盛。 16.“于嗟”二句：据说鸠鸟吃多了桑葚就会昏醉，比喻女子惑于爱情而不能自主。这里反说，表示自悔。 17.“耽”，与“酖”通，指过分沉迷于爱情。 18.“说”，与“脱”通，解脱。下同。 19.“黄”，指桑叶由绿变黄，比喻情意日衰。“陨”，坠。 20.“自我”二句：从我嫁到你家，过了三年穷日子。“徂”，往。“食贫”，吃苦。 21.“淇水”二句：指女子被休弃后渡淇水而归。“汤”，音 shāng。“汤汤”，形容水大。“渐”，浸湿。“帷裳”，车上的布幔。 22.“女也”二句：“不爽”，没有背盟负约。“贰”，应作“貣”，音 tè，同“忒”。“贰其行”，改变了初衷。“行”，音 háng。 23.“士也”二句：“罔极”，无边无际，这里指不着边际、没有准则。“罔”，无。“极”，止。“二三其德”，改变言行。 24.“靡室”句：你不再有家室操作之苦。“靡”，没有。 25.“夙兴”，起得早。“夜寐”，睡得迟。 26.“靡有”句：你从此不用起早。 27.“言既”二句：一切既都听你的，你于是就对我粗暴起来。 28.“咥”，音 xì，讥笑的神气。 29.“躬自”句：自己伤悼自己。 30.“淇则”二句：以河水有畔岸比喻女子有依托。言外指自己失去了倚靠。“隰”，应作“濕（湿）”，即漯河，与淇水同流于卫境。“泮”，音 pàn，同“畔”，边际。 31.“总角”，即《鄘风·柏舟》“髧彼两髦”之意，指男女尚未成年。“宴”，欢乐。 32.“晏晏”，温和可亲。 33.“旦旦”，态度诚恳。 34.“不思”句：不要再想从前的事了。35.“反是不思”，与上句同义。

伯兮[1]（卫风）

伯兮朅兮[2]，邦之桀兮[3]。伯也执殳[4]，为王前驱。

自伯之东[5]，首如飞蓬[6]。岂无膏沐[7]？谁适为容[8]！

其雨其雨[9]！杲杲出日。愿言思伯[10]，甘心首疾[11]。

焉得谖草[12]，言树之背？愿言思伯，使我心痗[13]！

1. 这是妇人思念征夫的诗。 2.“伯”，女子称其夫。“朅”，音 qiè，英武雄伟。 3.“邦之桀”，国中杰出的人才。“桀”，同“杰（傑）”。 4.“殳”，音 shū，兵器名，杖类，长一丈二尺。 5.“之东”，往东方去。 6.“飞蓬”，蓬草遇风，即狂飞四散，比喻女子的乱发。 7.“膏”，润发的油。“沐”，洗头。 8.“谁适”句：打扮好了取悦于谁呢？“适”，悦。“容”，修饰容貌。 9.“其雨”二句：盼望下雨，偏偏出了太阳，比喻事与愿违，丈夫总不回家。“其”，语助词。“其雨”，等于说下雨吧。“杲杲”，音 gǎogǎo，日色光亮。 10.“愿”，望。“言”，语助词，与“焉”相近。 11.“甘心”句：头痛也心甘情愿。“疾”，痛。 12.“焉得”二句：从哪儿能找到忘忧草让我种在北堂下呢？言外指想要忘记心上的事是不可能的。“谖”，音

xuān，忘记。“谖草”，即萱草。“谖”与“萱”同音，故萱草又名忘忧草。“言”，语助词。“树”，种植。“背”，同“北”，这里指北堂，女子所居之地。 13.“心痗”，心里不舒服。“痗”，音 mèi。

君子于役[1]（王风）

君子于役[2]，不知其期[3]。曷至哉[4]？鸡栖于埘[5]，日之夕矣[6]，羊牛下来。君子于役，如之何勿思？

君子于役，不日不月[7]。曷其有佸[8]？鸡栖于桀[9]。日之夕矣，羊牛下括[10]。君子于役，苟无饥渴[11]！

1. 这是思妇之诗。 2.“君子”，女子称其夫。“于役”，在外服劳役。 3.“期”，归期。 4.“曷至哉”，多会儿才回来呢？ 5.“埘”，音 shí，凿墙做成的鸡窠。 6.“日之夕”，天色黄昏时。这正是人和牲畜归来的时候。 7.“不日”句：已不能以日月计算。 8.“曷其”句：多会儿才能团聚呢？“佸”，音 huó，聚会。 9.“桀”，同“榤（jié）”，即“橛（jué）”，木桩。这里指系在木桩顶端的鸡窠。 10.“下括”，指牛羊走下山坡群聚一处。“括”，同“佸”。 11.“苟无”句：只愿他不致忍饥受渴。

大 车[1]（王风）

大车槛槛[2]，毳衣如菼[3]。岂不尔思[4]？畏子不敢！

大车哼哼[5]，毳衣如璊[6]。岂不尔思？畏子不奔[7]！

穀则异室[8]，死则同穴。谓予不信，有如皦日[9]！

1. 这是恋歌。男子想约所爱的女子同逃，但又怕她不敢。 2. “大车”，一种载重的牛车。“槛”，音 kǎn。“槛槛”，象声词，牛车行进时的声音。这里是用车起兴。 3.“毳”，音 cuì，毡类的毛织品。“毳衣”，指车帷。“菼”，音 tǎn，初生的荻草，青白色。 4. “岂不” 二句：“尔思”，想着你。上句的 “尔” 与下句的 “子” 同指一人。 5. “哼”，音 tūn。“哼哼”，象声词。6. “璊”，音 mén，赤色的玉。 7. “奔”，私奔。 8. “穀”，生。 9. “有如” 句：是男子的誓言。“如”，似。“皦”，音 jiǎo，同 “皎”。古人多用日、月、江、河起誓，取人所共鉴之意。

将仲子[1]（郑风）

将仲子兮[2]，无逾我里[3]，无折我树杞[4]。岂敢爱之[5]？畏我父母。仲可怀也[6]；父母之言，亦可畏也。

将仲子兮，无逾我墙，无折我树桑。岂敢爱之？畏我诸兄。仲可怀也；诸兄之言，亦可畏也。

将仲子兮，无逾我园[7]，无折我树檀[8]。岂敢爱之？畏人之多言。仲可怀也；人之多言，亦可畏也。

1. 这是女赠男的情诗。女子怕家里人知道，劝所爱的男子不要到她家里来。2. “将”，请。“仲子”，男子的名字。 3. “里”，五家为邻，五邻为里。里外有墙。"逾里"，指越过里墙。 4."折"，断。越墙而过，容易折断树枝。"杞"，音 qǐ，柳一类的树。"树杞"，指里中栽种的杞树。"树"是动词，这里作定语。 5."爱"，舍不得。"之"，指树。 6."怀"，怀念。 7."园"，园圃。这里指园圃的墙。 8."檀"，树名。

女曰鸡鸣[1]（郑风）

女曰"鸡鸣"[2]，士曰"昧旦"。"子兴视夜[3]，明星有烂。将翱将翔[4]，弋凫与雁。"

"弋言加之[5]，与子宜之[6]。宜言饮酒[7]，与子偕老。琴瑟在御[8]，莫不静好[9]。"

"知子之来之[10]，杂佩以赠之[11]。知子之顺之[12]，杂佩以问之[13]。知子之好之[14]，杂佩以报之[15]。"

1. 这是通过男女对话描写夫妇生活和美的诗。第一章妻子催促丈夫起床出外去射凫雁。第二章夫对妻说，射来凫雁与你共享，饮酒弹琴，和乐偕老。第三章妻对夫说，知道你这样爱我，我把杂佩送给你，报答你的好意。 2."女曰"二句：妻说，鸡叫了。夫说，天快亮了。"昧旦"，天色将明未明之际。 3."子兴"二句：是妻的话。"兴"，起身。"视夜"，观察夜色。"明星"，即金星，又叫启明星，每天早晨众星隐没时出现在东方。"烂"，灿烂发光。 4."将翱"二句：妻说，天亮时凫雁即将飞翔，应该去射它们了。"弋"，音 yì，用生丝作绳，系在箭尾去射鸟。"凫"，音 fú，野鸭。 5."言"，语助词。下同。"加之"，射中它们。 6."与子"句：与你一同吃用凫雁烹成的菜肴。"宜"，作"适"解，指美味适口。 7."宜言"句：

指一面吃适口的美味，一面饮酒。 8.“在御”，把器物陈设在面前。 9.“静好”，安静和乐，指琴瑟音调和谐。这里兼以“琴瑟”喻夫妇，以“静好”喻感情和美。 10.“知子”句：知道你是抚爱我的。“来”，同“勑”，音 lài，抚慰。 11.古人把玉、石、珍珠等形状、质料不同的东西佩带在身上作为饰物，所以叫“杂佩”。 12.“顺之”，顺着我的心意。 13.“问”，赠物表示慰问。 14.“好”，音 hào，恩爱。 15.“报”，赠物表示答报。

褰裳[1]（郑风）

子惠思我[2]，褰裳涉溱[3]；子不我思[4]，岂无他人？狂童之狂也且[5]！

子惠思我，褰裳涉洧[6]；子不我思，岂无他士？狂童之狂也且！

1.这是女子与所爱的男子相调谑的情歌。 2.“子惠”句：如果蒙你见爱而想念我。“子”，指男子。 3.“褰”，音 qiān，提起。“裳”，下裙。“溱”，音 zhēn，水名。它和洧水是郑国两条主要的河流。 4.“子不”二句：如果你不想念我，难道就没有其他的男人吗？ 5.“狂童”句：意思说你这个傻小子多么傻啊。“狂童”，女对男的谑称。“狂”，痴。“童”，等于说“小伙子”。“且”，音 jū，语尾助词。 6.洧，音 wěi，水名。它与溱水汇合于今河南新密附近的大隗镇。

风 雨[1]（郑风）

风雨凄凄[2]，鸡鸣喈喈[3]。既见君子[4]，云胡不夷[5]？

风雨潇潇[6]，鸡鸣胶胶[7]。既见君子，云胡不瘳[8]？

风雨如晦[9]，鸡鸣不已[10]。既见君子，云胡不喜？

1. 这诗写风雨交加的天气，女子正在无聊，意中人忽然来到，因而她高兴起来。 2.“凄凄”，寒凉的意思。 3.“喈”，音 jiē。“喈喈”，和鸣声。 4.“君子”，指女子所想念的男子。 5.“云胡”，怎么。“夷”，平，指心情由焦灼而平静。 6.“潇潇”，急风骤雨声。 7.“胶胶”，鸡鸣声。 8.“瘳”，音 chōu，病愈。这里指心情舒畅，如病霍然而愈。 9.“风雨”句：风雨大作，使天色昏暗如夜晚。“晦”，天黑。 10.“已”，止。

子 衿[1]（郑风）

青青子衿[2]，悠悠我心[3]。纵我不往[4]，子宁不嗣音？

青青子佩[5]，悠悠我思。纵我不往，子宁不来？

挑兮达兮[6]，在城阙兮[7]。一日不见[8]，如三月兮。

1. 这诗写女子在焦灼地等待她的情人来赴约。前二章写女子怪她的情人不来，末章写她在等待时心情的烦乱。 2.“子”，指女子的情人。“衿”，音 jīn，衣领。“青衿”，是周代学子的服装。 3.“悠悠”，形容忧思深长。

4.“纵我”二句：即使我没有去找你，难道你就不捎个信儿来吗？“宁不”，怎不。“嗣”，韩诗作“诒”，寄。“音”，信息。 5.“佩”，指玉佩的绶带。6.“挑兮达兮”，急遽地走来走去。 7.“城阙”，指城门边。“阙”，城门楼。8.“一日”二句：一天不见面就像隔了三个月。

溱 洧[1]（郑风）

溱与洧方涣涣兮[2]，士与女方秉蕑兮[3]。女曰[4]：“观乎？”士曰[5]：“既且[6]。”“且往观乎[7]？”“洧之外洵訏且乐[8]！”维士与女[9]，伊其相谑，赠之以勺药[10]。

溱与洧浏其清矣[11]，士与女殷其盈矣[12]。女曰：“观乎？”士曰：“既且。”“且往观乎！”“洧之外洵訏且乐！”维士与女，伊其将谑[13]，赠之以勺药。

1.这是描写郑国民间风俗的诗。《后汉书·袁绍传》注引《韩诗内传》：“郑国之俗，三月上巳之日，于两水上招魂续魄，拂除不祥。故诗人愿与所说者俱往观也。”三月上巳，三月上旬之巳日，后相沿为三月三日。两水，指溱水和洧水。诗人以旁观者的语气描写男女节日欢聚的盛况。 2.“涣涣”，形容春冰初解，水流充沛。 3.“士与女”，泛指游春的男女们。下句“女曰”“士曰”的“女”和“士”，则专指其中某一对男女。“秉”，拿着。“蕑”，音 jiān，香草名，即生在水边的泽兰。古人采兰于水上，为了拂除不祥。 4.“女曰”二句：写某一女子约她的情人去看热闹。“观”，游赏。5.“士”，指女子的爱人。 6.“既且”，已经去过了。“且”，同“徂”，往。7.“且往”句：再去看看吧。“且”，再。 8.“洵”，确是。“訏”，音 xū，大，指地面宽阔。“乐”，好玩。 9.“维士”二句：“维”“伊”“其”都是语助词。“相谑”，互相调笑。 10.“勺药”，即芍药，三月开花。古代男女彼此赠送芍药是为了厚结恩情。 11.“浏”，形容水清。 12.“殷”，众多。“盈”，充满。 13.“将”，相。

鸡鸣[1]（齐风）

“鸡既鸣矣[2]，朝既盈矣。”“匪鸡则鸣[3]，苍蝇之声。”
“东方明矣[4]，朝既昌矣。”“匪东方则明[5]，月出之光。”
“虫飞薨薨[6]，甘与子同梦。”“会且归矣[7]，无庶予子憎！”

1. 这诗写夫妇对话。妻子怕丈夫误了朝会的时间，催他不要留恋床第，赶快起身。 2.“鸡既鸣”二句：是妻催促丈夫的话。“既”，已。“朝”，朝堂，是群臣朝见国君的地方。“朝既盈”，朝堂上已充满了人。 3.“匪鸡”二句：丈夫回答，并非鸡叫，只是苍蝇的声音。“则”，之。下同。 4.“东方”二句：这是妻再度催促。“昌”，盛。“朝既昌”，朝堂上人已极多。 5.“匪东方”二句：丈夫再度回答，并非天亮，只是月光而已。 6.“虫飞”二句：是丈夫的话。“薨”，音 hōng。“薨薨”，飞虫声。“甘”，乐意。“子”，指妻。“同梦”，共寝。 7.“会且”二句：是妻的话。“会”，朝会。“且归”，指群臣即将散朝归家。“无庶”，可不要。“予子憎”，因为我而使别人憎嫌你。

陟岵[1]（魏风）

陟彼岵兮[2]，瞻望父兮。父曰："嗟予子[3]！行役夙夜无已[4]。上慎旃哉[5]！犹来无止[6]！"

陟彼屺兮[7]，瞻望母兮。母曰："嗟予季[8]！行役夙夜无寐。上慎旃哉！犹来无弃[9]！"

陟彼冈兮，瞻望兄兮。兄曰："嗟予弟！行役夙夜必偕[10]。上慎旃哉！犹来无死！"

1. 这是征人思亲的诗。通过征人的想象反映了他对久役于外的强烈不满。 2. "岵"，音 hù，有草木的山。 3. 以下诸句都是征人在登高望乡时想象他父亲说的话。 4."行役"句：在外服役，不论早晚都没有休息。 5."上"，同"尚"，盼望的意思。"慎"，保重。"旃"，音 zhān，之，语助词。"哉"，啊。 6. "犹来"，还是能回来才好。"无止"，不要长久耽搁在外面。"止"，停留。 7. "屺"，音 qǐ，没有草木的山。 8. "季"，小儿子。 9. "无弃"，不要流落在他乡。 10. "必偕"，必无例外的意思，指与众士卒同辛共苦。

十亩之间[1]（魏风）

十亩之间兮[2]，桑者闲闲兮[3]，行与子还兮[4]。

十亩之外兮[5]，桑者泄泄兮[6]，行与子逝兮[7]。

1. 这是采桑者在收工前招呼伴侣回家的短歌。 2.“十亩之间”，指这一桑园的面积约有十亩。 3.“桑者”，采桑的人。古代采桑者大都是妇女。“闲闲”，轻松从容的样子，形容工作将近尾声。 4.“行”，即将。“还”，归。 5.“十亩之外”，指这个桑园的外面。 6.“泄”，音 yì。“泄泄”，形容人声杂沓，行将归去。《孟子·离娄》：“泄泄，犹沓沓也。”《说文》：“语多沓沓也。” 7.“逝”，往，回去。

伐檀[1]（魏风）

坎坎伐檀兮[2]，寘之河之干兮[3]，河水清且涟猗[4]。不稼不穑[5]，胡取禾三百廛兮[6]？不狩不猎[7]，胡瞻尔庭有县貆兮[8]？彼君子兮[9]，不素餐兮[10]！

坎坎伐辐兮[11]，寘之河之侧兮。河水清且直猗。不稼不穑，胡取禾三百亿兮[12]？不狩不猎，胡瞻尔庭有县特兮[13]？彼君子兮，不素食兮！

坎坎伐轮兮，寘之河之漘兮[14]。河水清且沦猗[15]。不稼不穑，胡取禾三百囷兮[16]？不狩不猎，胡瞻尔庭有县鹑兮[17]？彼君子兮，不素飧兮[18]！

1. 这诗强烈地反映了当时劳动人民对剥削者的憎恨。每章前三句以劳动者在河边伐木起兴，中四句直斥剥削者的不劳而食，末二句表示希望出现真正“不素餐”的“君子”。 2.“坎坎”，伐木声。 3.“寘”，同“置”。“干”，岸。 4.“涟”，指风吹水面，波纹连续不断。“猗”，音 yī，语助词。

5.“稼”，播种。“穑”，音 sè，收成。这里的“稼穑”是从事农业劳动的统称。 6.“胡”，为什么。“禾”，粮食作物的统称。“廛”，音 chán，同“缠”。“三百廛”，三百束。这是泛指数量之多。 7.“狩”，指冬猎。“猎”，指夜里捕捉禽兽。这里的狩、猎泛指打猎。 8.“瞻”，看到。“尔”，指剥削者，即上文“不稼不穑”“不狩不猎”的人。“庭”，院子。“县”，同“悬”，挂。“貆”，音 huān，兽名，俗名獾子。 9.“君子”，作者理想中贤明的执政者。 10.“素餐”，与下文的“素食”“素飧”都是白吃饭的意思，等于说不劳而食。“素”，空，白白地。 11.“辐”，音 fú，车轮中的直木。“伐辐”，与上章“伐檀”互文见义，指伐檀木做车辐。下章“伐轮”义同。12.“亿”，同“繶”，束。 13.“特”，三岁的兽。 14.“漘”，音 chún，水边。15.“沦”，小风吹水成纹。 16.“囷”，音 qūn，同“稛”，束。 17.“鹑”，音 chún，鸟名，即鹌鹑。一说，是雕，一种猛禽。 18.“飧”，音 sūn，熟食。

硕 鼠[1]（魏风）

硕鼠硕鼠[2]，无食我黍。三岁贯女[3]，莫我肯顾[4]。逝将去女[5]，适彼乐土[6]。乐土乐土，爰得我所[7]。

硕鼠硕鼠，无食我麦。三岁贯女，莫我肯德[8]。逝将去女，适彼乐国[9]。乐国乐国，爰得我直[10]。

硕鼠硕鼠，无食我苗。三岁贯女，莫我肯劳[11]。逝将去女，适彼乐郊[12]。乐郊乐郊，谁之永号[13]！

1. 这是反映农民对统治者的沉重剥削表示怨恨的诗。 2.“硕鼠”，大老鼠，比喻剥削者。 3.“三岁”，泛指时间长久。“贯”，侍奉，服务于。“女”，同“汝”，指剥削者。 4.“莫我”句：一点也不肯照顾我们。 5.“逝”，同“誓”，表示坚决的意思。“去女”，离开你。 6.“适”，到。“乐土”，理想的地方。下文“乐国”“乐郊”义同。 7.“爰”，乃，等于说“这才”。“得我所”，获得我们安居的处所。 8.“德”，施以恩惠。 9.“国”，指都城。 10.“直”，当。《礼记·月令》：“先定准直，农乃不惑。”这里指当行之地，与“得所”义同。 11.“劳”，慰劳，抚恤。 12.“郊”，与上章的“国”为对文，指城外郊野之地。 13.“谁之”句：连上文大意是：如果真到了乐郊，谁还长吁短叹呢！“之”，与“其”同义，语助词。“号”，音háo。“永号”，长叹。

葛生[1]（唐风）

葛生蒙楚[2]，蔹蔓于野。予美亡此[3]，谁与独处[4]？
葛生蒙棘，蔹蔓于域[5]。予美亡此，谁与独息[6]？
角枕粲兮[7]，锦衾烂兮。予美亡此，谁与独旦[8]？
夏之日[9]，冬之夜！百岁之后[10]，归于其居[11]。
冬之夜，夏之日！百岁之后，归于其室[12]。

1. 这是妇人哀悼亡夫的诗。前三章，伤悼丈夫长眠地下的孤寂凄凉；后二章，自伤今后的漫长岁月极难熬过。 2.“葛生”二句：“葛”和“蔹”都是蔓生植物，葛依附灌木而生，蔹蔓延在地面上。这里比喻女子依托丈夫而成家室。“蒙楚”，覆盖在楚木上。“蔹”，音liǎn。“蔓”，蔓延地生长。3.“予美”，我所爱的人，指亡夫。“亡”，不在。“此”，这里，指人间。4.“谁与”句：指死者。意思说谁伴他孤独地长眠在这儿呢。 5.“域”，茔域，即葬地。 6.“息”，指寝息。 7.“角枕”二句：“角枕”，用兽角作为装饰的枕头；“锦衾”，锦制的被。枕、衾都是敛埋死者用的东西。“粲”，同“灿”，和“烂”是互文，即灿烂，是形容枕、衾的。 8.“旦”，指从黑夜到天明。 9.“夏之日”二句：指未来的日子。意思说今后不知要熬过多少个夏天的长昼和冬天的长夜。 10.“百岁”句：指死后。 11.“其居”，死者所居之地，指坟墓。 12.“室”，圹穴。

蒹葭[1]（秦风）

蒹葭苍苍[2]，白露为霜[3]。所谓伊人[4]，在水一方[5]。溯洄从之[6]，道阻且长；溯游从之[7]，宛在水中央。

蒹葭凄凄[8]，白露未晞[9]。所谓伊人，在水之湄[10]。溯洄从之，道阻且跻[11]。溯游从之，宛在水中坻[12]。

蒹葭采采[13]，白露未已。所谓伊人，在水之涘[14]。溯洄从之，道阻且右[15]；溯游从之，宛在水中沚[16]。

1. 这是寻访意中人而无所遇的诗。每章前二句写景，点明季节；后六句写寻求“伊人”而无所得。 2.“蒹”，音 jiān，荻苇。“葭”，音 jiā，芦苇。都是水边所生。“苍苍”，形容草木盛多。 3.“为霜”，凝结成霜。 4.“伊人”，那个人。 5.“一方”，另一边。 6.“溯洄”二句：如果沿着曲折的水边去寻找，道路既难走又遥远。“溯”，音 sù，指从岸上向上游走。“洄”，盘旋曲折的水道。“从”，追寻踪迹。“阻”，有障碍。 7.“溯游”二句：如果沿着直流的水边去寻找，那个人却像被水包围，可望而不可即。“游”，与“流”通，指直流的水道。“宛”，仿佛是。“央”，中心地带。 8.“凄凄”，同“萋萋”，形容草盛。 9.“晞”，音 xī，干。 10.“湄”，水边高崖。 11.“跻”，音 jī，地势越来越高。 12.“坻”，音 chí，水中高地。 13.“采采”，与“苍苍”“萋萋”同义。 14.“涘”，音 sì，水边。15.“右”，迂曲。 16.“沚”，音 zhǐ，水中小洲。

无衣[1]（秦风）

岂曰无衣？与子同袍[2]。王于兴师[3]，修我戈矛[4]；与子同仇[5]。

岂曰无衣？与子同泽[6]。王于兴师，修我矛戟[7]；与子偕作[8]。

岂曰无衣？与子同裳。王于兴师，修我甲兵；与子偕行。

1. 这是反映战士友爱和慷慨从军的军歌。 2.“袍”，穿在外面的长衣。3.“于”，语助词，同“曰”。 4.“修”，整顿。“戈”“矛”，长柄兵器名。戈平头，有旁枝；矛头尖锐。 5.“与子”句：等于说你的仇人就是我的仇人。 6.“泽”，同“襗”，穿在里面的汗衣。 7.“戟”，长柄兵器，有横直两锋。 8.“偕”，共同。“作”，起，这里指军队出发。

七月[1]（豳风）

七月流火[2]，九月授衣[3]。一之日觱发[4]，二之日栗烈[5]；无衣无褐[6]，何以卒岁！三之日于耜[7]，四之日举趾[8]；同我妇子，馌彼南亩[10]。田畯至喜[11]。

七月流火，九月授衣。春日载阳[12]，有鸣仓庚[13]。女执懿筐[14]，遵彼微行[15]，爰求柔桑[16]。春日迟迟[17]，采蘩祁祁[18]。女心伤悲，殆及公子同归[19]。

七月流火，八月萑苇[20]。蚕月条桑[21]，取彼斧斨[22]，以伐远扬[23]，猗彼女桑[24]。七月鸣鵙[25]，八月载绩[26]。载玄载黄[27]，我朱孔阳，为公子裳。

四月秀葽[28]，五月鸣蜩[29]。八月其获[30]，十月陨萚[31]。一之日于貉[32]：取彼狐狸，为公子裘。二之日其同[33]，载缵武功[34]。言私其豵[35]，献豜于公。

五月斯螽动股[36]。六月莎鸡振羽[37]。七月在野[38]，八月在宇，九月在户，十月蟋蟀入我床下。穹窒熏鼠[39]，塞向墐户[40]，嗟我妇子，曰为改岁[41]，入此室处[42]。

六月食郁及薁[43]。七月亨葵及菽[44]。八月剥枣[45]，十月获稻：为此春酒[46]，以介眉寿[47]。七月食瓜，八月断壶[48]，九月叔苴[49]。采荼薪樗[50]，食我农夫。

九月筑场圃[51]，十月纳禾稼[52]。黍稷重穋[53]，禾麻菽麦。嗟我农夫，我稼既同[54]，上入执宫功[55]！昼尔于茅[56]，宵尔索绹[57]。亟其乘屋[58]，其始播百谷。

二之日凿冰冲冲[59]，三之日纳于凌阴[60]。四之日其蚤[61]，献羔祭韭[62]。九月肃霜[63]，十月涤场[64]。朋酒斯飨[65]，曰杀羔羊。跻彼公堂[66]，称彼兕觥[67]，“万寿无疆[68]”！

1. 这是叙述农民全年劳动的诗。第一章总括全篇，从冬寒写到春耕；第

二、三章写妇女蚕桑之事；第四章写农闲冬猎；第五章写农民准备御寒过冬；第六章写副业生产；第七章写农民收完庄稼还要服劳役；第八章写年终的宴饮。从这些描写中可以看出周代农民生活的剪影。 2.“七月”，指夏历七月，暑去秋来。以下的月份都是指夏历。“流”，向下降行。“火”，星名，又叫大火。每年夏历六月，这星出现在正南方，方向最正而位置最高。到七月，就偏西而下行，所以叫“流”。 3.“授衣”，把裁制冬衣的工作交给妇女们去做。 4.“一之日”，周历正月，即夏历十一月的日子。下文“二之日”“三之日”“四之日”以此类推，指夏历十二月至二月。“觱发”，音 bìbō，寒风触物声。 5.“栗烈”，同“凛冽”，空气寒冷。 6.“无衣”二句：意思说如果没有寒衣那怎么过冬。“褐”，粗毛布。“卒岁”，度过一年。 7.“于”，为，这里指修理。“耜”，音 sì，翻土用的农具。 8.“举趾”，迈步下田。“趾”，足。 9.“同”，集合。“我”，农民的家长自称。“妇子”，妇女和小孩。 10.“馌”，音 yè，送饭。“南亩”，垄埂南北向的田地。 11.“田畯”，贵族统治者派到乡下来的农官。“畯”，音 jùn。“至”，来到田间。“喜”，看到农民劳动而欢喜。 12.“载”，语助词。“阳”，动词，天气转暖。 13.“仓庚”，鸟名，即黄莺。 14.“懿筐”，深筐。懿，音 yì。 15.“遵”，顺着，循着。“微行”，小路。“行”，音 háng。 16.“爰”，语助词。“求”，寻求。“柔桑”，嫩桑叶。 17.“迟迟”，指昼长，日落很晚。 18.“蘩”，菊科植物。煮蘩浇蚕则易出。“祁祁”，形容繁多。 19.“殆及”句：是说女子怕贵族公子胁迫她一同归去。“殆”，将。“及”，与。 20.“萑苇”，芦苇一类的草，可以制蚕箔。“萑”，音 huán。 21.“蚕月”，开始养蚕的月份，指夏历三月。“条桑”，修剪桑枝。 22.“斨”，音 qiāng，方孔的斧。 23.“以伐”句：砍去扬起的伸得远的桑枝。 24.“猗”，同“掎”，音 jǐ，牵引，攀曳。“女桑”，即柔桑。 25.“鵙”，音 jué，鸟名，又叫伯劳。 26.“绩”，纺织。 27.“载玄”三句：意思说把布织好染成黑、黄、红色，给贵族公子做衣裳。“玄”，黑红色。“朱”，正红色。“孔”，非常。“阳”，色彩鲜艳。 28.“秀”，动词，植物结子。“葽”，音 yāo，植物名，又叫远志。味苦，可入药。“秀葽”，远志结子了。 29.“蜩”，音 tiáo，蝉。 30.“其获”，开始收成。 31.“陨”，音 yǔn，坠落。“萚”，音 tuò，草木的落叶。 32.“貉”，与“祃”通，音 mà。古代射猎前演习武事的礼叫貉祭或祃祭。“于貉”，举行貉祭。“于”，为。 33.“其同”，指狩猎前开始会合人众。 34.“载缵”句：在貉祭之后继续进行畋猎之事。“载”，语助词。“缵”，音 zuǎn，继续。“武功”，指畋猎。 35.“言私”二句：把小兽留给自己，把大兽献给公家。“言”，语助词。“私”，私人占有。“豵”，音 zōng，一岁的小猪，这里泛指小兽。“豜”，音 jiān，三岁的大猪，这里泛指大兽。 36.“斯螽”，蝗类鸣虫。“螽”，音 zhōng。“动股”，两股相摩擦发出声音。 37.“莎鸡”，虫名，即纺织娘。“莎”，音 suō。“振羽”，鼓翅发声。 38.“七月在野”四句：主语都是“蟋蟀”，前三句省略。“野”，田野。“宇”，檐下。“户”，门口。 39.“穹窒”句：把屋里的空隙堵塞起来，然后用火熏老鼠。“穹”，音 qióng，空隙。“窒”，音 zhì，堵塞。 40.“塞”，堵。“向”，朝北的窗。“墐户”，用泥涂门。古代农村多编竹木为门，冬天必须涂泥以御寒气。“墐”，音 jìn，用泥涂抹。 41.“曰为”句：意思说又将是新的一年了。“曰”，语助词。 42.“入此”句：说农民到了冬天过室内生活。“处”，居住。 43.“郁”“薁”，都是植物，果实可吃。郁实似李子，“薁”，音 yù，实如桂圆。 44.“亨”，同“烹”。“葵”，菜名。“菽”，豆类总称。 45.“剥”，同“扑”，敲击。 46.“春酒”，冬天酝酿、经春始成的酒。上文的“枣”“稻”都是酿酒的原料。 47.“以介”句：意思说敬酒祈人长寿。“介”，同“丐”，祈求。据说老人眉上有长的毫毛，所以称长寿为“眉寿”。 48.“壶”，大葫芦。 49.“叔”，拾取。“苴”，音 jū，麻子，可吃。 50.“采荼”二句：采荼当菜吃，用樗木当柴烧，来养活我们农民。“荼”，音 tú，苦菜。“樗”，音 chū，木名，即臭椿，木质极劣。“食”，音 sì，养活。 51.“筑”，把土培平。“场圃”，晒打粮食的空地。 52.“纳”，把粮收入仓中。 53.“黍稷”二句：分说入仓的各种粮食作物。“黍”，小米。“稷”，高粱。“重穋”，同“穜稑”，音 tónglù。先种后熟的作物叫“穜”，后种先熟的作物叫“稑”。 54.“同”，集中，指把各种作物集中入仓。 55.“上入”句：还要到贵族的家里去服劳役。“上”同“尚”，还得。“执”，执行。“宫”，贵族统治者的住宅。“功”，指各种劳役。下文的“于茅”“索绹”就是其中一项。 56.“尔”，语助词。“于茅”，整治茅草，为了做绳子。 57.“宵”，晚上。“索绹”，搓绳子。绹，音 táo。 58.“亟其”二句：意思说必须赶快上房修屋顶，否则又要开始下田播种庄稼了。“亟”，赶快。“乘”，登，升。 59.“冲冲”，打冰的声音。 60.“凌阴”，即冰窖。“凌”，冰。“阴”，同“窨”，地窖。 61.“蚤”，同“早”，指贵族统治者每年夏历二月朔日（初一）所行的祭祖仪式，即下文的“献羔祭韭”。 62.“羔”，小羊。“韭”，韭菜。都是祭品。 63.“霜”，同“爽”。“肃霜”，天高气爽。 64.“场”，同“荡”。“涤场”，指木叶尽脱，天空澄净。65.“朋酒”，两樽酒。“斯”，语助词。“飨”，同“享”，享用。 66.“跻”，音 jī，升。“公堂”，古代农村的公共场所，类似后世的乡公所。 67.“称”，举杯敬酒。“兕觥”，见前《卷耳》注。 68.“万寿”句：祝颂的话。“疆”，止境。

鸱鸮[1]（豳风）

鸱鸮鸱鸮[2]，既取我子[3]，无毁我室。恩斯勤斯[4]，鬻子之闵斯[5]！

迨天之未阴雨[6]，彻彼桑土[7]，绸缪牖户[8]。今女下民[9]，或敢侮予！

予手拮据[10]，予所捋荼[11]，予所蓄租[12]。予口卒瘏[13]，曰予未有室家[14]。

予羽谯谯[15]，予尾翛翛[16]。予室翘翘[17]，风雨所漂摇[18]。予维音哓哓[19]！

1. 这是我国最早的禽言诗。诗中以一只哀怨劳苦的雌鸟作为主人公，写它在艰苦处境中辛勤地营筑巢室。《尚书·金縢篇》说是周公写给成王看的，恐不可信。 2.“鸱鸮”，音 chīxiāo，即猫头鹰。 3.“既取”二句：雌鸟对鸱鸮说，你既夺取了我的孩子，就不要再毁坏我的巢室了。“子”，指雏鸟。“室”，指鸟巢。 4.“恩”，同“殷”。“殷勤”，辛辛苦苦。“斯”，语助词。 5.“鬻子”句：我为抚育小鸟都累病了。“鬻”，同“育”。“闵”，病。 6.“迨”，及，趁着。 7.“彻”，裂取。“土”，“杜”的假借字。“桑土”，即桑根，用它的皮可以做窠。 8.“绸缪”，缠缚。“缪”，音 móu。“牖”，音 yǒu，窗。这里的“牖户”指鸟巢的空隙处。 9.“今女”二句：现在你们这些住在下面的人，还有谁敢欺侮我吗。“女”，同“汝”。“民”，人。“下民”，指人类。鸟居树上，所以视人类所居的地方为“下”。“侮”，指人类向鸟巢中投石、取卵等行动。 10.“拮据”，手爪因劳累而拘挛。 11.“所”，尚。“捋”，取。“荼”，茅草的花。“捋荼”是为了垫巢。12.“蓄”，积聚。“租”，同“苴”（jū），垫巢用的草。 13.“卒”，同“悴”。“卒瘏”，口因衔物太劳累而病。瘏，音 tú，病。 14.“曰予”句：意思是说我的巢还没有造好。“曰”，同“聿”，语助词。“室家”，指巢。 15.“谯谯”，形容羽毛稀少。“谯”，音 qiáo。 16.“翛翛”，干枯无润泽之色。“翛”，音 xiāo。 17.“翘翘”，形容高而危险。翘，音 qiáo。 18.“风雨”句：是说巢有被风所摇撼、被雨所漂走的危险。 19.“哓哓”，因恐惧而发出的哀鸣。“哓”，音 xiāo。

东山[1]（豳风）

我徂东山[2]，慆慆不归[3]。我来自东[4]，零雨其濛[5]。我东曰归[6]，我心西悲。制彼裳衣[7]，勿士行枚。蜎蜎者蠋[8]，烝在桑野[9]。敦彼独宿[10]，亦在车下。

我徂东山，慆慆不归。我来自东，零雨其濛。果臝之实[11]，亦施于宇。伊威在室[12]，蟏蛸在户[13]。町畽鹿场[14]，熠耀宵行[15]。不可畏也[16]，伊可怀也！

我徂东山，慆慆不归。我来自东，零雨其濛。鹳鸣于垤[17]，妇叹于室[18]。洒扫穹窒[19]，我征聿至。有敦瓜苦[20]，烝在栗薪；自我不见，于今三年！

我徂东山，慆慆不归。我来自东，零雨其濛。仓庚于飞[21]，熠耀其羽。之子于归，皇驳其马[22]。亲结其缡[23]，九十其仪[24]。其新孔嘉[25]，其旧如之何！

1. 这是久戍的士卒在归途中思家的诗。第一、二章写思念家园，第三、四章写思念妻室。　2.“徂”，往。“东山”，诗中军士戍守的地方。　3.“慆慆”，久久。“慆”，音 tāo。　4.“来自东”，从东方来。　5.“零雨”句：等于说下着蒙蒙细雨。“零雨”，小雨。　6.“我东”二句：我在东山要回去的时候，我的心已西向而悲了。“曰”，语助词。　7.“制彼”二句：意思是说从此可以制作普通的服装来穿而不必再从事军旅生活了。“裳衣”，指普通平民的服装。“士”，同“事”，从事于。“枚”，筷子似的短木。“行枚”，即横枚。古人行军，口中横衔着一根枚，为了防止出声音。这里是军旅生活的代称。 8. “蜎蜎”，蚕蠕动的样子。“蜎”，音 yuān。“蠋”，音 zhú，桑间野蚕。 9. “烝”，在尘土中暴露着。 10. “敦彼”二句：意思说军士独宿在车下，同桑间的蠋一样。“敦”，音 tuán，本指圆形，这里形容人蜷曲着身子睡觉，缩成一团。 11. “果臝”二句：是说田间蔓生的植物都蔓延到屋檐下来了。“果臝”，即瓜蒌，葫芦科植物。“臝”，音 luǒ。“施”，音 yì，蔓延。 12. “伊威”，即蛜蝛，虫名，灰色多足，生在潮湿的地方。 13. “蠨蛸”，音 xiāoshāo，即蟢（xǐ）蛛。 14. “町畽”句：意思说自己的住处成为野鹿经行的场地了。“町畽”，音 tǐngtuǎn，平地被兽蹄践踏的地方。 15. “熠耀”，音 yìyào，闪闪发光。“宵行”，即磷火。以上六句都是设想自己家园的荒凉景象。 16. “不可畏也”二句：意思说上述景象未尝不可怕，但对自己说来却更可怀念。“伊”，语助词。 17.“鹳”，音 guàn，水鸟名，似鹤。“垤”，音 dié，小土堆。 18. “妇”，指征夫的妻。“叹于室”，在家里因想念丈夫而长叹。以下六句都是征夫设想自己的妻在家盼望的情形。 19. “洒扫”二句：是说妻收拾房屋等待丈夫回来。“穹窒”，见《七月》注。“聿至”，就要到家了。 20. “有敦”二句：是说圆圆的匏瓜搁在束薪上已经很久了。这是回忆初婚时景象。“敦”，音 tuán，形容瓜圆。“苦”，同“瓠”。“瓜苦”，即瓠瓜，也就是匏瓜，这里指用匏瓜一剖为二的酒瓢。古代结婚时行合卺礼，夫妇合持一瓢，盛酒漱口。“栗”，同“蓼（liǎo）”。“栗薪”，即束薪，古代行婚礼时所用。 21.“仓庚”二句：起兴，以下乃是征夫回想当初新婚时的情形。 22. “皇”，黄白色。“驳”，赤白色。“马”，男子结婚时亲迎所用。 23. “亲”，指女子的母亲。“缡”，音 lí，佩巾。古代嫁女，由母亲给女儿系同心结。 24. “九十”句：形容婚礼的细节繁多。“九十”，表示极多。以上四句是征夫回忆初婚时景象。25. “其新”二句：意思说妻在新婚时非常美丽，现在过了这样久，不晓得怎么样了。“孔”，非常。“嘉”，美。“旧”，同“久”。

采薇[1]（小雅）

采薇采薇[2]，薇亦作止[3]。曰归曰归[4]，岁亦莫止。靡室靡家[5]，狎狁之故[6]。不遑启居[7]，猃狁之故。

采薇采薇，薇亦柔止[8]。曰归曰归，心亦忧止。忧心烈烈[9]，载饥载渴[10]。我戍未定[11]，靡使归聘。

采薇采薇，薇亦刚止[12]。曰归曰归，岁亦阳止[13]。王事靡盬[14]，不遑启处[15]。忧心孔疚[16]，我行不来[17]！

彼尔维何[18]？维常之华[19]。彼路斯何[20]？君子之车[21]。戎车既驾，四牡业业[22]。岂敢定居[23]，一月三捷！

驾彼四牡，四牡骙骙[24]。君子所依[25]，小人所腓。四牡翼翼[26]，象弭鱼服[27]。岂不日戒[28]，猃狁孔棘[29]！

昔我往矣[30]，杨柳依依；今我来思[31]，雨雪霏霏。行道迟迟，载渴载饥。我心伤悲，莫知我哀！

1. 这诗反映了西周时代的戍卒生活。当时因防御猃狁而派兵戍边，这些兵卒在归途便写诗追述遣戍时的苦况。诗中前三章首二句都是追叙初戍时情景。 2.“薇”，野生的豆科植物，苗可食。 3.“亦”，语助词。“作”，苗长。“止”，语尾助词。 4.“曰归”二句：意思说要回去要回去，总不能实现，而一年又快完了。“曰”，语助词。“莫”，同“暮”。岁暮，年终。 5.“靡室”句：是说征人远戍于外，有家等于无家。“靡”，无。 6.“猃狁”，音xiǎnyǔn，西周时住在西北的民族名，就是秦、汉时代的匈奴。 7.“不遑”句：等于说来不及休息。“遑”，暇。“启”，跪。“居”，安坐。古人不论跪或坐都两膝着地。跪时腰部伸直，臀部离开足跟；坐时就把臀部贴在足跟上。“启”指前者，“居”指后者。这里连用，指安定下来的意思。 8.“柔”，柔嫩。春天薇初生时柔嫩可食。 9.“烈烈”，像火烧一样。 10.“载饥”句：又饿又渴。“载”，语助词。 11.“我戍”二句：我驻防的地点总不能固定，无法使人捎信回去。“聘”，问，指对家人的问候。 12.“刚”，粗硬。 13.“阳”，指夏历十月。 14.“盬”，音 gǔ，止息，闲暇。 15.“启处”，与“启居”同义。 16.“孔”，非常。“疚”，音 jiù，痛苦。 17.“我行”句：从我行军之后，一直无人慰问。“来”，慰问。 18.“彼尔”句：那盛开的是什么花？“尔”，同“薾”，音 ěr，花朵盛开。“维何”，是什么。 19.“维常”句：那是常棣的花。“常”，即常棣，植物名。花两三朵成一缀，开时向下垂，果实像李子。“华”，同“花”。 20.“彼路”句：那个高大的是什么车？“路”，同“辂”，形容车身高大。“斯何”，与“维何”同义。 21.“君子”，指军中主帅。“车”，兵车，即下文的“戎车”。 22.“四牡”，指驾车的四匹雄马。“业业”，形容马身体高大。 23.“岂敢”二句：意思说一个月里面同敌人接触好多次，怎么敢在固定的地方住下。“三”，泛指次数的频繁。“捷”，与“接”通，指彼此接战。 24.“骙骙”，形容马强壮。“骙”，音 kuí。 25.“君子”二句：是说戎车是主帅所乘，也是兵卒借以隐蔽的东西。“依”，乘。“腓”，音 féi，隐蔽。古代是车战，主帅在车上指挥，步兵随在车后，以车身为掩护。 26.“翼翼”，行列整齐。 27.“象”，象牙。“弭”，音 mǐ，弓两端受弦的地方，是用象牙做的。“服”，同“箙”，盛箭的器具，是用沙鱼皮做的。“弭”和“服”都是主帅所有。 28.“日戒”，每日戒备。 29.“孔棘”，非常吃紧。“棘”，同“亟”，紧急。 30.“昔我”二句：是说出征时是春天。“依依”，形容柳条迎风摆动。 31.“今我”二句：是说归来时是冬天。“思”，语助词。“雨”，动词。“雨雪”，落雪。“霏霏”，形容雪下得很大。

无 羊[1]（小雅）

谁谓尔无羊[2]？三百维群[3]。谁谓尔无牛？九十其犉[4]。尔羊来思，其角濈濈[5]；尔牛来思，其耳湿湿[6]。

或降于阿[7]，或饮于池，或寝或讹[8]。尔牧来思[9]，何蓑何笠[10]，或负其糇[11]。三十维物[12]，尔牲则具[13]。

尔牧来思，以薪以蒸[14]，以雌以雄[15]。尔羊来思，矜矜兢兢[16]，不骞不崩[17]。麾之以肱[18]，毕来既升[19]。

牧人乃梦：众维鱼矣[20]，旐维旟矣[21]。大人占之[22]：众维鱼矣，实维丰年；旐维旟矣，室家溱溱[23]。

1. 这是歌咏领主牛羊繁盛的诗。 2.“尔”，指牛羊的所有者。 3.“三百”句：三百只羊是一群。“维”，即“为”。 4.“九十”，见《东山》注。“犉”，音rún，七尺的牛。 5.“濈濈”，形容群角聚集在一起。“濈”，音jí。 6.“湿湿”，牛耳摇动的样子。 7.“阿”，丘陵。 8.“讹”，同“吪”，动，这里指睡醒。以上三句写牛羊的动态。 9.“牧”，牧牛羊的人。 10.“何”，同“荷”，担在肩头。“蓑”，遮雨的蓑衣。“笠”，遮日的笠帽。 11.“糇”，音hóu，干粮。以上二句写牧者的形象。 12.“三十”句：是说牛羊的毛色有三十种之多。“物”，毛色。 13.“牲”，牺牲，供祭祀用的牲畜。“具”，具备，无所不备。 14.“以薪”句：指牧者为牛羊选择有牧草的地方。“薪”，指草料。“蒸”，细小的薪。 15.“以雌”句：指牧者为牛羊分别雌雄。 16.“矜矜”，小心拘束的样子。“兢兢”，战战兢兢，唯恐失群。 17.“骞”，指一羊离群独行。“崩”，指群羊溃散。 18.“麾之”句：牧者用胳臂一挥。

“麾”，同“挥”。“肱”，音 gōng，胳臂由肘到肩的部分。 19.“毕来”句：牛羊都跟着走上来了。“毕”“既”，都，尽。“升”，指升于高处，对上文“降”“饮”等句而言。 20.“维”，语助词。“众维鱼”，鱼众多。旧说以为象征丰年。 21.“旐”，音 zhào，通“兆”，十亿，这里是多的意思。“旟”，音 yú，画有鸟隼图案的旗。《周礼·春官·司常》：“州里建旟。”旟多象征人丁兴旺。 22.“大”，同“太”。“大人”，即太卜，古代占梦的官。 23.“室家”句：指家族人丁旺盛。“溱溱”，音 zhēnzhēn，同“蓁蓁”，形容众多。

大东[1]（小雅）

有饛簋飧[2]，有捄棘匕[3]。周道如砥[4]，其直如矢。君子所履[5]，小人所视。睠言顾之[6]，潸焉出涕[7]。

小东大东[8]，杼柚其空[9]。纠纠葛屦[10]，可以履霜。佻佻公子[11]，行彼周行。既往既来[12]，使我心疚。

有洌氿泉[13]，无浸获薪[14]。契契寤叹[15]，哀我惮人[16]。薪是获薪[17]，尚可载也。哀我惮人[18]，亦可息也。

东人之子，职劳不来[19]。西人之子[20]，粲粲衣服[21]。舟人之子[22]，熊罴是裘[23]。私人之子[24]，百僚是试[25]。

或以其酒[26]，不以其浆；鞙鞙佩璲[27]，不以其长。维天有汉[28]，监亦有光[29]。跂彼织女[30]，终日七襄[31]。

虽则七襄，不成报章[32]。睆彼牵牛[33]，不以服箱。东有启明[34]，西有长庚，有捄天毕[35]，载施之行[36]。

维南有箕[37]，不可以簸扬。维北有斗[38]，不可以挹酒浆。维南有箕，载翕其舌[39]；维北有斗，西柄之揭[40]。

1. 这是东方诸侯之国的臣民怨刺周室的诗。自第一章至第五章上半篇以周人的生活同东人对比，写东人的困苦和怨恨；自第五章后半至第七章以天上的星宿为比喻，讥刺窃据高位的剥削者虚有其名而无恤民之实。 2. “有饛”句：是说簋中盛满了食品。“饛”，音 méng，形容食物装得很丰满。“簋”，guǐ，盛食品的器具。“飧”，熟食。 3. “捄”，同“觩”，音 qiú，形容匕柄曲而长的形状。“棘”，酸枣木。“匕”，音 bǐ，即羹匙。“棘匕”，酸枣木制的匙。以上二句指剥削者饮食丰足。 4. “周道”，即“周行”，大路。“砥”，磨刀石。“如砥”，形容道路平坦。 5. “君子”二句：意思是说，“君子”的一举一动都是“小人”注视的。“君子”，指周之贵族。“小人”，泛指一般平民，包括东人。“履”，经行，走过。 6. “睠言”句：指作者怀着东方臣民的心情看了又看。“睠”，同“眷”，《说文》：“眷，顾也。” 7. “潸”，音 shān，形容流泪很多。 8. “小东”句：指东方的小国、大国。它们是周天子的藩属。 9. “杼柚”句：所有织布机上的布都被搜括一空。“杼”，音 zhù。“柚”，同“轴”。这是织机上的两个部分，“杼”持纬线，“柚”受经线。 10. “纠纠”二句：葛屦是夏天穿的，但可以在霜地上行走，表示质地坚实精致。这里指下文的“公子”穿了屦在大路上行走。“纠纠”，指屦上的带子缠结得很牢固。“葛屦”，用麻布制的鞋。“屦”，音 jù。 11. “佻佻”，同“嬥嬥”，形容美好骄贵。“佻”，音 tiāo。 12. “往”“来”，指往来于大路之上。 13. “冽”，寒冷。“氿泉”，狭长而斜出的流泉。“氿”，音 guǐ。 14. “获薪”，已砍下的薪柴。薪被寒泉所浸，比喻人民困于虐政。 15. “契契”，忧愁劳苦。“寤叹”，不寐而叹息。 16. “我”，东人自称。“惮”，同“瘅”，音 dàn。“惮人”，疲劳不堪的人。 17. “薪是”二句：如果真把柴当柴用，那还可以从寒泉中用车把它装走。这是下面“哀我”二句的比喻。上“薪”字是动词。“载”，用车装载。 18.“哀我”二句：如果哀怜我们这些精疲力竭的人，也该让我们歇一歇了。 19.“职劳”，以服劳役为专职。“不来”，却没有慰抚他们。“来”，同“勑”，慰劳。 20.“西人”，指周人。 21.“粲粲”，灿烂华丽。22.“舟人”，未详，疑是周室贵族中阶层较低的人。 23.“熊罴”句：用熊、罴的皮做衣服。“罴”，音 pí，即人熊。“裘”，皮衣。 24.“私人”，指周室贵族私家的奴仆。 25.“百僚”句：可以被录用担任各种官职。“百僚”，即众官。“试”，录用。以上八句写东人和周人之间的待遇悬殊。 26.“或以”二句：是说东人把好酒献给周人，而周人却不拿它当浆来看待。“浆”，薄酒。 27.“鞙鞙”二句：是说东人把长长的一串佩玉献给周人，而周人却嫌它不长。“鞙鞙”，同“琄琄”，等于说长长的。“鞙”，音 xuàn。“璲”，音 suì，同“瑞”，一种宝玉。以上四句写周人不把取自东人的好物看在眼里。 28.“汉”，即天河。 29.“监亦”句：是说水清如镜，本可照人，而天河只见其有光，并不能照人。“监”，同“鉴”，镜子。 30.“跂”，音 qí，形容三足鼎立。“织女”，星名，共有三星，鼎足而成三角。 31.“终日”，指从旦至暮，自卯时到酉时，共七个时辰。织女星每一辰在天上走一个星次，七辰则经历七次，所以说是“七襄”。“襄”，凌驾，这里是越过的意思。 32.“报章”，布帛上的纹路。“报”，复，指一往一返。“章”，纹理。织布时须用纬线一来一往，才能织成纹理。织女星白天虽忙了一天，到夜晚还是没有真地织成布匹。 33.“睆彼”二句：是说牵牛星徒有其名，并不能驾车。“睆”，音 huǎn，形容星光明亮。“服”，驾。“箱”，车箱，即车身中部容物之处。 34.“东有”二句：“启明”“长庚”都是金星的异名。早晨在东方先日而出，叫“启明”；晚上在西方后日而入，叫“长庚”。 35.“有捄”句：是说天上的毕星像曲柄的毕网一样。“毕”，星名，共八星，因形状像猎兔用的曲柄的毕网而得名。 36.“载”，语助词。“施”，张开。“行”，路。毕网很小，只能拿在手里掩捕兔子，张在路上，当然无用。 37.“维南”二句：“箕”，星名，共四星，连成梯形，因像畚箕而得名，但它并不能用来簸米扬糠。 38.“维北”二句：“斗”，本是带柄的酌液体的器具。这里指南斗六星，因像斗形而得名。它的位置在箕星北面，所以说是“维北”，但它也并不能用来挹取酒浆。“挹”，用勺酌水。 39.“载翕”句：箕星的形状口大底狭，似向内吸引其舌，仿佛有所吞噬，象征剥削者对人民的横征暴敛。“翕”，同“吸”，向内吸取。 40.“西柄”句：南斗星的柄常指西方而上扬，仿佛授柄给西人，向东方有所挹取，象征周室统治者对东方国家的征敛。“揭”，高举。

北 山[1]（小雅）

陟彼北山，言采其杞[2]。偕偕士子[3]，朝夕从事[4]。王事靡盬，忧我父母[5]。

溥天之下[6]，莫非王土。率土之滨[7]，莫非王臣。大夫不均[8]，我从事独贤[9]。

四牡彭彭[10]，王事傍傍[11]。嘉我未老[12]，鲜我方将[13]，旅力方刚[14]；经营四方[15]。

或燕燕居息[16]，或尽瘁事国[17]。或息偃在床[18]，或不已于行[19]。

或不知叫号[20]，或惨惨劬劳[21]。或栖迟偃仰[22]，或王事鞅掌[23]。

或湛乐饮酒[24]，或惨惨畏咎[25]。或出入风议[26]，或靡事不为[27]。

1. 这是周室小臣苦于劳役的怨诗。诗中反映了当时统治阶级内部严重的劳逸不均的现象。 2.“杞”，见《将仲子》注。这里以“采杞”起兴，比喻从事于王室的劳苦。 3.“偕偕”，形容身体强壮。“士”，等级低于大夫的人。“士子”，诗中主人公自称。 4.“朝夕”句：不分昼夜给王室服务。

5.“忧我”句：使父母为我担忧。 6.“溥天”二句：是说整个天下都是周室的领土。“溥”，同“普”。 7.“率土”句：等于说四海之内。“率”，自，由。“滨”，四面近水之处。古人认为中国的版图四周都有海水环绕，所以包举全国领土要由滨海之处算起。 8.“大夫”，指执政者。“均”，公平。 9.“贤”，过多，过分劳苦。 10.“彭彭”，形容马不得休息。 11.“傍傍”，无穷无尽。 12.“嘉”，称许。 13.“鲜”，赞美。“方将”，正在壮年。 14.“旅力”，同“膂力”。“刚”，强健。 15.“经营”，奔走劳作。以上四句为执政者认为自己年富力强，所以让自己奔走四方，不得休息。 16.“燕燕”，安闲无事。“居息”，在私居休息。 17.“尽瘁”，精疲力尽。“瘁”，劳。 18.“或息偃”句：是说有人躺在床上休息。“偃”，卧。 19.“或不已”句：有人在路上奔走不停。“已”，止。 20.“或不知”句：是说执政者深居简出，不知人间有痛苦事。“叫号”，呼叫号哭。“号”，读平声。 21.“惨惨”，忧虑不安。“劬劳”，辛勤劳苦。劬，音 qú。 22.“栖迟”，栖息游玩。“偃仰”，仰卧。 23.“鞅”，音 yāng，马缰绳。“鞅掌”，指鞅不离掌，等于说身不离鞍马。 24.“湛”，同“耽”，音 dān，沉湎，耽溺。“湛乐”，耽溺于享乐。 25.“畏咎”，唯恐出错。 26.“风议”，放言高论，说空话。“风”，放。 27.“靡事不为”，无事不作。以上十二句，写劳逸不均，每二句成一对比。

苕之华[1]（小雅）

苕之华[2]，芸其黄矣[3]。心之忧矣，维其伤矣[4]！

苕之华，其叶青青。知我如此，不如无生。

牂羊坟首[5]，三星在罶[6]。人可以食[7]，鲜可以饱。

1. 这是反映荒年饥馑、民不聊生的诗。 2.“苕”，音 tiáo，植物名，又名凌霄或紫葳，木本蔓生，花黄赤色。“华”，同“花”。 3.“芸”，形容花盛开时一片黄色。 4.“维”“其”，都是语助词。 5.“牂羊”句：“牂”，音 zāng，母绵羊。“坟”，大。绵羊头本不大，羊身瘦小，头就显得大了。 6.“三星”句：罶中没有鱼，水面上只静静地映着星光。“三星”，即参星，黄昏后出现在西方天空。“罶”，音 liǔ，用细竹箔编成的捕鱼工具，横拦在水中。 7.“人可”二句：人们即使得到食物也很少能够吃饱。“鲜”，音 xiǎn，少。

绵[1]（大雅）

绵绵瓜瓞[2]。民之初生[3]，自土沮漆。古公亶父[4]，陶复陶穴[5]，未有家室[6]。

古公亶父，来朝走马[7]。率西水浒[8]，至于岐下[9]。爰及姜女[10]，聿来胥宇[11]。

周原膴膴[12]，堇荼如饴[13]。爰始爰谋[14]，爰契我龟[15]。曰止曰时[16]，筑室于兹。

迺慰迺止[17]，迺左迺右[18]；迺疆迺理[19]，迺宣迺亩[20]。自西徂东[21]，周爰执事。

乃召司空[22]，乃召司徒；俾立室家[23]。其绳则直[24]，缩版以载[25]；作庙翼翼[26]。

捄之陾陾[27]，度之薨薨[28]。筑之登登[29]，削屡冯冯[30]。百堵皆兴[31]，鼛鼓弗胜[32]。

迺立皋门[33]，皋门有伉。迺立应门[34]，应门将将。迺立冢土[35]，戎丑攸行。

肆不殄厥愠[36]，亦不陨厥问。柞棫拔矣[37]，行道兑矣。混夷駾矣[38]，维其喙矣[39]！

虞、芮质厥成[40]，文王蹶厥生[41]。予曰有疏附[42]；予曰有先后[43]；予曰有奔奏[44]；予曰有御侮[45]。

1. 这是周人记述其祖先古公亶父的诗。古公亶父初居于邠（即豳，今陕西旬邑西），因被狄人所侵，迁居岐山之下。这诗就从迁岐写起，历述古公亶父在周原相地势、修宫室的情形。末二章则写周文王继承祖先遗烈，武功文治都很可观。 2.“绵绵”句：用瓜瓞起兴，比喻周人由弱小而强盛。“绵绵”，指由瓞成瓜，瓜又生瓞，绵延不绝。“瓞”，音 dié，小瓜。 3.“民之”二句：是说周人最初是生活在杜水流域，后来又迁到漆水流域的。“土”，与“杜”通，水名，在今陕西武功。武功西南有邰城，是周始祖后稷所居的地方。后稷传到曾孙公刘，才迁到邠邑。“沮”，应作“徂”，往，到。“漆”，水名，在今陕西彬州西北。沿漆水西行，就到了岐山之下。 4.“古公亶父”，公刘的十世孙，周文王的祖父，又称太王。“古公”是尊号，“亶父”是名字。“亶”，音 dǎn。 5.“陶复”句：是说古公亶父在迁徙途中只能掘土穴居住。“陶”，动词，掘土为穴。“复”，同“复”，旁穿的土穴。“复”和“穴”都指土室。 6.“家室”，指宫室。 7.“来朝”，来的那一天。“朝”，早晨，这里指当天。“走马”，驱马奔驰。 8.“率”，自。“西”，指邠邑以西。“水”，指漆水。“浒”，水边。 9.“岐下”，岐山的下面。岐山在今陕西岐山东北。 10.“爰”，于是。“及”，偕同。“姜女”，太王的妃，姓姜。 11.“聿”，语助词。“胥”，相，视。“胥宇”，等于说“相宅”，指观察地势以便修建宫室。 12.“周”，岐山南面的地名，周朝即由此得名。

“原”，平原。“膴膴”，形容土地肥美。“膴”，音 wǔ。 13.“堇”，音 jǐn。“堇”和“荼”都是野生的苦菜。“饴”，音 yí，糖浆。苦菜竟甜如糖浆，足见土壤肥沃。 14.“始”，始谋。 15.“爰契”句：古人用龟甲占卜。先将龟甲钻凿，然后用火烧灼，看甲上的裂纹以断吉凶。“契”，指把占卜的结果写成文字，刻在龟甲上。 16.“曰止”句：是占卜的结果。“曰”，语助词。“止”，是说可以在这里定居。“时”，是说可以及时兴工。 17.“迺慰”句：于是人们心安了，决定留在这儿。“迺”，古“乃”字。“慰”，安。 18.“迺左”句：指分派居民，有的住左边，有的住右边。 19.“迺疆”句：指分配田地。“疆”，划定疆界。“理”，整齐田亩。 20.“宣”，指导引沟渠。“亩”，指修治田垄。 21.“自西”二句：从西头到东头，所有的人普遍从事劳动。“周”，遍。“执事”，做工作。 22.“乃召”二句：“司空”，掌管营造建筑的官。“司徒”，掌管调配人力的官。 23.“俾”，音 bǐ，使。“立”，兴建。 24.“其绳”句：是说用绳墨把地基的经界划直、划正。 25.“缩”，束，即捆缚。“版”，筑墙时夹土的木板。“载”，同“栽”，指栽木桩以制约筑版。 26.“作庙”句：修建起庄严的宗庙。“翼翼”，庄严整饬。 27.“捄”，音 jiū，指聚土和装土的动作。“陾”，音 réng。“陾陾”，劳动者在聚土和装土时发出的夯声。 28.“度”，音 duò，向版内填土。“薨薨”，倒土声。薨，音 hōng。 29.“筑”，用力捣土使坚实。“登登”，捣土声。 30.“屡”，同“塿”，音 lóu，墙土隆起的地方。“削屡”，把隆起的地方削平。“冯”，音 píng。“冯冯”，削土培墙声。 31.“堵”，墙。“兴”，兴建，树立。 32.“鼛鼓”句：由于很多堵墙同时兴建，声音极大，连鼓声都不能胜过了。“鼛鼓”，长一丈二尺的大鼓。敲鼓是给劳动者助兴。“鼛”，音 gāo。 33.“迺立皋门”二句：“皋门”，王都的郭门。“伉”，音 kàng，高大。 34.“迺立应门”二句：“应门”，王宫正门。“将将”，庄重严肃。“将”，音 qiāng。 35.“迺立冢土”二句：兴建了冢土，是兵众去祭祀的地方。“冢土”，即“大社”，祭土神的坛。古代有军事必先祭社。“戎”，兵。“丑”，众。“攸”，所。“行”，往。 36.“肆不”二句：是说到了周文王的时候，虽没有消减周人所怨怒的狄族，但也没有使周室的声威遭受损失。“肆”，等于说“至今”。“殄”，音 tiǎn，消灭。“厥”，其，指周。“愠”，怒。“陨”，音 yǔn，损失。“问”，同“闻”，声誉，威望。37.“柞棫”二句：是说把野生的树木尽行剪除，使道路畅通。“柞”，音 zuò，灌木名，橡树的一种。“棫”，音 yù，灌木名，叶上有刺。“拔”，清除。“行道”，道路。“兑”，通。 38.“混”，同“昆”，音 kūn。“混夷”，即古犬戎族。相传文王初年，混夷很强，文王对他们很恭敬。后来周国势渐盛，才把他们赶走。“駾”，音 tuì，惊慌奔跑。 39.“喙”，通“瘃”，音 huì，极端困惫。 40.“虞”，古国名，故城在今山西平陆东北。“芮”，古国名，故城在今山西芮城西。相传虞、芮两国之君争田，久不能决，到周去要求评断。入境后，被周礼让之风所感，竟自动地把所争的田作为亲田，谁都不要了。“质”与“成”同义，指邻国互相结好，“质”是动词，“成”是名词。“质厥成”，等于说结成盟好。 41.“文王”句：是说文王用德感动了虞、芮两君的天性。“蹶”，音 guì，动。“生”，同“性”，天性。42.“予”，我们，周人自称。“曰”，语助词。“疏附”，宣布恩泽使民亲附之臣。 43.“先后”，在国君前后辅佐导引之臣。 44.“奔奏”，奔走四方宣扬国君德誉之臣。“奏”，同“走”。 45.“御侮”，捍卫国家之臣。以上四句是周人自己说，在文王的时代，我们有四种贤臣。

生 民[1]（大雅）

厥初生民[2]，时维姜嫄。生民如何？克禋克祀[3]，以弗无子[4]。履帝武敏歆[5]，攸介攸止[6]。载震载夙[7]，载生载育[8]：时维后稷[9]。

诞弥厥月[10]，先生如达[11]。不坼不副[12]，无菑无害[13]。以赫厥灵[14]。上帝不宁[15]，不康禋祀？居然生子[16]！

诞寘之隘巷[17]，牛羊腓字之[18]。诞寘之平林[19]，会伐平林[20]。诞寘之寒冰，鸟覆翼之。鸟乃去矣，后稷呱矣[21]。实覃实讦[22]，厥声载路[23]。

诞实匍匐[24]，克岐克嶷[25]。以就口食[26]，蓺之荏菽[27]。荏菽旆旆[28]，禾役穟穟[29]。麻麦幪幪[30]，瓜瓞唪唪[31]。

诞后稷之穑[32]，有相之道。茀厥丰草[33]，种之黄茂[34]。实方实苞[35]，实种实褎[36]；实发实秀[37]，实坚实好[38]，实颖实栗[39]。即有邰家室[40]。

诞降嘉种[41]：维秬维秠[42]，维穈维芑[43]。恒之秬秠[44]，是获是亩[45]；恒之穈芑，是任是负[46]；以归肇祀[47]。

诞我祀如何？或舂或揄[48]，或簸或蹂[49]；释之叟叟[50]，烝之浮浮[51]。载谋载惟[52]，取萧祭脂[53]，取羝以軷[54]，载燔载烈[55]：以兴嗣岁[56]。

卬盛于豆[57]，于豆于登[58]；其香始升。上帝居歆[59]，胡臭亶时[60]。后稷肇祀[61]，庶无罪悔，以迄于今。

1. 这是周代的史诗。诗中记述了关于其始祖后稷的传说，并歌咏其功德和灵迹。前三章写姜嫄履迹感孕、后稷诞生及其被弃而不死的神异；第四章写后稷在幼年就显示出对农艺的卓越禀赋；第五、六章写后稷对农业生产的贡献；第七、八章写祭祀上帝，并归功于后稷。　2.“厥初”二句：是说最早诞生周人的始祖的乃是姜嫄。“厥”，其。“民”，人，指周人。“时”，是。“维”，语助词。“姜嫄”，后稷的母亲，传说是古代帝王高辛氏的妃。“嫄”，音 yuán，谥号，取本原之义。　3.“克”，能，善于。“禋”，音 yīn，敬神。“祀”，祭神。这里的“禋”“祀”指祭祀禖神（“禖”音 méi，主生子的神）。 4.“弗”，同“祓”，除去不祥。古人最重后嗣，“无子”是不祥的，“弗无子”就是祈求生子。 5.“履帝”句：相传姜嫄践履巨人的足迹感而生后稷。“履”，践踏。“帝”，上帝。“武”，足迹。“敏”，拇，即足迹的大指。“歆”，同“欣”，欣然有所感受。 6.“攸介”句：姜嫄有孕，就与别人分别开来，居而独处。“攸”，语助词。“介”，同“界”，分别开来。“止”，处，这里指独处。 7.“震”，同“娠”，胎儿在腹中震动。“夙”，同“肃”，指生活严肃有规律。 8.“生”，指分娩。“育”，哺育。 9.“后稷”，是尊号，他的名字叫“弃”。 10.“诞”，语助词，带有叹美的意思。“弥”，满。“弥厥月”，指怀孕足月。 11.“先生”，指女子生第一胎。“如”，同“而”。“达”，滑，指胎儿生得很顺利。 12.“不坼”句：指生子时胎胞和产门都没有破裂。“坼”，音 chè，“副”，音 pì，都是破裂的意思。 13.“无菑”句：是说母子很平安。“菑”，音 zī，同“灾”。 14.“以赫”句：是说从后稷的诞生就已显示出他的灵异。“赫”，显示。“厥”，指后稷。 15.“上帝”二句：是姜嫄疑问之词。因履迹生子是怪异的事，所以姜嫄以为不吉。她说，莫非上帝不安享我的禋祀吗？“宁”“康”，都是安享的意思。 16.“居然”句：怎么竟然生出了个孩子呢。 17.“寘”，同“置”，弃置。“隘巷”，狭窄的胡同。 18.“腓”，音 féi，庇护。“字”，哺乳。 19.“平林”，平原上的树林。 20.“会”，恰值。 21.“呱”，音 gū，小儿啼声。 22.“实”，同“是”，语助词。“覃”，音 tán，长，指气息长。“訏”，音 xū，大，指哭声大。 23.“载”，充满。“载路”，是说连路上都听得见。 24.“匍匐”，伏地爬行。 25.“岐”，解人意。“嶷”，音 yí，心中能识别事物。 26.“就”，求，指自动地寻求。“口食”，指农作物。 27.“蓺”，艺，种植。“荏菽”，音 rěnshū，大豆。以上四句写后稷渐渐长大，有种种神异。 28.“旆旆”，形容枝叶扬起。“旆”，音 pèi。 29.“役”，行列。“穟穟”，禾苗美好。“穟”，音 suì。 30.“幪幪”，茂密覆地。“幪”，音 měng。 31.“唪唪”，同“菶菶”，果实丰盛。“唪”，běng。 32.“诞后稷”二句：后稷对种植五谷，有帮助它们成长的方法。“相”，读去声，助。“道”，方法。 33.“茀”，音 fú，拔除。 34.“种之”句：种子又黄又茂盛。 35.“方”，生得整齐。“苞”，长得丰茂。 36.“种”，义与“肿”相近，指禾苗粗壮。“褎”，音 xiù，指禾苗渐渐长高。 37.“发”，指禾茎舒展地发育。“秀”，指初生的禾穗很丰足。 38.“坚”，指谷粒充实。“好”，指谷粒颜色正。 39.“颖”，指禾穗下垂。“栗”，指谷粒繁多。 40.“即有邰”句：是说后稷从此在邰地定居，修建了宫室。相传后稷在虞舜时代佐禹有功，始封于邰。“邰”，音 tái。参阅《绵》注 3。 41.“降”，指天赐。 42.“秬”，音 jù，黑黍。“秠”，音 pī，黑黍的一种，一壳二米。 43.“穈”，音 mén，赤苗的谷类。“芑”，音 qǐ，白苗的谷类。 44.“恒之”句：是说田中种满了秬秠。“恒”，同“亘”，遍，满。 45.“是获”句：收获后堆放在田亩中。 46.“是任”句：与“是获”句相连，是说把谷物从田亩中抱负而归。“任”，抱。 47.“以归”句：把谷物收回来开始祭祀上帝。“肇”，始。 48.“舂”，音 chōng，用杵在臼中捣米。“揄”，音 yóu，把舂好的米从臼中取出。 49.“簸”，扬弃糠皮。“蹂”，同“揉”，用手揉搓。 50.“释”，淘米。“叟叟”，音 sōusōu，淘米声。 51.“烝”，同“蒸”。“浮浮”，形容蒸东西时热气上升。 52.“谋”，商量。“惟”，思考。 53.“萧”，植物名，即香蒿。“祭脂”，即牛肠脂。古代祭祀用香蒿和牛肠脂合烧，取其香气。 54.“取羝”句：用羝羊举行軷祭。“羝”，音 dī，公羊。“軷”，音 bá，祭祀道路之神的礼仪。古代在郊祀上帝以前应先祭道路之神。 55.“燔”，音 fán，同“焚”，把东西放在火上烧。这里指焚萧脂。“烈”，把东西穿起来架在火上烧。这里指烧羝羊。 56.“以兴”句：为了祈求来年的兴旺。“嗣岁”，即来年。 57.“卬”，音 áng，我，周人自称。“豆”，盛肉用的木制食器。 58.“登”，瓦制食器。 59.“居歆”，安然享受。 60.“胡”，大。“臭”，气息。“胡臭”，指浓烈的香气。“亶”，诚。“时”，是。“亶时”，实在不错。 61.“后稷”三句：自后稷为周人始创祭祀上帝的制度以来，基本上没有发生获罪于天、遗憾于心的事，直到今天。“庶”，庶几。“迄”，至。

良耜[1]（周颂）

畟畟良耜[2]，俶载南亩[3]。播厥百谷，实函斯活[4]。或来瞻女[5]，载筐及筥[6]，其饷伊黍[7]。其笠伊纠[8]，其镈斯赵[9]，以薅荼蓼[10]。荼蓼朽止，黍稷茂止。获之挃挃[11]，积之栗栗[12]。其崇如墉[13]，其比如栉[14]。以开百室[15]，百室盈止[16]，妇子宁止[17]。杀时犉牡[18]，有捄其角。以似以续[19]，续古之人[20]。

1. 这是周王在秋收后答谢社稷之神的乐歌。前十二句写农事劳动，中七句写丰收，末四句写祭祀。 2. “畟畟”，形容耜端锋利，容易深耕入土。“畟”，音 cè。“耜”，见《七月》注。 3. “俶载”句：到南面的田亩中开始劳作。“俶”，音 chù，开始。“载”，从事。 4. “实函”句：是说播种在地下的种子带有生气。“实”，种子。“函”，蕴藏。“活”，生气。 5. “瞻”，探视。“女”，同“汝”，指农业。 6. “载”，装满。“筐”“筥”都是竹篮，筐方而筥圆。“筥”，音 jǔ。 7. “其饷”句：是说送饭给农夫吃。“伊”，语助。“黍”，这里泛指食物。 8. “纠”，轻举，指农夫饭后轻快地戴上笠工作。 9. “镈”，音 bó，锄草用的农具。“赵”，刺地除草。 10. “薅”，音 hāo，拔除。“荼”，地上秽草。“蓼”，水中秽草。 11.“获”，收获。“挃挃”，用镰刀割禾的声音。“挃”，音 zhì。 12. “栗栗”，形容粮食堆积很多。 13. “崇”，高。“墉”，音 yōng，城墙。 14. “比”，读去声，紧密地排列着。“栉”，音 zhì，梳篦的总称。 15. “以开”句：打开一百间仓房的门。 16.“盈”，装满。 17.“宁”，安闲无事。 18.“时”，同“是”。“犉牡”，公的犉牛。犉，音 rún。杀牛是为了祭祀社稷之神。 19.“似”，同“嗣”，指继承往年的旧例。 20.“续古”句：意思是说从祖先起就一直举行这种祭典，现在正是继续古人的做法。“古之人”，指祖先。

屈　原

屈原（约前 340？—约前 278），名平，楚国的同姓。早年即因学问渊博和长于辞令而得到楚怀王的信任，官左徒，曾经为怀王草拟楚国的宪令。不久，因受到当时贵族政治集团的谗毁，竟被楚怀王疏远，被迫从郢都去到汉北。他的有名的诗篇《离骚》，大约就是这时写成的。

屈原一直主张联齐抗秦，在他既疏之后，怀王竟听信秦国张仪的话同齐国绝交。等到怀王觉察受骗，再去攻打秦国，却遭到严重的挫败。这时怀王才又起用屈原，命他出使齐国，他归国后任三闾大夫。怀王二十四年（前 305），楚又背齐和秦。这时，屈原在贵族政治集团的迫害下被流放到鄂渚，一住九年。到了怀王入秦被拘，顷襄王即位，更把屈原由鄂渚放逐至溆浦。当他走到湘水附近的汨罗江时就自沉而死。

屈原是我国古代伟大的浪漫主义诗人，他的作品中充满着政治热情和爱国主义精神。特别是《离骚》，强烈地流露出诗人在当时历史局限下的崇高理想和光辉的斗志，成为我国古典诗歌的不朽典范。屈原的作品全部收入《楚辞》一书，以东汉王逸的《楚辞章句》（王逸注，宋洪兴祖补注）和宋朱熹的《楚辞集注》最通行，比较适用。

离 骚[1]

帝高阳之苗裔兮朕皇考曰伯庸[2]，摄提贞于孟陬兮惟庚寅吾以降[3]。皇览揆余初度兮肇锡余以嘉名[4]，名余曰正则兮字余曰灵均[5]。纷吾既有此内美兮又重之以修能[6]，扈江离与辟芷兮纫秋兰以为佩[7]。汩余若将不及兮恐年岁之不吾与[8]。朝搴阰之木兰兮夕揽洲之宿莽[9]。日月忽其不淹兮春与秋其代序[10]，惟草木之零落兮恐美人之迟暮[11]。不抚壮而弃秽兮何不改乎此度[12]？乘骐骥以驰骋兮来吾道夫先路[13]！昔三后之纯粹兮固众芳之所在[14]，杂申椒与菌桂兮岂惟纫夫蕙茝[15]？彼尧、舜之耿介兮既遵道而得路[16]，何桀、纣之猖披兮夫唯捷径以窘步[17]！惟夫党人之偷乐兮路幽昧以险隘[18]，岂余身之惮殃兮恐皇舆之败绩[19]！忽奔走以先后兮及前王之踵武[20]，荃不察余之中情兮反信谗而齌怒[21]。余固知謇謇之为患兮忍而不能舍也[22]，指九天以为正兮夫唯灵修之故也[23]！曰黄昏以为期兮羌中道而改路[24]。初既与余成言兮后悔遁而有他[25]，余既不难夫离别兮伤灵修之数化[26]。余既滋兰之九畹兮又树蕙之百亩[27]，畦留夷与揭车兮杂杜衡与芳芷[28]。冀枝叶之峻茂兮愿竢时乎吾将刈[29]，虽萎绝其亦何伤兮哀众芳之芜秽[30]。众皆竞进以贪婪兮凭不厌乎求索[31]，羌内恕己以量人兮各兴心而嫉妒[32]。忽驰骛以追逐兮非余心之所急[33]，老冉冉其将至兮恐修名之不立[34]。朝饮木兰之坠露兮夕餐秋菊之落英[35]。苟余情其信姱以练要兮长颇颔亦何伤[36]。揽木根以结茝兮贯薜荔之落蕊[37]，矫菌桂以纫蕙兮索胡绳之纚纚[38]。謇吾法夫前修兮非世俗之所服[39]，虽不周于今之人兮愿依彭咸之遗则[40]。长太息以掩涕兮哀民生之多艰[41]，余虽好修姱以鞿羁兮謇朝谇而夕替[42]。既替余以蕙纕兮又申之以揽茝[43]，亦余心之所善兮虽九死其犹未悔[44]。怨灵修之浩荡兮终不察夫民心[45]，众女嫉余之蛾眉兮谣诼谓余以善淫[46]。固时俗之工巧兮偭规矩而改错[47]，背绳墨以追曲兮竞周容以为度[48]。忳郁邑余侘傺兮吾独穷困乎此时也[49]。宁溘死以流亡兮余不忍为此态也[50]！鸷鸟之不群兮自前世而固然[51]，何方圜之能周兮夫孰异道而相安[52]！屈心而抑志兮忍尤而攘诟[53]，伏清白以死直兮固前圣之所厚[54]。悔相道之不察兮延伫乎吾将反[55]，回朕车以复路兮及行迷之未远[56]。步余马于兰皋兮驰椒丘且焉止息[57]，进不入以离尤兮退将复修吾初服[58]。制芰荷以为衣兮集芙蓉以为裳[59]，不吾知其亦已兮苟余情其信芳[60]！高余冠之岌岌兮长余佩之陆离[61]，芳与泽其杂糅兮唯昭质其犹未亏[62]。忽反顾以游目兮将往观乎四荒[63]，佩缤纷其繁饰兮芳菲菲其弥章[64]！民生各有所乐兮余独好修以为常[65]！虽体解吾犹未变兮岂余心之可惩[66]！

女媭之婵媛兮申申其詈予[67]。曰："鲧婞直以亡身兮终然夭乎羽之野[68]。汝何博謇而好修兮纷独有此姱节[69]？薋菉葹以盈室兮判独离而不服[70]。众不可户说兮孰云察余之中情[71]？世并举而好朋兮夫何茕独而不予听[72]！”依前圣以节中兮喟凭心而历兹[73]，济沅、湘以南征兮就重华而陈词[74]：“启《九辩》与《九歌》兮夏康娱以自纵[75]，不顾难以图后兮五子用失乎家巷[76]。羿淫游以佚畋兮又好射夫封狐[77]，固乱流其鲜终兮浞又贪夫厥家[78]。浇身被服强圉兮纵欲而不忍[79]，日康娱以自忘兮厥首用夫颠陨[80]。夏桀之常违兮乃遂焉而逢殃[81]，后辛之菹醢兮殷宗用而不长[82]。汤、禹俨而祗敬兮周论道而莫差[83]，举贤而授能兮循绳墨而不颇[84]。皇天无私阿兮览民德焉错辅[85]，夫维圣哲以茂行兮苟得用此下土[86]。瞻前而顾后兮相观民之计极[87]，夫孰非义而可用兮孰非善而可服[88]？阽余身而危死兮览余初其犹未悔[89]，不量凿而正枘兮固前修以菹醢[90]。”曾歔欷余郁邑兮哀朕时之不当[91]，揽茹蕙以掩涕兮沾余襟之浪浪[92]。跪敷衽以陈辞兮耿吾既得此中正[93]，驷玉虬以乘鷖兮溘埃风余上征[94]。朝发轫于苍梧兮夕余至乎县圃[95]，欲少留此灵琐兮日忽忽其将暮[96]。吾令羲和弭节兮望崦嵫而勿迫[97]，路曼曼其修远兮吾将上下而求索[98]。饮余马于咸池兮总余辔乎扶桑[99]，折若木以拂日兮聊逍遥以相羊[100]。前望舒使先驱兮后飞廉使奔属[101]，鸾皇为余先戒兮雷师告余以未具[102]。吾令凤鸟飞腾兮继之以日夜[103]，飘风屯其相离兮帅云霓而来御[104]。纷总总其离合兮斑陆离其上下[105]，吾令帝阍开关兮倚阊阖而望予[106]。时暧暧其将罢兮结幽兰而延伫[107]，世溷浊而不分兮好蔽美而嫉妒[108]。朝吾将济于白水兮登阆风而绁马[109]，忽反顾以流涕兮哀高丘之无女[110]。溘吾游此春宫兮折琼枝以继佩[111]，及荣华之未落兮相下女之可诒[112]。吾令丰隆乘云兮求宓妃之所在[113]，解佩纕以结言兮吾令蹇修以为理[114]。纷总总其离合兮忽纬繣其难迁[115]，夕归次于穷石兮朝濯发乎洧盘[116]。保厥美以骄傲兮日康娱以淫游[117]，虽信美而无礼兮来违弃而改求[118]。览相观于四极兮周流乎天余乃下[119]，望瑶台之偃蹇兮见有娀之佚女[120]。吾令鸩为媒兮鸩告余以不好[121]，雄鸠之鸣逝兮余犹恶其佻巧[122]。心犹豫而狐疑兮欲自适而不可[123]，凤皇既受诒兮恐高辛之先我[124]。欲远集而无所止兮聊浮游以逍遥[125]，及少康之未家兮留有虞之二姚[126]。理弱而媒拙兮恐导言之不固[127]，世溷浊而嫉贤兮好蔽美而称恶[128]。闺中既已邃远兮哲王又不寤[129]，怀朕情而不发兮余焉能忍与此终古[130]！

索藑茅以筳篿兮命灵氛为余占之[131]。曰："两美其必合兮孰信修而慕之[132]？思九州之博大兮岂唯是其有女[133]？"曰："勉远逝而无狐疑兮孰求美而释女[134]？何所独无芳草兮尔何怀乎故宇[135]？"世幽昧以昡曜兮孰云察余之善恶[136]？民好恶其不同兮惟此党人其独异，户服艾以盈要兮谓幽兰其不可佩[137]。览察草木其犹未得兮岂珵美之能当[138]？苏粪壤以充帏兮谓申椒其不芳[139]！欲从灵氛之吉占兮心犹豫而狐疑，巫咸将夕降兮怀椒糈而要之[140]。百神翳其备降兮九疑缤其并迎[141]，皇剡剡其扬灵兮告余以吉故[142]。曰："勉升降以上下兮求矩矱之所同[143]，汤、禹严而求合兮挚、咎繇而能调[144]。苟中情其好修兮又何必用夫行媒[145]，说操筑于傅岩兮武丁用而不疑[146]。吕望之鼓刀兮遭周文而得举[147]，甯戚之讴歌兮齐桓闻以该辅[148]。"及年岁之未晏兮时亦犹其未央[149]，恐鹈鴂之先鸣兮使夫百草为之不芳[150]！何琼佩之偃蹇兮众薆然而蔽之[151]，惟此党人之不谅兮恐嫉妒而折之[152]。时缤纷其变易兮又何可以淹留[153]，兰芷变而不芳兮荃蕙化而为茅。何昔日之芳草兮今直为此萧艾也[154]？岂其有他故兮莫好修之害也！余以兰为可恃兮羌无实而容长[155]，委厥美以从俗兮苟得列乎众芳[156]。椒专佞以慢慆兮樧又欲充夫佩帏[157]，既干进而务入兮又何芳之能祗[158]！固时俗之流从兮又孰能无变化[159]？览椒兰其若兹兮又况揭车与江离！惟兹佩之可贵兮委厥美而历兹[160]，芳菲菲而难亏兮芬至今犹未沬[161]。和调度以自娱兮聊浮游而求女[162]，及余饰之方壮兮周流观乎上下[163]。灵氛既告余以吉占兮历吉日乎吾将行[164]。折琼枝以为羞兮精琼爢以为粻[165]。为余驾飞龙兮杂瑶象以为车[166]，何离心之可同兮吾将远逝以自疏[167]！邅吾道夫昆仑兮路修远以周流[168]，扬云霓之晻蔼兮鸣玉鸾之啾啾[169]。朝发轫于天津兮夕余至乎西极[170]，凤皇翼其承旂兮高翱翔之翼翼[171]。忽吾行此流沙兮遵赤水而容与[172]，麾蛟龙使梁津兮诏西皇使涉予[173]。路修远以多艰兮腾众车使径待[174]，路不周以左转兮指西海以为期[175]。屯余车其千乘兮齐玉轪而并驰[176]，驾八龙之婉婉兮载云旗之委蛇[177]。抑志而弭节兮神高驰之邈邈[178]，奏《九歌》而舞《韶》兮聊假日以媮乐[179]。陟升皇之赫戏兮忽临睨乎旧乡[180]，仆夫悲余马怀兮蜷局顾而不行[181]。

乱曰[182]：已矣哉[183]！国无人莫我知兮又何怀乎故都[184]？既莫足与为美政兮吾将从彭咸之所居[185]！

1. 这是屈原最主要的作品，是中国古代长篇的抒情诗。诗中一面尖锐地攻击了当时贵族政治的投机取巧、苟且偷安；一面热烈地渴望着光明，表达了自己对祖国和人民的无限忠贞。根据《史记·屈原贾生列传》叙述的次第，并参照《史记·楚世家》所排比的年代，这篇长诗大约成于楚怀王十六年（前313），是屈原因被上官大夫谗毁而离开郢都时所作。“离骚”，等于说“牢骚”，“离”“牢”是双声字。 2.“帝高阳”句：屈原说自己是古帝王高阳氏的后裔，父亲的名字叫伯庸。“高阳”，远古帝王颛顼有天下时的称号。颛顼是楚国的远祖。“苗裔”，后代子孙。“朕”，我。“皇”，伟大，光明。“皇考”，对亡父的敬称。 3.“摄提”句：意思说自己在夏历正月的庚寅日降生。“摄提”，星名。在一年之中，它随着斗柄指向四季不同的方位。“贞”，定、安。“贞于”，定于、安于。“孟陬”，正月初春，这个月是寅月。“陬”，音 zōu。 4.“皇览”句：我父亲根据我初生的时节，开始赐给我一个美好的名字。“皇”，即上文“皇考”的简称。“览”，观察。“揆”，音 kuí，估量。“初度”，初生的时节。“肇”，开始。“锡”，赐。“嘉”，美。一本“揆余”下有“于”字。 5.“名余”句：屈原名平，“平”是公平的意思。“正”，公正。“则”，法则。公正而有法则，正隐括“平”字的含义。“原”是屈原的字，本指高而平坦的土地。“灵”，美，善。“均”，形容地势均衡平坦。美好而平坦的地势，正隐括“原”字的含义。 6.“纷”，形容盛多。“内美”，指先天具有的美好品质。“重”，加上。“修能”，优越的才能。“能”，古音 nài。 7.“扈”，披在身上。“江离”，又写作“江蓠”，香草名，今名川穹。“辟”，同“僻”。“芷”，香草名。“辟芷”，生在幽僻处的芷草。“纫”，音 rèn，本指绳索，这里作动词用，连缀成串的意思。“兰”，香草名。“秋兰”，兰草的一种。“佩”，指佩在身上的饰物。 8.“汩”，音 yù，形容水流迅疾，这里比喻年光如逝水。“与”，待。“不吾与”，即“不与吾”，不等待我。 9.“搴”，音 qiān，拔取。“阰”，音 pí，大土坡。“木兰”，香木名，又叫辛夷。“揽”，采。“宿莽”，一种经冬不死的香草。 10.“日月”，指时光。“忽”，倏忽，形容时光迅速。“淹”，久留。“序”，同“谢”。“代序”，即代谢，轮换、更替的意思。 11.“惟”，语助词。“美人”，比喻国君。可能指楚怀王。“迟暮”，指年老。 12.“不抚壮”句：意思是说楚王不能趁年富力强的时候抛弃秽政而有所作为，为什么不改变这种作风呢？“抚”，凭借。“壮”，指年壮的时候。“度”，指楚王的器度。《左传》昭公十二年：“思我王度，式如玉、式如金。形民之力，而无醉饱之心。” 13.“乘骐骥”句：意思说楚王如肯委任贤臣，那么自己愿为前驱，导引着楚王实现自己的政治理想。“骐骥”，骏马，喻贤臣。“道”，同“导”。“先路”，前驱。 14.“三后”，指夏禹、商汤、周文王。“纯粹”，指德行精美。“众芳”，即下文椒、桂、蕙、茝等香草，比喻群贤。“在”，集中在一起的意思。 15.“杂申椒”句：是说岂但把蕙、茝等香草联结成串，并且还杂有椒、桂等芳香之物。“申”，重。“菌桂”，即肉桂。“蕙”，一柄多花的兰。“茝”，音 chǎi，即白芷。 16.“彼尧、舜”句：意思说尧、舜是光明正直的君王，他们循着治国的正途前进，自然获得了康庄大道。“耿”，光明。“介”，正直。“道”，指治国的正确路线。 17.“何桀、纣”句：意思说桀、纣是狂妄邪恶的君王，他们走上斜出的窄路，因此寸步难行。“猖”，猖狂。“披”，邪恶。“夫”，彼。“捷径”，斜出的小路，比喻不由正途。“窘步”，困窘失足的意思。 18.“党人”，指当时结党营私、垄断政权的贵族集团。“偷乐”，苟安享乐。“路”，比喻国家前途。“幽昧”，昏暗不明。“险隘”，危险狭隘。 19.“岂余身”句：意思说自己并非惧祸，而是怕国家遭到颠覆。“惮”，畏惧。“殃”，灾祸。“皇舆”，本是国王的车子，这里比喻国家前途。“败绩”，本指军队大败，兵车倾覆，这里比喻国家亡。 20.“忽奔走”句：承上文而言，仍以行路乘车比喻治理国家。“奔走以先后”，指在车的前后左右帮助推挽照料，比喻辅佐楚王执政。“及”，追及，赶上。“前王”，指上文的尧、舜和“三后”。“踵武”，足迹。 21.“荃”，音义同“荪”，香草名，这里比喻楚王。“中情”，本心。“齌”，音 jì，火上加油的意思。“齌怒”，燃烧起怒火。 22.“謇謇”，尽忠而直言。“謇”，音 jiǎn。“忍而不能舍”，想忍耐却止不住。 23.“指九天”句：意思说指天为誓，让上天证明自己的忠贞是为了王室。“九天”，即九重天。“正”，同“证”。“灵修”，等于说“神明”，是对楚王的尊称。 24.“曰黄昏”句：据洪兴祖《楚辞补注》的考订，这句是衍文，应该删去。 25.“初既”句：先同我已有成约，可是后来竟改变初衷，有了另外的打算。“成言”，有成约。“悔遁”，因反悔而改变心意。 26.“不难夫离别”，不怕因被国君疏远而离去。“数化”，屡次改变主意。“数”，音 shuò。27.“滋”“树”，都是栽种的意思，这里比喻培养贤人。“畹”，音 wǎn，十二亩是一畹。“兰”“蕙”，比喻贤人。 28.“畦”，田垄，这里是动词，指一垄一垄地种植。“留夷”“揭车”“杜衡”，都是香草名，并比喻贤人。“衡”，一作“蘅”。 29.“冀”，希望。“峻茂”，高大茂盛。“竢”，同“俟”，等待。“时”，指众芳成长之时。“刈”，音 yì，割；这里指收割。 30.“萎绝”，枯萎夭折，比喻所培植的人受到排挤迫害。“众芳之芜秽”，比喻贤者变节。 31.“众”，指群小。“竞进”，争先恐后地追逐利禄权势。“婪”，音 lán，与“贪”同义。“凭”，满，形容求索之甚。“厌”，同“餍”，满足。“求索”，追求勒索。 32.“羌内恕己”句：是说这些小人看不见自己的卑鄙，却以嫉妒之心对待屈原。“羌”，楚方言，语助词。“兴心”，起意。33.“驰骛”，骑着马奔跑。“骛”，音 wù。“追逐”，指追求权势利禄。34.“冉冉”，渐渐。“修名”，高洁的名誉。 35.“英”，花瓣。“落英”，即落花。一说，“落”是“始”的意思，“落英”，初生的花瓣。后说可供参考。36.“苟余情”句：意思说只要自己真是品质高洁、操守坚定，即使贫困也没有关系。“信”，果真。“姱”，音 kuā，美好。“以”，同“与”。“练要”，精诚而坚定。“长”，永远。“颇颔”，音 kǎnhàn，形容脸色黄瘦，这里比喻因廉洁而贫困。 37.“揽木根”句：把木根采来结在一起，再把薜荔的花蕊贯串起来。“结”，系。“茝”，同“芷”。《荀子·劝学篇》：“兰槐之根是为芷。”这里的“木根”和“茝”泛指香草的根，比喻人立身的根本。“薜荔”，香草名。 38.“矫”，举，拿。“索”，作动词用，指把胡绳搓成绳索。“胡绳”，香草名，叶可作绳。“缅缅”，形容长长的一串。“缅”，音 xǐ。

39.“謇吾”句：意思说自己这样做是效法前贤，不是世俗的人所能照办的。“謇”，楚方言，语助词。“法”，效法。“前修”，前代贤人。“服”，用。 40.“周”，相合，相容。“依”，依据。“彭咸”，旧说是殷时大夫，投水而死，恐不可信。“彭咸”可能就是传说中的彭祖，彭祖名翦，或说姓篯名铿，颛顼玄孙，或说颛顼之师，即上文的前修。“遗则”，遗留下的法则。 41.“太息”，叹息。“掩涕”，拭泪。“民”，人。“民生”，即人生。 42.“好修姱”，爱慕美好的行为。“鞿”，音 jī，马缰绳。“羁”，马笼头。这里的“鞿羁”作动词用，指洁身自好。“谇”，音 suì，诟骂。“替”，可能是“朁”字的讹写。“朁”，古“参”字，离间的意思。“朝谇而夕替”，早晨受到群小的诟骂，晚上受到他们的离间。 43.“既替余”句：意思说自己的好行为一件件为群小所诽谤。“纕”，音 xiāng，佩带之物。“申之”，加上。 44.“善”，崇尚。“九死”，等于说九死而无一生。 45.“浩荡”，茫然。“民心”，即人心，指屈原自己的用心。 46.“众女”，比喻群小。“蛾眉”，形容女子的眉毛秀丽，像蚕蛾的眉一样，这里指美德。“谣诼”，造谣污蔑。“诼”，音 zhuó。 47.“固”，诚然是。“时俗”，时俗之人。“工巧”，善于取巧。“偭”，音 miǎn，背弃。“规矩”，指法度。“错”，同“措”。“改错”，指不走正道。 48.“背绳墨”句：是说时俗违反了正直之道而追求邪曲之行，竟以苟合取容为正当的方式。“背”，违反。“绳墨”，测量时用来取直的工具，这里指正直之道。“周容”，苟合以取悦于人。 49.“忳郁邑”句：是说忧愁苦闷，自己独处困境。“忳”，音 tún，忧愁很深，是附加于“郁邑”的副词。“郁邑”，烦恼苦闷，是附加于“侘傺”的形容词。“邑”，同“悒”。“侘傺”，音 chàchì，抑郁不得志的样子。 50.“宁”，宁可。“溘”，音 kè，忽然。“流”，择、求。“此态”，指苟合取容的态度。 51.“鸷鸟”，指鹰、鹞一类的猛禽，这里比喻刚强正直的人。“不群”，不同流合污。“自前世而固然”，从古以来就是如此。 52.“方”，方的凿子，比喻方正的君子。“圜”，同“圆”，圆孔，比喻圆滑的小人。“异道”，志趣不同。“相安”，相安无事。 53.“屈心”“抑志”，指精神上受尽压抑。

"尤"，罪过。"攘"，取。"诟"，辱。"忍尤""攘诟"，等于说忍耻含辱。 54."伏"，同"服"，保持。"死直"，因行为正直而死。"厚"，嘉许。 55."悔相道"句：意思说自己又后悔对于前途没有探视清楚，因此逗留不进而想再回去看看。"相"，音xiàng，视，看。"道"，路。"不察"，没有考察清楚。"延"，指伸长颈子。"伫"，指踮起脚跟。这里的"延伫"有低回迟疑的意思。"反"，同"返"。 56."复路"，走回头路。"及"，趁着。"行迷"，走迷了路。 57."步"，与"驰"为对文，指马徐行。"皋"，水旁陆地。"兰皋"，有兰草的皋。"椒丘"，有椒树的小山。"且焉止息"，暂且在那儿休息一下。 58."进不入"，进身于君前而不被君所用。"离尤"，同"罹尤"，获罪。"退"，指只好从君前离开。"修吾初服"，指修身洁行。"初服"，等于说"夙志""初衷"。 59."制"，裁剪。"芰"，音jì，菱。"荷"，荷叶。"集"，积聚。"芙蓉"，即荷花。"裳"，下衣。 60."不吾知"，等于说不知我。"亦已"，也就算了。 61."岌岌"，高高的样子。"岌"，音jí。"陆离"，长长的样子。 62."芳"，指香草的芬芳。"泽"，指佩玉的润泽。"糅"，音róu，掺和。"杂糅"，集于一处的意思。"昭质"，光辉纯洁的品质。"亏"，亏损。 63."忽反顾"句：是说自己忽然回头，从目远望，打算到远方看看有没有重视自己的人。预为下文"上下求索"伏笔。"四荒"，四方荒远之地。 64."佩缤纷"句：是说所佩的饰物很多，所穿的衣服都用香草制成，香气也极盛。"缤纷"，形容盛多。"菲菲"，形容香气浓烈。"章"，同"彰"。"弥章"，愈益显著。 65."民生"句：是说人生各有所好，小人喜爱权势利禄，自己则喜爱修身洁行。"以为常"，习以为常。 66."虽体解"句：意思说即使粉身碎骨也不改变初衷，自己的心是不会惩悔的。"体解"，即肢解。"惩"，音chéng，创。以上是第一大段。诗人从自叙身世写起，然后征引古帝王的行事以为鉴戒，表示自己热爱祖国的决心；并反复申明自己同群小的对立，虽受排挤也不肯改变初衷。 67."女媭"，可能指屈原的姐姐。《说文》引贾逵说："楚人谓姐为媭"。"媭"，音xū。"婵媛"，"啴咺"的假借字，音chányuán，喘息不定。"申申”，一再地。“詈”，音 lì，骂。“予”，同“余”，我，屈原自称。 68.“鲧婞直”句：是告诫屈原的话，意思说直道而行，将招致与鲧相类似的结局。“鲧”，同“鲧”，音 gǔn，人名，禹的父亲。相传鲧偷了天帝的息壤来治洪水，被天帝杀死在羽山的郊野。“婞”，同“悻”，音 xìng。“亡”，同“忘”。“婞直以亡身”，因秉性刚正而不顾生命危险。“终然”，终于。“夭”，音 yāo，死。“羽”，即羽山，相传在北方最阴冷的地方。 69.“博謇”，过分地尽忠直言。“姱节”，美好的行为。 70.“薋”，音 cí，形容积草很多。“菉”，音 lù，“葹”，音 shī，都是恶草名，比喻谗邪。“盈室”，堆满屋子。“判”，区别的意思，这里形容其坚决和突出。“判独离”，截然独自离开那些恶草。 71.“众不可”句：意思说对于一般人既不能家喻户晓，那么谁又能体谅你的本心呢。“余”，是女媭代屈原设想之词。 72.“世并举”，世俗之人彼此标榜。“好朋”，爱好结党营私。“茕独”，孤独。“茕”，音 qióng。“不予听”，不听我的话。“予”，女媭自称。女媭的话到这句为止。 73.“依前圣”句：是说自己的行动以前代圣哲为准则，可叹的是心多愤懑一直到今天。“前圣”，即下文的重华。“节”，节度。“中”，中正之道。“喟”，叹。“凭”，懑。“凭心”，愤懑的心情。“历兹”，直到今天。 74.“济”，渡过。“沅、湘”，二水名，都在今湖南境内。“征”，行。“重华”，即舜。相传舜死于苍梧之野，在今湖南宁远境内。“陈词”，指向舜陈述意见。 75.“启”，与“夏”为互文见义，指夏启。启是禹的儿子，继禹为君。“《九辩》”“《九歌》”，相传都是天帝的乐章，被启偷下来用于人间。“康娱”，安逸享乐。“纵”，放纵。 76.“不顾难”句：指启的儿子武观发生了内乱。“难”，读去声。“图”，考虑。“后”，指后患。“五子”，即五观，又作武观，启的幼子。据《竹书纪年》和《墨子・非乐篇》，武观因不满启的荒淫享乐而作乱。“失”，就是衍文。“用”，因。“巷”，同“哄”，音 hòng，斗。“家巷”，等于说起内乱。 77.“羿”，夏时有穷国的君主。“淫”“佚”，都是过分、无节制的意思。“游”，出外游乐。“畋”，射猎。“封”，大。 78.“流”，流辈。“乱流”，荒淫作乱的家伙，指羿。“鲜终”，很少有好结果。“浞”，音 zhuó，人名，即寒浞，羿的相。“厥家”，他的家属，指羿的妻。相传寒浞把羿害死，据羿妻为己有。 79.“浇”，同“奡”，音 ào，人名，寒浞之子。“被服”，同“披服”，穿着。“强圉”，坚厚的甲。“圉”，音 yǔ。“纵欲而不忍”，放纵嗜欲而不能自制，后来被夏少康所杀。 80.“厥首”，指浇的头颅。“颠陨”，落地。 81.“常违”，“违常”的倒文，违背正常之理。“乃遂焉”，于是就这样的。据《史记·夏本纪》，夏桀被汤放逐于南巢（今安徽省巢湖附近），因而亡国。 82.“后辛”，即殷纣王。“菹醢”，音 zūhǎi，把人剁成肉酱。据《史记·殷本纪》，纣王杀比干、醢梅伯，终致亡国。“宗”，宗祀。 83.“俨”，畏，指敬畏天意。“祗”，敬。“周”，指周文王、武王。“论道”，讲论道义。“莫差”，没有过失。 84.“举”，选拔。“授能”，把政事交给有才能的人。“循绳墨”，行正道。“颇”，偏斜。 85.“皇天”句：意思说皇天是最公正的，看谁有德，就施予辅助。“阿”，偏袒。“民”，人。“错”，同“措”，施。 86.“夫维”句：意思说只有圣哲的君王、美好的德行，才能享有天下。“圣哲”，指古代有德行才智的帝王。“茂行”，美行，指好的政治作为。“苟得”，等于说“才可以”。“用”，享有。“下土”，即天下，这是从上天的角度来说的。 87.“瞻前”句：是说看一看前朝后代这一系列史实，就可以知道人到底该怎么打算了。“相观”，观察。“相”，读去声。“计极”，计谋的终极。88.“夫孰”句：意思说哪个不义、不善的国君能够享国长久呢。“服”与“用”同义。 89.“阽余身”句：是说自己虽然处境险恶，但回顾初心并无悔意。“阽”，音 diàn，接近危险。“危死”，濒于死亡。 90.“不量凿”句：意思说前代贤臣所以遭到杀身之祸，正由于他们不善于以苟合取容的处世之道来事君。“凿”，音 záo，斧上插柄的孔。“枘”，音 ruì，斧柄。“不量凿而正枘”，没有量一下插柄的孔就削好斧柄，比喻自己缺乏看风使舵的处世作风。“菹醢”，指被处死刑。从“启《九辩》”句到这里，是向重华“陈词”的内容。 91.“曾”，同“增”。“歔欷”，音 xūxī，悲泣之声。“当”，值，遇到。“时之不当”，等于说生不逢辰。 92.“茹蕙”，柔软的蕙草。“浪浪”，形容眼泪流个不止。“浪”，读平声。以上二句是描写“陈词”后的感慨。 93.“跪敷衽”，跪在地上，把衣服的前襟铺开。“耿”，心里亮堂。“得此中正”，已得到最正确的做人之道。 94.“驷”，用四匹马驾车。“虬”，音qiú，无角的龙。“以”，同“与”。“乘”，四的数目，也是驷的意思。“鹥”，音yī，凤凰一类的鸟。“驷玉虬”“乘鹥”，是说以虬为服，以鹥为骖。“溘”，掩。“溘埃风”，乘着有尘埃的大风。“上征”，向天上飞行。 95.“轫”，音rèn，支撑车轮的木头。“发轫”，车将行时，必先撤轫，因此引申为动身、启程的意思。“苍梧”，见注74。这是“陈词”以后的行动，便从苍梧出发。“悬圃”，神话传说中的山名，在昆仑山中部。 96.“琐”，门上雕刻的花纹，这里是门的代称。“灵琐”，指神人们所居的宫门，与上方“悬圃”可能同指一地而变其名称。“琐”，或以为就是“薮”字。 97.“吾令”句：意思说自己命令太阳慢点走，不要很快地落山。“羲和”，相传是驾太阳车的神。“弭”，按，抑。“节”，行车的节度。“弭节”，按节徐行。“崦嵫”，音yānzī，神话中的山名，相传是日落的地方。“迫”，迫近。 98.“曼曼”，同“漫漫”，形容路远。“上下而求索”，指寻求理想中的人。 99.“饮余马”，给我的马饮水。“饮”，读去声。“咸池”，神话中的水名，相传是太阳洗浴的地方。“总”，系。“扶桑”，神话中的树名，相传太阳就从这里升起。 100.“折若木”句：是说折来若木的枝条拂拭太阳，使它放出光明，好让自己从容一些。“若木”，神话中的树名，相传太阳就落到它的下面。“聊”，姑且，暂且。“逍遥”和“相羊”，都是徘徊逗留的意思。“相羊”，同“徜徉”。 101.“望舒”，相传是驾月车的神。“先驱”，在前面开路。“飞廉”，风神的名字。“属”，音zhǔ，跟随的意思。“奔属”，紧随在后面奔跑。 102.“皇”，同“凰”。“鸾”“皇”，都是凤一类的鸟。“先戒”，在前面做警卫。“雷师”，雷神，名叫丰隆。“未具”，指旅行用具还未备齐。 103.以上四句写行程前的准备，这句起写日夜兼程。104.“飘风”句：是说旋风结聚不散，率领云霓来迎接自己。“飘风”，方向无定的风，即旋风。“屯”，聚集。“离”，同“丽”，附着。“帅”，同

“率”，率领。“霓”，音 ní。雨后因折光关系，天上有时出现两道虹，里圈的叫“虹”，外圈的叫“霓”。“云霓”连用，泛指云霞。“御”，同“迓”，迎接。 105.“总总”，簇聚在一起，指云霓之多。“离合”，指云霓在飘风中聚散不定。“斑”，五光十色。“陆离”，参差错杂，这里指云霓的色彩变化多端。“上下”，指云霓忽高忽低。 106.“阍”，音 hūn，看门的人。“帝阍”，给天帝守门的人。“关”，门栓。“开关”，把门打开。“阊阖”，音 chānghé，即天门。“望予”，望着我，表示袖手不管的意思。 107.“时”，指日光。“暧暧”，逐渐昏暗。“罢”，尽。“将罢”，一天将要过完。“结幽兰而延伫”，是说手结幽兰，在天门外徘徊逗留。 108.“溷”，同“浑”。“不分”，指美恶不分。“蔽”，妨碍。 109.“白水”，水名，相传源出于昆仑山。“阆风”，山名，在昆仑山上。“绁”，音 xiè，系。 110.“高丘”，高山，即指阆风。一说是楚山名。“女”，神女。一说即巫山神女。 111.“溘”，忽，匆忙地，迅速地。“春宫”，东方青帝所居的地方。“琼”，美玉。“琼枝”，即玉树的枝。“继佩”，加添在自己的玉佩上。 112.“及荣华”句：是说趁自己容颜还未衰老，赶紧物色一个美女，把琼枝赠给她。“荣华”，本指花朵，这里比喻容颜。“落”，衰谢。“相”，看。“下女”，侍女。“诒”，同“贻”，赠送。赠给侍女，正是想接近女主人。 113.“丰隆”，见注 102。“宓”，同“伏”。“宓妃”，相传是伏羲氏的女儿，溺死于洛水，遂为洛水之神。 114.“结言”，订盟约。“蹇修”，人名。“理”，媒人。 115.“纷总总”，见注 105，指宓妃侍从之盛。“离合”，若即若离，指宓妃的态度暧昧。“纬繣”，音 wěihuà，违拗，乖戾。“迁”，变动。“纬繣难迁”，指事情没有活动商量的余地。 116.“夕归次”句：仍是写宓妃。“次”，住宿。“穷石”，山名，相传是羿的国土所在。天问：“帝降夷羿，革孽夏民（剪除人民的忧患）；胡（何以）射夫河伯，而妻彼雒（洛）嫔？”可见古代传说，宓妃同羿有爱情关系。“濯”，洗。“洧盘”，神话中的水名，发源于崦嵫山。“洧”，音 wěi。 117.“保厥美”句：是说宓妃自恃美丽而放纵游荡，即下句所谓“美而无礼”。“保”，恃。“厥”，指宓妃。“淫游”，过分地游乐。 118.“信”，诚然。“来”，乃。“违弃”，指抛弃宓妃。“改求”，另外寻求女子。 119.“览”“相”“观”，三字同义而连用。“四极”，指天的四极。“流”，游。“周流乎天”，在天上普遍经行。“下”，下降于地。 120.“瑶台”，用美玉砌成的台。“偃蹇”，形容台高。“有娀”，国名。“娀”，音 sōng。“佚女”，美女。“有娀之佚女”，指帝喾的妃，名简狄。她是商代祖先契的母亲。 121.“鸩”，音 zhèn，鸟名，羽毛有毒，比喻奸险的人。“好”，美。 122.“鸠”，鸟名，似鹊，善鸣，比喻花言巧语的人。“鸣逝”，边飞边叫。“恶”，音 wù，憎嫌。“佻巧”，指口吻轻薄，言辞不实。 123.“犹豫”“狐疑”，都是行动不能决断的意思。“欲自适”，想自己去找简狄。“不可”，不合礼法。 124.“凤皇”句：是说凤凰当然是个好媒人，可是它既已受了高辛氏的委托，自己就更少希望。相传简狄吞了玄鸟的卵而生契，见《诗经·商颂·玄鸟》、屈原《天问》和《史记·殷本纪》。这里的“凤皇”，即指玄鸟。“受诒”，指受高辛氏的委托。“高辛”，即帝喾。“先我”，在自己之先娶到了简狄。 125.“集”“止”同义，停留、居住的意思。“欲远集”，想到远方去寄居。“无所止”，无处可容身。“浮游”，飘荡。 126.“及少康”句：是说趁着少康还没有成家，我先聘下有虞氏的二姚吧。“少康”，夏代中兴的君主。“有虞”，国名，国君姓姚，是舜的后裔。“二姚”，有虞国的两个公主。据《左传》哀公元年，少康是夏后相的儿子。寒浞使浇杀死了相，少康逃到有虞，国君就把两个女儿嫁给他。后来少康乃灭浇而中兴。 127.“理”“媒”同义。“弱”，无能。“拙”，指口才笨拙。“导言”，媒人撮合时通达双方意见的话。“不固”，没有成效。 128.“世溷浊”句：说明“导言不固”的原因。“称”，传播。 129.“闺中”句：收束上文“求女”之意，归结到楚王的不明。“闺中”，上述诸美女的代称。“邃远”，深远。“哲王”，指楚怀王。“寤”，同“悟”，觉醒。 130.“情”，指忠贞之情。“发”，抒泄。“终古”，永远。“焉能忍与此终古”，怎能永远这样忍受下去。以上是第二大段，从女嬃的话引入向重华陈词，进而上叩天阍，旁求下女，极写诗人的不见容于君，不受知于世。 131.“索藑茅”句：是说用藑茅和筳竹让灵氛给自己占卦。“索”，取。“藑茅”，一种灵草，可用来占卦。“藑”，音 qióng。“以”，同“与”。“筳”，音 tíng，占卦用的小竹片。“篿”，音 zhuān，楚方言，指结草折竹来占卦。“灵氛”，神巫的名字。 132.“两美”，指男女双方，这里比喻君臣。“必合”，必能成为配偶，比喻良臣必遇明君。“慕”，可能是“莫念”二字连写之误。孰信修而莫念之，是说谁真正修洁却无人想念他呢。“之”，屈原自称。以上二句是屈原问卜之词。133.“思九州”句：意思说天下极为广阔，难道只在这个地方才有女子吗。134.“勉”，劝屈原自勉，等于说“好自为之”。“远逝”，远行。“孰求美而释女”，如果有人诚心寻求美才，谁也不会把你放过。“女”，同“汝”，指屈原。 135.“何所”任何地方。“芳草”，比喻贤君。“故宇”，故国。以上两句是灵氛的话。 136.“世”，这里指楚国。“眩曜”，纷乱迷惑。137.“户”，家家户户，指群小。“服”，佩带。“艾”，恶草名。“盈要”，满腰。“要”，同“腰”。 138.“览察”句：是说小人对草木的美恶都不能得到正确的认识，何况对美玉的估价呢。“得”，指正确的理解。“珵”，音 chéng，美玉。“当”，指对美玉有恰当的认识和估价。 139.“苏”，取。“粪壤”，秽土。“充”，装满。“帏”，佩囊。 140.“巫咸”，神巫的名字。“怀”，储藏。“椒”，香料，焚椒敬神，类似后世的烧香。“糈”，音 xǔ，精米，也是用来敬神的。“要”，读平声，迎接，祈求。 141.“百神”句：当百神齐降的时候，楚地的九疑之神也纷纷相迎。这可能因为百神是宾，九疑之神是主。“百神”，泛指天上诸神。“翳”，音 yì，遮蔽，指遮天蔽日而来。“备降”，一齐降临。“九疑”，山名，即苍梧山，在楚国境内。这里是“九疑之神”的省称。据戴震《屈原赋注》考订，“迎”，应作“迓”，是。142.“皇剡剡”句：写巫咸的灵验。“皇剡剡”，等于说光闪闪。“剡”，音 yǎn。“扬灵”，显示灵验。“故”，指前代的史实。“吉故”，指前代君臣遇合的佳话，即下文汤、禹和挚、咎繇等人的事迹。 143.“勉升降”句：意思说希望屈原勉力访求政治上与自己见解相同的人。“升降”，指上天下地。矩，画方形的工具。“矱”，音 yuē，量长短的工具。这里的矩矱引申为政治主张。 144.“严”，真心诚意。“求合”，访求志同道合的人。“挚”，即伊尹，汤的贤相。“咎繇”，即皋陶，音 gāoyáo，禹的贤臣。“调”，协调，指君臣和睦。 145.“苟中情”句：意思说只要君臣之间都修洁自好，就可以无媒而自合。“中情”，内心。“用”，因，凭借。“行媒”，往来撮合的媒人。 146.“说”，音 yuè，即傅说。“筑”，即版筑，筑墙用的工具。“操筑”，手拿版筑从事劳动。“傅岩”，地名，在今山西平陆附近。傅说即以这地名为姓。“武丁”，殷高宗的名字。相传武丁梦得贤臣，后来发现傅说与梦中所遇的人形貌相同，就用他为相。 147.“吕望”，即太公姜尚。相传他在未遇时做过屠夫，后来遇到周文王才被重用。“鼓”，鸣。“鼓刀”，敲着屠刀。 148.“甯戚”，春秋时卫国的贤士。相传他曾为商贾，宿于齐东门外，齐桓公夜出，见甯戚正在饲牛，用手敲着牛角唱歌，倾诉自己的怀才不遇。桓公就用他做客卿。“讴歌”，即徒歌，指唱歌时没有音乐伴奏。“该”，备。“该辅”，居于辅佐大臣的位置。自“勉升降”句到这句是巫咸的话。以下是屈原自己的话。 149.“年岁未晏”，是说趁时光尚早。“晏”，晚。“犹其”，“其犹”的倒文。“央”，中，半。 150.“鹈鴂”，音 tíjué，据说这种鸟一叫，草木开始凋零；这里比喻小人为害。 151.“琼佩”，比喻有美德的人，亦即屈原自比。“偃蹇”，高尚不凡。“薆然”，掩蔽，形容下文“蔽”的副词。薆，音 ài。 152.“谅”，直。“不谅”，指党人颠倒是非。“折”，损害。 153.“缤纷”，变化多端，是形容“变易”的副词。“淹留”，指久留于故国。 154.“何昔日”句：与上“兰芷”句同义。“直”，简直。“萧”，恶草名。 155.“无实而容长”，虚有其表而无实德。“容”，外表。“长”，好，多。 156.“委厥美”句：写“兰”之变易。“委”，弃。“委厥美”，抛弃了它固有的美质。“苟”，苟且地。“列乎众芳”，忝居于众芳的行列。 157.“专”，大权独揽。“佞”，谄媚人。“慢慆”，傲慢，放肆。“慆”，音 tāo。“榝”，音 shā，恶草名。 158.“既干进”句：意思说这些只想向上爬的人是无法振作自新，以芳洁自许的。“干”，钻营。“务”，营求。“进”和“入”都指向上爬。“祗”，振。“何芳之能祗”，不能以芳洁自励。 159.“流从”，“从流”的倒文。“时俗流从”，世俗之人随波逐流，一往而不返。“变化”，指由美变恶。 160.“惟兹佩”句：是说自己珍视高洁的品德，虽然这种美质被人委弃至今。 161.“芳”“芬”同义。“亏”，减少。“沬”，音 mèi，泯灭，消失。 162.“和”，指节奏和谐，是形容“调度”的副词。“调度”，人在行走时佩玉发出的节奏。“调”指玉声铿锵，“度”指步伐匀称。“聊浮游”，姑且到远方去飘荡一番。 163.“壮”，盛。“周流”，等于说“周游”，见注119。 164.“历”，选。“吉日”，好日子。 165.“羞”，脯，干肉。“精”，凿碎。“靡”，同“糜”，细屑。“粻”，音义同“粮”。 166.“驾飞龙”，指以飞龙为马，使它驾车。“杂瑶象”，指杂用美玉、象牙来装饰车子。 167.“离心”，与己离异的心。“自疏”，主动疏远。 168.“邅”，音 zhān，转。 169.“扬”，举起。“云霓”，指以云霓为旗。“晻”，音 ǎn。“晻蔼”，形容日光中旌旗的影子。“玉鸾”，指马身上的鸾铃。“啾啾”，铃声。 170.“天津”，天河。“西极”，西方的尽头。 171.“翼”，动词，指张开两翼。“承旂”，用两翼负荷着旌旗。“翱翔”，鸟飞。两翼一上一下地飞叫“翱”，两翼不动直向天飞叫“翔”。“翼翼”，指飞得整齐有节奏。 172.“流沙”，指沙漠地带。“遵”，顺着，沿着。“赤水”，神话中的水名，相传源出昆仑山。“容与”，从容宽缓的意思，这里指放慢行路的速度。 173.“麾”，指挥。“梁津”，横在水上当桥梁。“诏”，命令。“西皇”，西方的神，相传即少皞氏。“使涉予”，让他把我渡过水去。 174.“腾”，超过。“径”，径直地。“侍”，侍卫。“使径侍”，让众车来保卫着。“侍”，一本作“待”。 175.“路”，动词，经过的意思。“不周”，神话中的山名，在昆仑山的西北。“西海”，神话中的海，在最西方。 176.“屯”，积聚。“千乘”，一千辆。“齐”，排列整齐。“玉轪”，指车轴上镶饰着玉的车的轮子。“轪”，音 dài，车轮。“并驰”，齐驱并进。过不周山后路途平坦，所以又齐驱并驰。 177.“八龙”，即上文的“飞龙”。“婉婉”，同“蜿蜿”，龙身一伸一曲的样子。“云旗”，即上文的“云霓”。“委蛇”，音 wēiyí，形容旌旗随风招展。 178.“抑志”，从容的意思。“神”，精神。“高驰”，飞得很远。“邈邈”，遥远无边。“邈”，古读mò。179.“《韶》”，即《九韶》，舜的舞乐。“假”，借。“媮”，音yú，与“乐”同义。“聊假日以媮乐”，姑且借此余闲来娱乐自己。 180.“陟升皇”句：在初日的光明里，我一下看到了故乡。“陟”，音zhì，上升。“升皇”，指初从东方升起的太阳。“赫戏”，形容太阳光明地照耀。“戏”，同“曦”。“临”，居高临下的意思。“睨”，音nì，旁视。“旧乡”，即故乡。 181.“仆夫”句：通过马的不肯往前走，说出诗人无限怀念故国的心情。“仆夫”，随侍的仆从，指马夫。“怀”，忧伤的意思。“蜷局”，即蜷曲，弯缩了身体。“蜷”，音quán。“顾”，流连，迟疑。 182.“乱”，音乐的最末章，等于说“尾声”。 183.“已矣哉”，等于说“算了罢”。 184.“无人”，指无贤人。“故都”，郢都，也就是朝廷。 185.“美政”，指屈原的政治理想。“从彭咸之所居”，依照彭咸一生的行止来安排自己的生活道路。以上是第三大段，写灵氛、巫咸对诗人进行了劝导譬解，希望他另求明主，以及诗人的到底不忍离开祖国。

湘君[1]（九歌）

君不行兮夷犹[2]，蹇谁留兮中洲[3]！美要眇兮宜修[4]，沛吾乘兮桂舟[5]。令沅、湘兮无波[6]，使江水兮安流。望夫君兮未来[7]，吹参差兮谁思[8]！驾飞龙兮北征[9]，邅吾道兮洞庭。薜荔柏兮蕙绸[10]，荪桡兮兰旌。望涔阳兮极浦[11]，横大江兮扬灵[12]。扬灵兮未极[13]，女婵媛兮为余太息[14]。横流涕兮潺湲[15]，隐思君兮陫侧[16]。桂棹兮兰枻[17]，斫冰兮积雪[18]。采薜荔兮水中[19]，搴芙蓉兮木末。心不同兮媒劳[20]，恩不甚兮轻绝！石濑兮浅浅[21]，飞龙兮翩翩[22]。

交不忠兮怨长[23]，期不信兮告余以不闲[24]！鼌骋骛兮江皋[25]，夕弭节兮北渚。鸟次兮屋上[26]，水周兮堂下。捐余玦兮江中[27]，遗余佩兮醴浦[28]；采芳洲兮杜若，将以遗兮下女[29]。时不可兮再得，聊逍遥兮容与[30]！

1. 自本篇至《国殇》，都是属于《九歌》的篇章。本篇和《湘夫人》实为一篇，是祭祀湘水之神的诗。本篇巫扮女神湘夫人，唱辞中表演她在盼望男神湘君的莅临，但久待不至，因而怨慕悲伤。下篇则直接通过巫的口唱出湘夫人在北渚的忧愁盼望，而湘君终于来临，与湘夫人一同升天而去。 2. “君”，指湘君，下同。“夷犹”，犹豫不决。 3. “蹇谁留”句：是谁把你留在洲中呢。“中洲”，即洲中。 4. “美要眇”句：是说湘夫人目光流盼，容饰很美。“要眇”，音 yāomiǎo，眯目媚视。“宜修”，善于修饰。 5. “沛吾乘”句：是说湘夫人乘船去迎湘君。“沛”，形容船走得快。“桂舟”，用桂木为舟，取其芳香。下文“荪桡”“兰旌”“桂棹”“兰枻”都与此同意。 6. “令沅、湘”二句：“沅”“湘”，二水名，在洞庭湖的南面，流入湖中。“江”，指长江。 7. “夫”，语助词。 8. “参差”，用竹管编排成的乐器，为笙或排箫。“谁思”，等于说“思谁”。 9. “驾飞龙”二句：是说湘夫人因湘君没有来，便转道沿洞庭湖北行。“邅”，转。 10. “薜荔”二句：是说用各种香草做船上旌旗等饰物，形容其芳香美盛。“柏”，“帕”的误字。“帕”，古与“帛”通，旌旗的总名。“绸”，缠旗杆用的丝织品。“桡”，音 ráo，旗上曲柄。“旌”，指旗杆顶端旄羽等饰物。 11. “涔”，音 cén，水名。“涔阳”，涔水的北岸。今湖南澧县有涔阳浦，在洞庭湖和长江之间。“极浦”，遥远的对岸。 12. “横大江”，沿洞庭湖北岸横过大江。“扬灵”，神驰远眺。 13 “扬灵”句：是说湘夫人远眺未终。“极”，终。 14. “女”，湘夫人的侍女。“婵媛”“太息”，都见《离骚》注。“余”，湘夫人自指。 15. “横流涕”，指涕泪纵横。“潺湲”，音 chányuán，形容泪流不止。 16.“隐”，暗地里。“陫侧”，同“悱恻”，内心忧痛。 17.棹，音zhào，长的船桨。“兰”，木兰。“枻”，音yì，短桨。 18.“斫冰”句：是说在积雪中把冰敲开以便行船。“斫”，同“凿”。 19.“采薜荔”二句：“薜荔”是陆上的草，“芙蓉”是水中的花。“木末”，树梢。向水中采薜荔，到树上摘芙蓉，比喻徒劳而无所得。 20.“心不同”二句：是说湘君和自己不同心，媒人也只是徒劳；彼此恩情不深，所以对方竟轻易弃绝了自己。 21.“石濑”，石滩上的急流。“浅浅”，形容水流迅急。“浅”，音jiān。 22.“翩翩”，形容飞行轻快。 23.“交不忠”，指湘君相交不忠实。“怨长”，说湘夫人自己。 24.“期”，约会。“不信”，不践约。“不闲”，不得空闲。 25.“鼂骋骛”二句：是说湘夫人日间奔走迎接湘君而不遇，晚间只好到北渚休息下来。“鼂”，同“朝”，音zhāo，指白天。“骋骛”，奔走。“江皋”，江边。“弭节”，慢慢停下来。“北渚”，洞庭湖北岸附近的洲岛。在大约当今君山一带。 26.“鸟次”二句：是说湘夫人到北渚后看到的寂寞景象。“次”，栖止。“周”，环流。 27.“捐”，弃，和下句的“遗”都是丢下的意思。“玦”，音jué，环形而有缺口的玉器。 28.“醴”，同“澧”，水名，由湖南澧县纳涔水而流入洞庭湖。玦和佩都是饰物。湘夫人这时走得倦了，便脱下饰物，表示要休息的意思。 29.“将以”句：是说要把采来准备赠给湘君的香草赠给侍女。暗示等待湘君不来的失望心情。“遗”，音wèi，赠。 30.“聊逍遥”句：是宽慰自己的话，意思说姑且流连光景，逍遥以遣日。

湘夫人（九歌）

帝子降兮北渚[1]，目眇眇兮愁予[2]。袅袅兮秋风[3]，洞庭波兮木叶下。登白薠兮骋望[4]，与佳期兮夕张[5]；鸟何萃兮蘋中[6]，罾何为兮木上！沅有茝兮澧有兰，思公子兮未敢言[7]。荒忽兮远望[8]，观流水兮潺湲。麋何食兮庭中[10]？蛟何为兮水裔？朝驰余马兮江皋[11]，夕济兮西澨。闻佳人兮召予[12]，将腾驾兮偕逝。筑室兮水中，葺之兮荷盖[13]。荪壁兮紫坛[14]，匊芳椒兮成堂[15]；桂栋兮兰橑[16]，辛夷楣兮药房[17]。罔薜荔兮为帷[18]，擗蕙櫋兮既张[19]；白玉兮为镇[20]，疏石兰兮为芳[21]。芷葺兮荷屋[22]，缭之兮杜衡。合百草兮实庭[23]，建芳馨兮庑门[24]。九嶷缤兮并迎[25]，灵之来兮如云。捐余袂兮江中[26]，遗余褋兮醴浦；搴汀洲兮杜若，将以遗兮远者。时不可兮骤得，聊逍遥兮容与！

1.“帝子”，等于说“公主”，指湘夫人。相传她是天帝的女儿，一说是帝尧的女儿。“降”，走下。 2.“眇眇”，形容极目远视。“愁予”，使我愁苦。是巫的口气，说湘夫人一早起来就在北渚徘徊，盼望湘君。 3.“袅袅”二句：是说秋风一起，洞庭湖掀起波澜，树叶纷纷落下。“袅袅”，音 niǎoniǎo，形容秋风微弱但不断地吹着。 4.“薠”，音 fán，秋天生的草，长在陆地上。“登白薠”，站在长满白薠草的洲岛上。“骋望”，纵目远望。 5.“与”，举。“与佳期”，举行爱情的会见。“夕张”，是说将要在晚上陈设起来。“张”，音 zhàng，铺张陈设。 6.“鸟何萃”二句：“萃”，集中。“蘋”，水草名。“罾”，音 zēng，捕鱼的工具。鸟不在树上而入水，罾不在水中而上树，比喻一切还未就绪。 7.“公子”，与“帝君”同义，指湘君。 8.“荒忽”，同“恍惚”，形容神思迷惘。 9.“潺湲”，指缓慢的流水声。 10.“麋何食”二句：形容北渚还是很冷清的景象。“麋”，音 mí，似鹿而较大。“蛟”，没有角的龙。“水裔”，水边。 11.“朝驰”二句：写巫也为湘夫人探听湘君来临的消息。“济”，渡过。“澨”，音 shì，水涯。 12.“闻佳人”二句：写巫听说湘夫人忽然得到湘君要来的确讯，因而召她去帮忙。“闻”是巫听说。“予”，巫自指。“佳人”，指湘夫人。“偕逝”，是指湘夫人将与湘君一同升天。 13“葺之”句：是说用荷叶作为屋顶。“葺”，指用草盖房子。“荷盖”，荷叶。 14.“荪壁”句：用荪草做墙壁，用紫贝砌庭院。“紫”，即紫贝，有深褐色斑纹的圆壳。“坛”，音shàn，楚语谓庭院。 15.“槑芳椒”句：是说用椒和泥来涂饰整个的堂壁。“槑”，古“播”字，散播。“成”，同“盛”，涂饰的意思。“成堂”，指粉刷堂壁。古代用椒涂于室壁，取其温暖而芳香。 16.“栋”，屋梁。“橑”，音lǎo，屋椽。 17.“辛夷”，香木名，又叫木笔。“楣”，门上横木。“药”，香草名，即白芷。“房”，指卧室。以上写筑室所用的东西。 18.“罔”，同“网”，编织。“帷”，幔帐。 19.“擗蕙櫋”句：是说用蕙草做的隔扇也已拉开，而且陈设好了。“擗”，音pì，析开。“櫋”，音mián，室中隔扇，古代叫“屋联”。 20.“镇”，压座席的东西。古人席地而坐，所以有席。 21.“疏”，分布着陈列。“石兰”，香草名。“为芳”，取其香气。以上写室中的陈设。 22.“芷葺”二句：是说在荷叶上面再覆盖一层芷草，然后用杜蘅缭绕在屋的四周。 23.“合百草”句：把各样植物汇集在一起以充实庭院。 24.“建芳馨”句：从庑下到门前都陈设着芳香的花草。“建”，陈设。“庑”，音wǔ，廊。以上写室内外的装饰。 25.“九嶷”二句：是说九嶷之神缤纷热闹地随湘君来接湘夫人。“灵”，指众神。“如云”，形容盛多。 26.“捐余袂”六句：是巫仿照湘夫人的口气唱的，对神表示思慕之情。“袂”，同“褹”，音mèi，有里子的外衣。“褋”，音dié，没有里子的内衣。“远者”，指湘君、湘夫人。“骤”，马上。意思是要等到下次祀神时才可以见到。

少司命[1]（九歌）

秋兰兮麋芜[2]，罗生兮堂下。绿叶兮素华[3]，芳菲菲兮袭予[4]。夫人自有兮美子[5]，荪何以兮愁苦！秋兰兮青青[6]，绿叶兮紫茎。满堂兮美人[7]，忽独与余兮目成。入不言兮出不辞[8]，乘回风兮载云旗。悲莫悲兮生别离[9]，乐莫乐兮新相知。荷衣兮蕙带[10]，儵而来兮忽而逝。夕宿兮帝郊[11]，君谁须兮云之际？与女游兮九河[12]，冲风至兮水扬波。与女沐兮咸池[13]，晞女发兮阳之阿。望孅人兮未来[14]，临风怳兮浩歌。孔盖兮翠旍[15]，登九天兮抚彗星[16]。竦长剑兮拥幼艾[17]，荪独宜兮为民正[18]。

1.“少司命”，是主宰生命的神，因此也是主宰幼儿的神。本篇即是对神歌颂礼赞的诗，由男巫扮神，女巫主唱。 2.“秋兰”二句：是说秋兰和麋芜并生在堂下。“麋芜”，香草名，七八月间开白花。“罗生”，罗列着生长。 3.“素华”，白色的花。“华”，一本作“枝”。 4.“芳菲菲”，见《离骚》注。“袭”，侵入。“予”，女巫自称，下同。“袭予”，指香气袭人。 5.“夫人”二句：是说世人自有他们的好儿女，神何以还为他们愁苦呢。“夫”，语助词。“人”，泛指世上的人。“美子”，好儿女。“荪”，对神的敬称，下同。 6.“青青”，同“菁菁”，形容草木茂盛。 7.“满堂”二句：是说满堂上都是祭祀的人，而神独看着我表示深情。“余”，同“予”，女巫自称。“目成”，指两心相悦，用眼光传情。 8.“入不言”二句：是说神从来到去，没有说一句话，便乘风驾云而逝。“辞”，告别。“回风”，旋风。“云旗”，以云为旗。 9.“悲莫悲”二句：是说人以生离为最悲，以新知为最乐。这里偏重后一句的意义。 10.“荷衣”二句：是说神的服饰芳洁，行踪飘忽。

“倏”“忽”，形容瞬息万变，不可捉摸。 11.“夕宿”二句：是说神在夜间宿于帝郊，似有所待。“帝”，上帝。“帝郊”，等于说“天界”。“君”，指神。“须”，等待。“谁须”，即等谁。“云之际”，云端，半空中。以上是女巫的话。 12.“与女游”二句：据洪兴祖《楚辞补注》的考订，是因《河伯》篇而窜入的衍文，应删去。 13.“与女沐”二句：“女”，同“汝”，这是神对巫说话的口气。“晞女发”，把你的头发晒干。“阳”，太阳。“阿”，丘陵。“阳之阿”，可能指神话中日出所在的旸谷。 14.“望媺人”二句：“媺”，古“美”字。“美人”，指上文的“汝”。“恍”，怅然失意。“浩歌”，大声歌唱。以上四句是神的话。 15.“孔”，孔雀。“孔盖”，用孔雀的羽毛做车盖。“翠”，翠鸟。“旍”，古“旌”字。“翠旍”，用翠鸟的羽毛做旗上的旌饰。 16.“九天”，九重天，指天的最高处。“抚”，用手挥动。“彗”，音huì。“彗星”，俗称扫帚星。彗星出现，是扫除邪秽的象征。神抚彗星，表示为人间扫除灾难。 17.“竦”，音sǒng，高高举起。“拥”，保护的意思。“幼艾”，泛指人间的幼儿。“艾”，幼小的意思。 18.“独宜”，最相宜。“正”，读平声，本指官长，这里是主宰的意思。“为民正”，做人们的主宰。以上四句是女巫的话。

东 君[1]（九歌）

暾将出兮东方[2]，照吾槛兮扶桑[3]。抚余马兮安驱[4]，夜皎皎兮既明。驾龙辀兮乘雷[5]，载云旗兮委蛇。长太息兮将上[6]，心低徊兮顾怀。羌声色兮娱人[7]，观者憺兮忘归。緪瑟兮交鼓[8]，箫钟兮瑶虡[9]，鸣篪兮吹竽[10]，思灵保兮贤姱[11]。翾飞兮翠曾[12]，展诗兮会舞[13]。应律兮合节[14]，灵之来兮蔽日。青云衣兮白霓裳[15]，举长矢兮射天狼[16]。操余弧兮反沦降[17]，援北斗兮酌桂浆[18]。撰余辔兮高驰翔[19]，杳冥冥兮以东行[20]。

1. 本篇是祭祀日神的诗。“东君”，即日神。篇中由领唱的巫扮日神。中间有众巫饰观者伴唱。 2.“暾”，音 tūn，温暖而明朗的阳光。 3.“吾槛”，即指扶桑，神以扶桑为舍槛。“槛”，栏干。“扶桑”，传说中的神树。见《离骚》注。 4.“抚余马”二句：是说神乘马驾车从容地前进，表示天渐渐亮了。“安”，安详。“晈”，同“皎”。“晈晈”，指天色明亮。 5.“辀”，音 zhōu，车辕，这里是车的代称。“龙辀”，以龙为车。“雷”，古文写作“⊗⊗⊗⊗”，字形很像车轮。这里指以雷为车轮，所以说“乘雷”。 6.“长太息”二句：描写神在徐徐升入太空时的心情。“上”，升起。“低徊”，迟疑不进。“顾怀”，眷恋。 7.“羌声色”二句：是说旭日东升时的声势容采，使人观之乐而忘返。“憺”，音 dàn，安，指心情泰然。以上是巫扮日神东升时的唱辞。 8.“緪瑟”句：以下八句由众巫伴唱。“緪”，音 gēng，急促地弹奏。“交”，对击。“交鼓”，指彼此鼓声交相应和。 9.“箫”，“撨”的假借字，击。“箫钟”，用力撞钟。“瑶”，“摇”的假借字，震动的意思。“虡”，音 jù，悬钟磬的架。“瑶虡”，指钟响而虡也起共鸣。 10.“篪”，音 chí。“篪”“竽”，都是古代的管乐器。 11.“灵保”，指祭祀时扮神的巫。“姱”，古音 kuā，美好。 12.“翾飞”句：描写女巫们轻柔敏捷的舞姿。“翾”，音 xuān，小飞。“翾飞”，轻轻地飞扬。“翠”，同“踤”，音 cù，本指用足尖踏地，这里指舞步急促。“曾”，同“翻”，音 zēng，飞起。 13.“诗”，指配合舞蹈的曲词。“展诗”，展开诗章来唱。“会舞”，指众巫合舞。 14.“应律”，指歌协音律。“合节”，指舞合节拍。 15.“青云衣”句：是说神以云霓为衣裳，写丽日当天的景象。自此以下是日神将去时的唱辞。 16.“矢”，箭。“天狼”，即天狼星，相传是主侵掠之兆的恶星，其分野正当秦国地面。因此旧说以为这里的“天狼”是比喻虎狼般的秦国，而希望神能为人类除害。 17.“弧”，木制的弓，这里指弧矢星，共有九星，形似弓箭，位于天狼星的东南。“反”，指反身西向。“沦降”，沉落。 18.“援北斗”句：是说射掉天狼后酌酒庆功。“北斗”，见《诗经·大东》注。“桂浆”，桂花酿的酒。 19.“撰余辔”句：是说日落后神也并未休息，依然驱马向前进。“撰”，控捉。 20.“杳冥冥”句：是说在无边的夜色里，神依旧不停地由西向东走，以便第二天清晨在东方出现。“杳”，幽深。“冥冥”，黑暗。“杳冥冥”，形容夜色。

河伯[1]（九歌）

与女游兮九河[2]，冲风起兮横波[3]。乘水车兮荷盖[4]，驾两龙兮骖螭。登昆仑兮四望[5]，心飞扬兮浩荡。日将暮兮怅忘归，惟极浦兮寤怀[6]。鱼鳞屋兮龙堂[7]，紫贝阙兮朱宫[8]，灵何为兮水中[9]？乘白鼋兮逐文鱼，与女游兮河之渚，流澌纷兮将来下[10]。子交手兮东行[11]，送美人兮南浦[12]。波滔滔兮来迎[13]，鱼隣隣兮媵予[14]。

1. 本篇是祭黄河之神的诗。“河伯”是战国时代对黄河之神的通称。本篇由男巫扮神与女巫对唱。 2.“女”，同“汝”。指女巫。“九河”，相传禹分黄河为九道，叫作徒骇、太史、马颊、覆鬴、胡苏、简、洁、钩磐、鬲津。 3.“冲风”句：写一阵风扑来，中流横起了一道道波浪。“横波”，一本作“水扬波”。 4.“乘水车”二句：描写河伯所乘坐的车马。“水车”，能在水上行走的车。“荷盖”，以荷叶为车盖。古代用四匹马驾车，两旁的马叫“骖”。“螭”，音 chī，无角的龙。“骖螭”，以两螭为两旁的骖马。加上“两龙”，正是四马。以上四句是河伯的唱辞。 5.“登昆仑”句：以下七句是巫迎河伯的唱辞。“昆仑”，山名，河水的源头。 6.“惟”，思念。“极浦”，见《湘君》注11。“寤”，觉。“怀”，念。“寤怀”，一下子触景生情，思念不止。 7.“鱼鳞屋”，以鱼鳞为屋。“龙堂”，以龙鳞为堂，“鳞”字因上文而省略。 8.“阙”，宫室的门楼。“朱”，一本作“珠”，是。“朱宫”，以珍珠为宫室。 9.“灵”，指河伯。 10.“流澌”句：秋水时至，百川灌河的意思。“流澌”，即流水。《七谏·沉江》：“赴湘沅之流澌兮，恐逐波而复东。”“将”，伴随着。“下”，流下。以上三句是河伯遇见巫之后的唱辞。 11.“子交手”句：一本“子”上有“与”字。“子”，亲昵的第二人称，指河伯，即下文的“美人”。“交手”，执手。古人分离时执手话别。 12.“浦”，水口。 13.“滔滔”，形容波浪接连不断。 14.“隣隣”，一本作“鳞鳞”，形容鱼贯成行，紧密地排列。“媵”，音yìng，本来指陪嫁的女子，这里作动词用，陪侍、伴随的意思。“予”，巫自称。以上四句是巫送河伯的唱辞。

山鬼[1]（九歌）

若有人兮山之阿[2]，被薜荔兮带女罗[3]。既含睇兮又宜笑[4]，子慕予兮善窈窕[5]。乘赤豹兮从文狸[6]，辛夷车兮结桂旗[7]；被石兰兮带杜衡，折芳馨兮遗所思[8]。余处幽篁兮终不见天[9]，路险难兮独后来[10]。表独立兮山之上[11]，云容容兮而在下[12]。杳冥冥兮羌昼晦[13]，东风飘兮神灵雨[14]。留灵修兮憺忘归[15]，岁既晏兮孰华予[16]！采三秀兮于山间[17]，石磊磊兮葛蔓蔓[18]。怨公子兮怅忘归，君思我兮不得闲。山中人兮芳杜若[19]，饮石泉兮荫松柏[20]，君思我兮然疑作[21]。雷填填兮雨冥冥[22]，猿啾啾兮狖夜鸣[23]。风飒飒兮木萧萧[24]，思公子兮徒离忧[25]。

1. 楚国神话中有巫山神女的传说，本篇所描写的可能就是早期流传的神女的形象。她只能在夜间出现，没有神的威仪，和《九歌》中所祀的其他神灵不同。歌辞全篇都是巫扮山鬼的自白。 2. “若有人”，仿佛一个人影似的。“山之阿”，山中深曲的地方。 3.“被”，同“披”，披在身上。“女罗”，即女萝，蔓生植物，又叫松萝。“带女罗”，以女萝为衣带。 4. “含睇”，含情而视。“睇”，音 dì，微视。“宜笑”，笑得很美。 5. “子”，与下文的“灵修”“公子”“君”都是指山鬼所思念的人。“慕”，爱慕。“善”，美好，是形容“窈窕”的副词。“窈窕”，见《诗经·关雎》注。 6. “赤豹”，皮毛呈赤褐色的豹。“狸”，狐一类的兽。“文狸”，毛色有花纹的狸。 7. “辛夷车”，以辛夷木为车。“结”，编结。“桂旗”，以桂为旗。 8. “芳馨”，指香花或香草。“遗所思”，赠给所思念的人。 9. “篁”，音 huáng，竹的通称。“幽篁”，竹林深处。 10. “险难”，艰险难行。“后来”，来迟了。11. “表”，突出地。 12. “云容容”句：是说站在高处，云反在脚下。“容容”，同“溶溶”，形容云像流水似的慢慢移动。 13. “昼晦”，白天而光线昏暗。 14. “东风”句：是说山中风雨无常，变幻多端。“飘”，急风回旋地吹。“神灵雨”，指雨神指挥着下雨。 15. “留灵修”句：是山鬼的愿望。意思说希望灵修能到这儿来，然后留住他，使他乐而忘归。下文的“怅忘归”是说自己惆怅忘返，与此不同。 16. “晏”，晚。“岁既晏”，等于说年华老大。“华予”，以我为美。“孰华予”，谁还把我当成美丽年轻的人呢。17. “三秀”，即灵芝。相传灵芝一年开三次花。“秀”，开花的意思。“于”，古音 yú，与“巫”通。“于山”，即巫山。 18. “石磊磊”句：是说灵芝生长在乱石堆和蔓草丛中。“磊磊”，形容众石攒聚。“葛”，蔓生植物，纤维可织布。“蔓蔓”，形容纠缠纷乱。 19. “山中人”，山鬼自指。“芳杜若”，像杜若那样芳洁。 20. “饮石泉”句：是说饮食居处都十分高洁，比喻品质坚贞。“石泉”，山石中流出的泉水。“荫”，住在树下。 21. “然疑作”，可是又因为我是鬼而心疑。“然”，也可解为肯定的意思。就是说疑信交加，指山鬼对于“君思我”的半信半疑。 22. “填填”，雷声。“雨冥冥”，阴暗的雨天。 23.“啾啾”，猿的叫声。“狖”，音 yòu，即长尾猿。 24.“飒飒”，风声。“飒”，音 sà。“萧萧”，落叶声。 25.“徒”，徒然。“离忧”，牢愁，忧伤。

国殇[1]（九歌）

操吴戈兮被犀甲[2]，车错毂兮短兵接[3]。旌蔽日兮敌若云[4]，矢交坠兮士争先[5]。凌余阵兮躐余行[6]，左骖殪兮右刃伤[7]。霾两轮兮絷四马[8]，援玉枹兮击鸣鼓[9]，天时怼兮威灵怒[10]，严杀尽兮弃原野[11]。出不入兮往不反[12]，平原忽兮路超远[13]。带长剑兮挟秦弓[14]，首虽离兮心不惩[15]。诚既勇兮又以武[16]，终刚强兮不可凌[17]。身既死兮神以灵[18]，魂魄毅兮为鬼雄[19]！

1. 本篇是追悼阵亡士卒的挽诗。“国殇”，指为国捐躯的人。本篇全由巫来唱，可能是为楚怀王十七年（前 312），秦大败楚军于丹阳、蓝田一役而写的。 2.“戈”，平头戟。“吴戈”，吴国所制的戈。当时这种戈最锋利。“被”，同“披”。“犀甲”，犀牛皮制的甲。 3.“错”，交错。“毂”，音 gǔ，车的轮轴。“车错毂”，指双方战车交错在一起。“短兵”，指刀剑一类的兵器。 4.“旌”，旗。“敌若云”，极言敌军人多。 5.“矢交坠”，流矢在双方阵地上纷纷坠落。 6.“凌”，侵犯。“阵”，阵地。“躐”，音 liè，践踏。“行”，音 háng，队伍的行列。 7.“殪”，音 yì，毙。“右”，指右侧的骖马。“右刃伤”，右骖也被兵刃杀伤。 8.“霾”，同“埋”，指车轮陷入泥中。“絷四马”，驾车的马被绊住。 9.“援玉枹”句：是说主帅击鼓振作士气。“援”，拿起。“枹”，音 fú，鼓槌。“玉枹”，嵌玉为饰的鼓槌。“鸣鼓”，声音很响的鼓。 10.“天时”句：等于说天怨神怒。“天时”，天象。“怼”，音 duì，怨。“威灵”，指神。 11.“严”，壮烈地。“杀尽”，指战士死光。“弃原野”，弃尸于战场。 12.“出不入”句：哀悼死者一去不归。“反”，同“返”。 13.“忽”，渺茫而萧索。“超远”，即遥远。 14.“带”，佩在身上。“挟”，夹在腋下。“秦弓”，秦国所制的弓。这种弓很硬，射程最远。 15“首虽”句：是说身可杀而心不可屈。“惩”，创。 16.“诚”，果然是。“勇”，指精神勇敢。“武”，指武力强大。 17.“终”，到底。“不可凌”，指志不可夺。 18.“以”，乃。“神以灵”，指死而有知，英灵不泯。19.“毅”，威武不屈。“为鬼雄”，在鬼中也是出类拔萃的英雄。

招魂[1]

朕幼清以廉洁兮身服义而未沫[2]，主此盛德兮牵于俗而芜秽[3]；上无所考此盛德兮长离殃而愁苦[4]！

帝告巫阳曰[5]:“有人在下我欲辅之[6]，魂魄离散汝筮予之[7]！”巫阳对曰:“掌梦上帝其难从[8]！若必筮予之，恐后之谢不能复用[9]。”巫阳焉乃下招曰[10]：

魂兮归来！去君之恒干何为乎四方些[11]？舍君之乐处而离彼不祥些[12]。魂兮归来！东方不可以托些。长人千仞惟魂是索些[13]。十日代出流金铄石些[14]。彼皆习之魂往必释些[15]。归来归来，不可以托些！魂兮归来！南方不可以止些。雕题黑齿[16]，得人肉以祀，以其骨为醢些。蝮蛇蓁蓁封狐千里些[17]。雄虺九首[18]，往来倏忽，吞人以益其心些。归来归来，不可以久淫些[19]！魂兮归来！

西方之害流沙千里些。旋入雷渊爢散而不可止些[20]。幸而得脱其外旷宇些[21]。赤蚁若象玄蜂若壶些[22]。五谷不生蘩菅是食些[23]。其土烂人求水无所得些[24]。彷徉无所倚广大无所极些[25]。归来归来，恐自遗贼些[26]！魂兮归来！北方不可以止些。增冰峨峨飞雪千里些[27]。归来归来！不可以久些！魂兮归来！君无上天些。虎豹九关啄害下人些[28]。一夫九首拔木九千些[29]。豺狼从目往来侁侁些[30]。悬人以娭投之深渊些[31]。致命于帝然后得瞑些[32]。归来归来！往恐危身些！魂兮归来！君无下此幽都些[33]。土伯九约其角觺觺些[34]。敦脄血拇逐人駓駓些[35]。参目虎首其身若牛些[36]。此皆甘人[37]。归来归来！恐自遗灾些！

魂兮归来！入修门些[38]。工祝招君背行先些[39]。秦篝齐缕郑绵络些[40]。招具该备永啸呼些[41]。魂兮归来！反故居些。天地四方多贼奸些[42]。像设君室静闲安些[43]。高堂邃宇槛层轩些[44]。层台累榭临高山些[45]。网户朱缀刻方连些[46]。冬有突厦夏室寒些[47]。川谷径复流潺湲些[48]。光风转蕙泛崇兰些[49]。经堂入奥朱尘筵些[50]。砥室翠翘挂曲琼些[51]。翡翠珠被烂齐光些[52]。蒻阿拂壁罗帱张些[53]。纂组绮缟结琦璜些[54]。室中之观多珍怪些。兰膏明烛华容备些[55]。二八侍宿夕递代些[56]。九侯淑女多迅众些[57]。盛鬋不同制实满宫些[58]。容态好比顺弥代些[59]。弱颜固植謇其有意些[60]。姱容修态絙洞房些[61]。蛾眉曼睩目腾光些[62]。靡颜腻理遗视矊些[63]。离榭修幕侍君之闲些[64]。翡帷翠帐饰高堂些。红壁沙版玄玉梁些[65]。仰观刻桷画龙蛇些[66]。坐堂伏槛临曲池些。芙蓉始发杂芰荷些[67]。紫茎屏风文绿波些。文异豹饰侍陂陀些[68]。轩辌既低步骑罗些[69]。兰薄户树琼木篱些[70]。魂兮归来！何远为些[71]？室家遂宗食多方些[72]。稻粢穱麦挐黄粱些[73]。大苦咸酸辛甘行些[74]。肥牛之腱臑若芳些[75]。和酸若苦陈吴羹些[76]。胹鳖炮羔有柘浆些[77]。鹄酸臇凫煎鸿鸧些[78]。露鸡臛蠵厉而不爽些[79]。粔籹蜜饵有餦餭些[80]。瑶浆蜜勺实羽觞些[81]。挫糟冻饮酎清凉些[82]。华酌既陈有琼浆些[83]。归反故室敬而无妨些[84]。肴羞未通女乐罗些[85]。陈钟按鼓造新歌些[86]。《涉江》《采菱》发《扬荷》些[87]。美人既醉朱颜酡些[88]。娭光眇视目曾波些[89]。被文服纤丽而不奇些[90]。长发曼鬋艳陆离些[91]。二八齐容起郑舞些[92]。衽若交竿抚案下些[93]。竽瑟狂会搷鸣鼓些[94]。宫庭震惊发《激楚》些[95]。吴歈蔡讴奏大吕些[96]。士女杂坐乱而不分些。放陈组缨班其相纷些[97]。郑卫妖玩来杂陈些[98]。《激楚》之结独秀先些[99]。箟蔽象棋有六簙些[100]。分曹并进遒相迫些[101]。成枭而牟呼五白些[102]。晋制犀比费白日些[103]。铿钟摇虡揳梓瑟些[104]。娱酒不废沉日夜些[105]。兰膏明烛华镫错些[106]。结撰至思兰芳假些[107]。人有所极同心赋些[108]。酎饮尽欢乐先故些[109]。魂兮归来！反故居些。

乱曰：献岁发春兮汩吾南征[110]。菉蘋齐叶兮白芷生[111]。路贯庐江兮左长薄[112]，倚沼畦瀛兮遥望博[113]。青骊结驷兮齐千乘[114]，悬火延起兮玄颜烝[115]。步及骤处兮诱骋先[116]，抑骛若通兮引车右还[117]。与王趋梦兮课后先[118]，君王亲发兮惮青兕[119]。朱明承夜兮时不可以淹[120]，皋兰被径兮斯路渐[121]。湛湛江水兮上有枫[122]，目极千里兮伤春心[123]。魂兮归来哀江南[124]！

1. 关于本篇作者，旧有二说：一、屈原作；二、宋玉作。据《史记·屈原贾生列传》的赞语，现肯定为屈原的作品。关于本篇的内容，旧又有屈原招怀王亡魂和屈原自招生魂等说法；但细绎文义，都不免窒碍难通。从篇中描写来看，所谓“招魂”的性质并非属于单纯的个人哀悼，而是在春天举行的一场规模宏大、仪式隆重的典礼。《周礼·春官》：“男巫掌望祀、望衍、授号，旁招以茅。冬堂赠无方无算，春招弭以除疾病，王吊则与祝前。”郑玄注引杜子春说：“旁招以茅，招四方之所望祭者。”又郑注：“招，招福也。……弭，读为敉字之误也。敉，安也，安凶祸也。招敉皆有祀衍之礼。”正与篇中所描写的安礼亡魂的性质和向四方招魂的情形相同。《周礼·春官》又说：“王吊则与巫前。”郑众以为这是指“君临臣葬之礼”。本篇既写招魂的仪式由巫阳执行，又有王亲自参加典礼，都与《周礼》之说相合。因疑本篇是屈原为三闾大夫时所作，是描写为阵亡的贵族武臣们举行葬礼的作品，性质与《国殇》相类似而所祭对象的身份各自不同。至于“乱辞”中有楚王出猎于梦的描写，当是在招魂以前举行的“春蒐”（《尔雅·释天》：“春猎为蒐。”），也应该是这一典礼的一部分。为了帮助读者理解本篇文义，姑提供这个说法以备参考。 2.“朕”，屈原自称。“服义”，等于说“行义”，依照正义办事。“未沬”，见《离骚》注，这里是不敢违反的意思。 3.“主”，主持。“盛德”，大功德，指招魂的盛典。“牵于俗”，为尘俗所牵缠。“芜秽”，指自身有缺点。这是屈原自谦的说法。 4.“上无所考”句：是说由于对上天不能完成这个大功德，因此长久感到疲病而愁苦。“上”，上天，上帝。“考”，成。“长”，久。“离”，同“罹”，遭逢。“殃”，病。 5.“帝”，即上帝。“巫阳”，神巫的名字。 6.“有人”句：“人”，指屈原。“下”，指人间。“辅之”，辅助他。 7.“魂魄”句：那些魂魄已经四散了，你通过占筮算出来交给他。“予”，同“与”，给。 8.“掌梦”句：《周礼·春官》：“占梦，掌其岁时，观天地之会，辨阴阳之气。”这里巫阳说自己本是给上帝掌管占梦的，因此对这个命令很难听从。一本“其”字前有“命”字，是。另一本“命”字在“其”字下。 9.“若必”句：

意思是说如果一定把亡魂筮问出来交给他，开了先例，恐怕后来的死者就不能再用这办法。“谢”，殂谢，死去的意思。又，《楚辞》中“谢”“序”有时似可通用，“序”，次。这句一本无“之”字，另一本“之”字移在“谢”字后。 10.“焉”，语助词，“这样”的意思。“下”，从上帝那里降临人间。“招”，召唤。 11.“去君”句：是说亡魂为什么离开了躯体而流散到四方去。“去”，离去。“君”，指死者。“恒”，常。“干”，躯体。“恒干”，指人身是魂魄经常寄托的地方。“些”，音 suò，楚地方言，与“兮”字同。 12.“舍”，同“捨”，离开，抛弃。“离”，同“罹”。 13.“长人”句：是说东方有巨人专门找魂来吃。“仞”，八尺。“索”，寻求。 14.“十日”句：相传东方的扶桑树上有十个太阳。“代”，交替。“代出”，《艺文类聚》卷一、《太平御览》卷四引此文都作“并出”，是。“并出”，同时出现。“流金”，金属都熔为流动的液体。“铄”，音 shuò，销熔。 15.“彼”，指巨人。“释”，熔解。 16.“雕题”三句：是说南方的野人用人肉做祭品，用人骨做肉酱。“题”，额。“雕题”，在额上雕刻花纹，涂上颜色。“黑齿”，用漆把牙齿染黑。 17.“蝮”，音 fù，毒蛇名。“蓁蓁”，积聚得很多。“蓁”，音 zhēn。“封”，大。“千里”，遍地都是的意思。 18.“雄虺”三句：“虺”，音 huǐ，大毒蛇。“倏忽”，见《少司命》注。“益其心”，满足愿望。 19.“淫”，滞留。 20.“旋入”句：是说被风沙卷进雷神的深渊，魂魄就破碎不可收拾了。“旋”，旋转。“雷渊”，雷神所住的大泽。“靡”，同“糜”，粉碎。 21.“旷宇”，空地，无人之境。 22.“赤蚁”句：赤蚁像象一般大，黑蜂的形状像葫芦。“玄”，黑。“壶”，大葫芦。 23.“五谷”句：意思说没有五谷只能吃野草。“藂”，同“丛”，丛生的草。“菅”，音 jiān，茅草。 24.“烂”，糜烂，腐烂，这里是动词。 25.“彷徉”，音 pángyáng，同“彷徨”。“倚”，依托。“极”，穷尽。“无所极”，走不到边。 26.“自遗贼”，给自己带来灾害。“遗”，带给。“贼”，害。下文“自遗灾”，与此同义。 27.“增”，同“层”。“峨峨”，形容冰堆积得像高山。 28.“虎豹”句：是说虎豹守着天门，啄伤从下界来的人。“九关”，九重门，传说天门有九重。“啄”，用口咬人。 29.“一夫”句：是说有生着九个头的怪人力大无穷，能拔起九千根木头。 30.“从”，同“纵”。“从目”，竖着眼睛。“侁侁”，形容来往迅速。“侁”，音 shēn。 31.“悬人”句：把人悬挂起来玩弄，玩够了就投入深渊。“娭”，同“嬉”，玩耍。 32.“致命”句：是说被投入深渊的人求死不得，直到上帝批准，才得瞑目。“致命”，把命交给上帝。 33.“幽”，黑暗。“幽都”，地下的都邑。 34.“土伯”，守卫地下各处的魔王。“九约”，九屈。“觺觺”，形容角尖锐。“觺”，音 yí。 35.“敦”，厚。“脄”，音 méi，背上的肉。“敦脄”，指背肉隆起。“血拇”，染着血的拇指。“駓駓”，兽走得很快的样子。“駓”，音 pī。 36.“参”，同“三”。“参目”，长着三只眼。 37.“甘”，美，这里是动词。“甘人”，喜欢吃人。 38.“修”，长。“修门”，典礼场所高大的门。 39.“工祝”句：是说由巫把亡魂招入门中，倒退着走在前面导引亡魂。“工”，巧，指善于招魂。“祝”，男巫。 40.“秦篝”句：是写招魂所用的工具。“篝”，篝火，古代的灯笼。“秦篝”，秦地出产的灯笼。“齐缕”，齐地出产的丝绳。“郑绵”，郑地出产的丝绵。“络”，絮，粗棉。或说是生麻。这些丝麻大约是缀饰灯笼或用来制成幡幢一类的东西。 41.“招具”，招魂的用具，指“秦篝”等物。“该备”，齐全。“永”，长声。“啸呼”，指招魂的呼唤声。 42.“贼奸”，指上文所描写的各种危害。 43.“像设”句：是说仿照死者生前的居室布置陈设。“像”，仿照。“设”，设置。“静”，宁静，形容“闲安”的副词。“闲安”，从容安适。 44.“高堂”句：是说在高堂深宅的外面有回绕着栏杆的一层层敞亮的轩厅。“堂”，正屋。“邃”，音 suì，深。“邃宇”，深深的宅院。“槛”，栏杆，这里是动词。“轩”，带有长廊的敞厅。 45.“层台”句：是说面临着高山修筑起台榭。“累”，重叠。“榭”，有屋的台。 46.“网户”，刻着像网一样花纹的门。“缀”，指门的边缘。“方连”，连接不断的卍字形的花纹。 47.“突”，音 yào，深密的意思。“厦”，大屋。“突厦”，结构重深，寒气不能侵入的温室。 48.“川谷”，指园中的溪流。“径复”，往来环绕。 49.“光风”句：是说在晴天朗日之下和风吹拂着香草。“光风”，晴天的风。“转”，转动。“泛”，摇动着。“崇”，与“丛”通。“崇兰”，即丛兰。 50.“经堂”句：是说从堂到奥都有红色的天花板连接着。“经”，经过。“奥”，本指室的西南角，这里指屋子深处。“尘”，承尘，即天花板。 51.“砥室”句：是说把用来揩拭屋子的翠翘悬挂在玉钩上。“砥”，磨刀石。这里是动词，揩拭、摩擦的意思。“砥室”，把室中拂拭得很光滑。“翘”，鸟尾上的羽毛。“翠翘”，用翠鸟的尾羽做成的拂拭尘土的用具，类似后世的鸡毛掸子。“曲琼”，玉做的钩。 52.“翡翠”句：用翡翠鸟羽织成的锦被，并用珍珠缀饰着，灿烂地发出光彩。“翡翠”，鸟名，雄的毛色绯红，叫翡；雌的毛色青翠，叫翠。“烂”，灿烂。“齐光”，指毛羽和珍珠交相辉映。 53.“蒻阿”句：墙上蒙着缯制的壁衣，床上挂着罗制的帷帐。“蒻”，同“弱”，细软的意思。“阿”，即缯。“缯”和“罗”都是丝织品的通称。“拂”，披覆，蒙盖。“帱”，音 chóu，单帐。“张”，张挂。 54.“纂组”句：是说在薄薄的罗帐上用丝绦系结着各种美玉，类似后世的流苏。“纂”“组”“绮”“缟”，指各色丝绦。“纂”是纯赤色的，“组”是五彩的，“绮”是花花绿绿的，“缟”是纯素色的。“结”，系着。“琦”，美玉。“璜”，音 huáng，半圆形的玉。 55.“兰膏”句：是说灯光很亮，美女都齐集了。“膏”，油脂。“兰膏”，拌入香料炼成的油脂，用来做烛，燃时有香气。“华容”，美丽的容颜，这里是美女的代称。“备”，齐备，都来齐了。 56.“二八”，古代值班女子，八人为一班，共分两班。“夕递代”指晚间轮流值班。“夕”，一本作“射”。 57.“九”，泛指多数。“九侯”，即列侯，指楚国属下的附庸小国。“淑女”，美女。“多”，大多数。“迅”，敏捷的意思。“迅众”，比一般人敏捷。 58.“盛鬋”句：是说梳着各种式样发型的女子充满了后宫。“盛”，浓密的意思。“鬋”，音 jiǎn，鬓。“不同制”，式样不一。“实满”，充满。 59.“容态”句：这些女子的容貌体态美好可亲，实在是绝代的佳人。“好”，美。“比”，亲。“顺”，通“洵”，实在是，真是。“弥代”等于说“盖世”。 60.“弱颜”句：是说这些女子玉立亭亭，貌美多情。“弱颜”，柔颜，玉貌。“固植”，亭亭而立。

“植”，一作“立”。“蹇”，同“謇”，语助词。“有意”，有情。 61.“姱容”句：是说卧室中到处都是美女。“姱容”，面貌娇丽。“修态”，身材苗条。“絙”，本是绳子，这里是“亘”的假借字，有布满、无处不有的意思。“洞”，深。“洞房”，深邃的内宅，即卧室。 62.“蛾眉”句：是说女子的眉目秀丽。“蛾眉”，见《离骚》注。“曼”，长，柔细。“睩”，音 lù，非正式地看。“曼睩”，轻柔的一瞥。“腾光”，闪烁发光。 63.“靡”，细。“靡颜”，与“弱颜”同义。“腻”，柔滑。“理”，皮肤。“遗视”，留下的眼波。曹植《美女篇》：“顾盼遗光彩。”“矊”，音 mián，含情脉脉。 64.“离榭”句：意思说无论走到哪里，这些女子都在旁边伺候。“离榭”，等于说“别墅”。“修”，长，高大。“闲”，闲暇无事的时候。 65.“沙”，赤色。“玄”，黑色。“玄玉梁”，用黑漆漆成的房梁，光泽如玉。 66.“仰观”句：抬头看到屋椽上雕刻着龙蛇的形象。“桷”，音 jué，方的屋椽。67.“芙蓉”二句：描写池中景物。“芙蓉”，指荷花。“芰荷”，指荷叶。“屏风”，植物名，即荇菜，茎是紫色的。“文”，同“纹”。“文绿波”，水上呈绿色的波纹。“绿”，一作“缘”。 68.“文异”句：是说侍卫的武士在山坡上伺候。“文异”，指有奇异文彩的服装。“豹饰”，以豹皮为衣饰。“陂陀”，音 pōtuó，高低不平的山坡。 69.“轩辌”句：是说步兵骑兵在车旁前呼后拥。“轩”，有篷的轿车。“辌”，音 liáng，有窗而舒适的车。“低”，同“邸”，舍。指车停下来。“步”，步兵。“骑”，音 jì，骑兵。“罗”，罗列。 70.“兰薄”句：是说门前种着香草，四周围着玉树。“薄”，丛。“树”，植。“篱”，围在四周。自“像设君堂”句至本句，都是写招魂场所富丽堂皇的布置，其中的人物可能是陶制的俑等，如后世的纸人纸马之类。 71.“何远”句：是说亡魂何必还漂泊在远方呢。 72.“室家”句：是说宗族举行祭礼祀飨亡魂，有多种多样的供品。“室家”，指同族的人。“宗”，聚集在一起祭祀。“多方”，多样。 73.“稻粢”句：是说用各种谷物做祭品。“粢”，音 zī，稷的别名，即高粱。“穱麦”，早熟的麦。“穱”，音 zhuō。“挐”，音 rú，掺杂。“黄粱”，一种黄米。 74.“大苦”句：是说五味并用。“大苦”，正味的苦。“辛”，辣。“甘”，甜。“行”，使用。　75.“肥牛”句：肥牛的腱子肉又烂又香。“腱”，音 jiàn，筋部的两端。“臑若”，柔嫩易烂，“臑”，音 nào。　76.“和酸”句：意思说吴地的菜羹是酸味、苦味兼用的。“和”，调和。“若”，顺，也是“和”的意思。“陈”，陈列。　77.“胹”，音 ér，煮。“炮”，连毛用火烤熟。“羔”，小羊。“柘”，同“蔗”，“柘浆”，即糖汁，烧菜时用来调味的。　78.“鹄酸”，据《艺文类聚》卷二十五引此文作“酸鹄”，是。“酸”，用醋烹。“鹄”，天鹅。“臇”，音 juǎn，即清炖，汤汁很少。“凫”，音 fú，野鸭。“鸿”“鸧”，都是雁类的鸟。“鸧”，音 cāng。　79.“露”，一种烹调术，其法不详。“臛”，音 huò，红烧。“蠵”，音 xī，大龟。“厉”，味道浓烈。“爽”，败。“不爽”，不腻口、不败胃的意思。　80.“粔籹”，音 jùnǚ，甜脆的食物，类似后世的麻花。“蜜饵”，蜜制的糕饼。“餦餭”，音 zhānghuáng，甜的面食。　81.“瑶浆”句：是说好酒斟满在杯中。“瑶浆”，像玉一样透明的酒。下文“琼浆”，与此同义。“勺”，同“酌”。“蜜勺”，甜酒。“羽觞”，酒器名。形状像鸟雀，所以叫“羽觞”。　82.“挫”，除去。“挫糟”，指去净酒糟的清酒。“冻饮”，等于说“冷饮”。“酎”，音 zhòu，酒味很醇。　83.“华酌”，美丽的酒斗。“酌”，同“杓”，盛酒的斗。　84.“敬而无妨”，指祭祀的人很有敬意，对亡魂不会有妨碍。　85.“肴羞”句：是说筵席还没有撤去，歌女们就来演奏了。“肴”，肉类。“羞”，菜的总名。“肴羞”，泛指美味的菜。“通”，本作“彻”，因汉人避武帝刘彻的名讳改成“通”。“彻”，同“撤”。“女乐”，女子乐队。自此以下至“娱酒”句，写祭礼最后的娱魂场面。　86.“陈”，奏。“按”，击。　87.“《涉江》”“《采菱》”，楚国流行的曲名。“发”，唱出。“《扬荷》”，即《阳阿》，楚国的舞曲名。　88.“朱颜”，即红颜，指美人的脸。“酡”，音 tuó，因酒醉而面泛赭红色。　89.“娭光”句：描写女子目光动人。“娭光”，欢乐的眼光。“眇视”，含情而视。“曾”，同“层”。“目曾波”，眼光流动像层层水波。　90.“被文”句：描写女子服装鲜艳。“被”，同“披”。“文”，绣，指绣着文彩的衣服。“服”，身穿。“纤”，细软的丝织品。“奇”，音 jī，单调。“丽而不奇”，色彩艳丽而不单调。 91.“艳”，形容“陆离”的副词。“陆离”，形容女子打扮得五光十色。 92.“二八”，指女乐八人为一队，共分两队。“齐容”，一样的装束。“起”，起舞。“郑舞”，郑国的舞法。 93.“衽若”句：描写女子舞姿低昂。“衽”，衣襟。也通“袂”。“交竿”，形容舞者手提衣襟扬起，形成直线，彼此相交错，像竹竿一样。“抚案”，形容舞袖低抚，“案”，同“按”。“下”，也可能指舞完徐徐退场。 94.“竽瑟”句：描写曲终时奏乐的情形。“竽”，见《东君》注。“狂会”，等于说“竞奏”，指急管繁弦紧张地合奏。“搷”，音 tián，急击。 95.“《激楚》”，楚国的舞曲名，调子比较激昂紧张。 96.“吴歈”句：是说除楚乐外，还演奏他种音乐。“吴歈”“蔡讴”，指吴、蔡两国的民歌。“歈”，音 yú，“讴”，音 ōu，都是民歌的名称。“大吕”，古乐调名，六律之一。 97.“放陈”句：描写参加祭礼的男女们杂坐的情形。“放陈”，随意放置。“组”，衣带。“缨”，冠缨，这里是冠的代称。“班”，座位的次序。“相纷”，彼此调换，纷乱无定。 98.“郑卫”句：是说从郑、卫各国搜集来的美好玩物杂陈在面前。“妖玩”，美好的玩物。 99.“结”，尾声。“秀先”，比前面演奏过的音乐优美动听。 100.“箟蔽”句：是说进行六簙的游戏作为消遣。“箟蔽”，音 kūnbì，竹制的筹码。“象棋”，象牙制的棋子。“簙”，音 bó，玩具名。“六簙”，古代的棋戏。两人对下，用六支箟蔽和十二枚棋子进行游戏，每人掌握六枚棋子，所以叫“六簙”。 101.“分曹”句：是说分为两方，走起棋来。“曹”，偶，相对的两方。“进”，向前进子。“遒”，音 qiú，紧张地。“相迫”，指双方进子彼此逼近。 102.“枭”“牟”，都是玩六簙的专门术语。先秦的簙法今已不详。大约是一个长方形的棋盘，狭面画六格，宽面画十二格，正中有一格叫“水”。走棋时须掷骰成彩，走到水边，便竖起棋子，叫“枭”。两人势均力敌，相持不下，叫“牟”。“牟”，同“侔”，相等的意思。“五白”，掷骰的彩名。掷得五白，可以杀对方的枭棋。所以当双方相持不下时要大呼五白以求胜。 103.“犀比”，可能是晋国制作的赌具名。“费白日”，消磨了一整天。 104.“铿”，音 kēng，本是形容钟声响亮，这里指敲钟。“摇虡”，指钟架震动而引起共鸣。“揳”，同“戛”，弹奏。“梓瑟”，用梓木制成的瑟。 105.“娱”，娱乐。“娱酒”，饮酒取乐。“不废”，不止。“沉日夜”，夜以继日地沉湎在酒中。 106.“镫”，同“灯”。“错”，同“措”，安置妥善。 107.“结撰”句：指撰写这篇招魂之辞。“结”，构思。“撰”，写作。“至思”，深厚的思想感情。“兰芳”，指死者的品德。《九歌·礼魂》：“春兰兮秋菊，长无绝兮终古！”“假”，大，长远的意思。 108.“人有”句：是说每个人心中各有所专注，但都一致在赋这篇招魂之辞。“极”，尽，指尽心。 109.“乐先故”，使先故去的人得到安乐。《礼记·祭义》：“祭之日，飨之必乐，已至必哀。”又：“乐以迎来，哀以送往。”本篇中迎飨的描写，即“乐以迎来”，所以说“乐先故”。 110.“献岁”句：是说开年初春时我们就赶紧南来了。“献岁”，进入新的一年。“发春”，开春。“汩”，见《离骚》注。 111.“菉”，同“绿”。“菉蘋”，绿色的水草，和“白芷”是对文。“齐叶”，长齐了叶子。 112.“贯”，直通。“庐”，通“芦”。“庐江”，初生芦苇的大江。“左”，向左转。“长薄”，连绵不断的丛林。 113.“倚”，沿着。“沼”，音 zhǎo，小池。“畦”，一块块的水田。“瀛”，湖泊之类的大水。“沼畦瀛”，泛指江南湖沼地区。“遥望博”，一望辽阔无边。 114.“青骊”，青黑色的马。“青骊结驷”，用四匹青黑色的马结在一起，共驾一车。“齐千乘”，一千辆车一齐出发。 115.“悬火”，即猎火，指焚林用的火把。古代射猎，先用火焚烧山林，把禽兽驱逐出来。“延起”，蔓延地烧起。“玄颜”，等于说天色。“烝”，同“蒸”。“玄颜烝”，指火气上蒸，天都变色了。 116.“步及”句：是说步行的追上骑马的，在前头领着马跑去。“步”，徒步奔跑的人，这里指马夫。“及”，赶上。“骤处”，骑马的人驰骤之处。“诱”，前导。 117.“抑”，勒住马。“骛”，纵马快跑。“若”，顺。“通”，畅。“抑骛若通”，即进退自如。“引车右还”，赶着车向右转。 118.“趋”，急急奔赴。“梦”，地名，在长江之南，与江北的“云”合称云梦泽，是楚国的名胜区，当今洞庭湖北畔。“课”，考察。“课后先”，考察一下谁先到谁后到。 119.“亲发”，亲自射箭。“青兕”，青色野牛。“惮青兕”，是说使野兽骇怕。以上是描写招魂前大猎的情形。 120.“朱明”，指日。太阳是又红又亮的。“朱明承夜”，日夜相承接。“时不可以淹”，时光是留不住的。“淹”，留。 121.“皋兰被径”，岸旁的兰草遮满了道路。“斯路”，指来时的道路。“渐”，音 jiān，没，指被草所埋没。 122.“湛湛”，形容水清。“湛”，音 zhàn。 123.“目极千里”，远望到千里之外。“伤春心”，指美好的春景又给人心上带来了悲伤。 124.“哀江南”，意思说在江南地方对亡魂致以哀悼。以上写招魂后归途的余哀。

哀郢[1]

皇天之不纯命兮何百姓之震愆[2]！民离散而相失兮方仲春而东迁[3]。去故乡而就远兮遵江夏以流亡[4]，出国门而轸怀兮甲之鼂吾以行[5]。发郢都而去闾兮怊荒忽其焉极[6]，楫齐扬以容与兮哀见君而不再得[7]！望长楸而太息兮涕淫淫其若霰[8]，过夏首而西浮兮顾龙门而不见[9]。心婵媛而伤怀兮眇不知其所蹠[10]，顺风波以从流兮焉洋洋而为客[11]。凌阳侯之泛滥兮忽翱翔之焉薄[12]，心絓结而不解兮思蹇产而不释[13]。将运舟而下浮兮上洞庭而下江[14]，去终古之所居兮今逍遥而来东[15]。羌灵魂之欲归兮何须臾而忘反[16]，背夏浦而西思兮哀故都之日远[17]。登大坟以远望兮聊以舒吾忧心[18]，哀州土之平乐兮悲江介之遗风[19]。当陵阳之焉至兮淼南渡之焉如[20]？曾不知夏之为丘兮孰两东门之可芜[21]？心不怡之长久兮忧与忧其相接，惟郢路之辽远兮江与夏之不可涉。忽若不信兮至今九年而不复[22]，惨郁郁而不通兮蹇侘傺而含戚[23]。外承欢之汋约兮谌荏弱而难持[24]，忠湛湛而愿进兮妒被离而鄣之[25]。彼尧舜之抗行兮瞭杳杳而薄天[26]，众谗人之嫉妒兮被以不慈之伪名[27]。憎愠惀之修美兮好夫人之忼慨[28]，众踥蹀而日进兮美超远而逾迈[29]。

乱曰：曼余目以流观兮冀壹反之何时[30]！鸟飞反故乡兮狐死必首丘[31]，信非吾罪而弃逐兮何日夜而忘之！

1. 本篇和下篇《涉江》，都是旧称为《九章》里的一篇。本篇约作于楚顷襄王二年（前297）。当时楚怀王已入秦被拘，秦向楚索地不得，发兵伐楚，取楚十六城。因此很多人恐慌地从郢都沿江迁避到下游去，本篇开头两句提到的就是这种情况。这时屈原被放逐于长江下游的鄂渚附近，已历九年，目睹此情，就写了本篇，表示他对当时以令尹子兰为代表的楚国贵族集团的痛恨和对楚国命运的关怀。 2. “皇天”句：是说天命无常，见罪百姓。“纯”，正。“不纯命”，等于说失其常道。“震”，怒。“愆”，音 qiān，罪。 3. “民”，即上文的“百姓”。“方”，正在。“仲春”，夏历二月。“东迁”，指从郢都沿江东下。 4. “故乡”，指郢都。“就远”，到远方去。“遵”，顺着，循着。“江”，长江。“夏”，即夏水，本是长江和汉水之间的一条主要河流，因冬竭夏流而得名，今已改道。从这句以下至“背夏浦”句是屈原回忆初被放逐时的情景。 5. “国门”，指郢都城门。“轸”，痛。“轸怀”，痛心。“甲之鼂”，指一个甲日的早晨。“鼂”，同“朝”。 6. “郢都”，楚国都城，即今湖北江陵。“闾”，里门。“怊”，音 chāo，悲。“荒忽”，形容遥远无边。“焉极”，哪儿是尽头。 7. “楫齐扬”，船桨同时并举。“容与”，指船缓缓前行。 8. “长”，高大的意思。“楸”，音 qiū，即梓树，落叶乔木。古人以乔木为古老国家的象征，这里的“长楸”隐喻楚国。“淫淫”，泪流不止。“霰”，音 xiàn，雨点遇冻凝成雪珠。 9. “夏首”，《汉书·地理志》有

“夏水，首受江”。夏首就是夏水上接长江的水口，在郢都偏南。“西浮”，指向西南行。从郢都沿长江南行，过夏首后江流曲折向西南，然后再向东南流。“龙门”，指郢都的城门。“不见”，因为过夏首后江流有一段曲折，便望不见郢都。 10.“眇”，同“渺”，渺茫。“蹠”，音 zhí，践踏的意思。“不知其所蹠”，等于说无所归宿。 11.“从流”，顺流前进。“焉”，安，疑问词。“洋洋”，漂泊不定。“为客”，等于说流浪。 12.“凌”，冒着。“阳侯”，相传古有陵阳国侯，溺水而死，成为波涛之神。这里的“阳侯”和下文的“陵阳”都是陵阳国侯的省文，是波涛的代称。“泛滥”，形容水势大。“翱翔”，以鸟飞比喻自己无目的地漂泊。 13.“絓”，音 guà，牵连不忘。“结”，郁结不解。“蹇产”，思虑纠缠不开展。 14.“运舟”，驾船。“下浮”，往下游走。“上洞庭而下江”，指江行经过洞庭湖口以后，上为洞庭，下为长江。 15.“终古之所居”，世世代代居住的地方。“逍遥”，等于说飘荡。“来东”，往东来。 16.“须臾”，一会儿。“反”，同“返”，指返回郢都。 17.“背夏浦”句：写舟行经过夏浦后的心情。“背”，背向，离开。“夏浦”，古夏汭，即今汉口。“西思”，指思念郢都，郢都在夏浦的西面。 18.“登大坟”句：这句以下是屈原放居鄂渚附近九年后当前写本篇时的心情。“大坟”，水旁高堤。“聊”，姑且。 19.“哀州土”句：是说看到长江沿岸人民所习惯的平静安乐的生活将被打破，不禁感到悲哀。“州土”，等于说“乡邑”。“遗风”，古代遗留下的质朴风气。 20.“焉至”，是说波涛不知从何而至。“淼南渡之焉如”，是说渡江而南不知当到何处。这是承上句长江沿岸已感到不安，所以有南渡的想法。“淼”，大水茫茫。“焉如”，和“焉至”是对文。“如”，往。 21.“曾不知”，竟不曾想到。“夏”，同“厦”，高大的房子。“丘”，荒废的邱墟。“夏之为丘”，大厦变成废墟，指国家遭到兵乱。“孰”，怎能。“两”，再。“东门”，郢都的东城门。“芜”，荒芜。公元前506年，吴王阖庐命伍子胥破楚入郢，楚昭王出奔。吴在楚的东面，破郢时当然从东门进去。这里是说怎能再让楚国蹈国破家亡的覆辙。 22.“忽若”句：是说想不到九年了还不能回去。“忽”，恍惚地。“若不信”，仿佛不可信。“九年”，从这个年数推算，屈原被放逐应在楚怀王二十四年（前305）。“复”，返。一本“若”字下有“去”字。 23.“惨郁郁”，心中愁惨郁闷。“侘傺”，见《离骚》注。“戚”，音qī，忧。 24.“外承欢”句：是说表面上很能讨君王的喜欢，其实是脆弱而无能。这里可能指的是子兰。“外”，指“汋约”的外表。“承欢”，指承受君王的欢爱。“汋”，音chuò，同“绰”。“汋约”，容态美好。“谌”，同“诚”，诚然是。“荏弱”，脆弱，懦弱。“难持”，不持重。 25.“忠”，忠贞之士。“湛湛”，忠心耿耿。“湛”，音zhàn。“进”，进身于君前。“妒”，指嫉妒的小人。“被”，同“披”。“被离”，纷纷地。“鄣”，同“障”，制造障碍。 26.“彼尧舜”句：是说尧、舜的德行高可及天。“抗行”，高尚的行为，这里主要指传位给贤者。“瞭”，与“辽”通，远。“杳杳”，形容高不可攀。“薄”，迫，近。 27.“被”，加上。“不慈之伪名”，因尧、舜传贤不传子，有人竟说他们对儿子不慈。 28.“憎愠惀”句：意思说楚王厌烦忠贞之士而喜欢那种口头上痛快的小人。“愠惀”，音yùnlǔn，指心有所蓄而口不能言的忠贞之士。“夫”，彼。“夫人”，那些小人。“忼慨”，指顺自己的心意。 29.“众”，指群小。“踥蹀”，音qiè dié，奔走钻营的样子。“美”，指贤臣。“超远”，疏远。“逾迈”，愈来愈疏远。 30.“曼”，引。“曼余目”，放开我的眼睛。“流观”，四下观望。“冀”，希望。“壹”，同“一”。“壹反”，有一个回去的机会。 31.“鸟飞”句：据说鸟不论飞多远，总是回到本枝的；狐狸死时，总要把头枕在它所穴居的土丘上。这里比喻不忘根本，永远系念祖国。

涉江[1]

余幼好此奇服兮年既老而不衰[2]，带长铗之陆离兮冠切云之崔嵬[3]。被明月兮佩宝璐[4]，世溷浊而莫余知兮吾方高驰而不顾[5]。

驾青虬兮骖白螭[6]，吾与重华游兮瑶之圃[7]。登昆仑兮食玉英[8]，与天地兮比寿、与日月兮齐光。哀南夷之莫吾知兮旦余济乎江湘[9]。乘鄂渚而反顾兮欸秋冬之绪风[10]，步余马兮山皋，邸余车兮方林[11]。乘舲船余上沅兮齐吴榜以击汰[12]，船容与而不进兮淹回水而疑滞[13]。朝发枉陼兮夕宿辰阳[14]，苟余心之端直兮虽僻远其何伤[15]？入溆浦余儃佪兮迷不知吾所如[16]，深林杳以冥冥兮乃猿狖之所居。山峻高以蔽日兮下幽晦以多雨，霰雪纷其无垠兮云霏霏而承宇[17]。哀吾生之无乐兮幽独处乎山中，吾不能变心而从俗兮固将愁苦而终穷。接舆髡首兮桑扈裸行[18]。忠不必用兮贤不必以[19]，伍子逢殃兮比干菹醢[20]。与前世而皆然兮吾又何怨乎今之人[21]？余将董道而不豫兮固将重昏而终身[22]。

乱曰：鸾鸟凤皇日以远兮[23]，燕雀乌鹊巢堂坛兮[24]。露申辛夷死林薄兮[25]，腥臊并御芳不得薄兮[26]。阴阳易位时不当兮[27]，怀信侘傺忽乎吾将行兮[28]。

1. 本篇大约作于楚顷襄王三年（前296）春初，这时屈原从鄂渚又被放逐到溆浦。从篇中的语气看，可能是临行之前写的。 2.“奇服”，不平凡的服饰，指下文“长铗”“切云冠”等。“不衰”，爱好一直不衰减。 3.“带长铗”句：意思和《离骚》“高余冠之岌岌兮长余佩之陆离”相同。“铗”，音 jiá，剑柄，这里指剑。“切云”，上触云霄的意思，指一种高形的冠。“崔嵬”，高耸的样子。 4.“被”，同“披”。“明月”，夜光珠。“璐”，玉名。 5.“溷”，同“浑”。“溷浊”，污秽。“高驰”，远远地走开。 6.“虬”，见《离骚》注。“螭”，见《河伯》注。“青”“白”，指虬、螭的颜色。 7.“重华”，即舜。“瑶”，美玉名。“瑶之圃”，即下句的

“昆仑”。相传昆仑山产玉，是上帝的花园。“圃”，园。 8.“玉英”，玉的花。 9.“南夷”，指南方没有开化的人。“旦”，清晨。“济”，渡过。一本“济”上有“将”字。这是单句，可能有错简。下文“接舆髡首兮桑扈裸行”一句也是单句，且与上下文都不叶韵，而与这句却正好叶韵，或者原应在这句的前面。余详注18。 10.“乘鄂渚”句：是说登高回顾，临风而兴叹。“乘”，登。“欸”，音 āi，悲叹。“绪风”，余风。春初所吹正是秋冬时余寒未尽的风。 11.“邸”，舍，停车的意思。一作“低”。“方林”，靠近树林。“方”，同“傍”。 12.“舲”，音 líng，有窗的小船。“上”，逆流而上。溆浦是在沅水的上游。“吴榜”，吴地式样的桨棹。“吴”，或是“吾”之误。“汰”，水波。 13.“淹”，停留。“回水”，曲折的流水。“疑”，同“凝”。“疑滞”，指船停滞不前。 14.“枉陼”，地名，旧属湖南常德。“陼”，同“渚”。“辰阳”，地名，故城在今湖南辰溪西。 15.“端”，正。“端直”，正直。 16.“儃佪”，同“邅回”，旋转在曲折的路上。“如”，往。 17.“垠”，音 yín，边际。“霏霏”，形容浓云密布。“承宇”，弥漫天空。 18.“接舆”，春秋时楚国的隐士，当时被称为“狂者”。“髡”，音 kūn，剃发。“髡首”，剃掉头发，是古代对于罪人的一种刑罚。“桑扈”，古代隐士。“裸行”，赤身露体而行，大约也是在南夷才有可能。接舆、桑扈，都是乱世的隐者，屈原自己将被放于南夷，因而想起了古来贤士们不为人所理解的遭遇。把这句移到“哀南夷之莫吾知”一句的前面，文义也比较连贯。 19.“忠”“贤”，即指下句的伍子胥和比干。“以”，和“用”同义，指被任用。 20.“伍子”，即伍子胥，楚人。因报父仇投吴，为吴王阖庐所信任。后因谏吴王夫差，不听，被杀。“比干”，见《离骚》注。 21.“与”，举。“前世”，指从古以来。 22.“董”，正。“董道”，守正道。“不豫”，不犹疑。“重昏”，遇到重重障蔽。“昏”，暗。 23.“鸾鸟”“凤皇”，都是鸟中之王，这里比喻贤人。 24.“燕”“雀”“乌”“鹊”，都是平凡的鸟，这里比喻小人。“巢”，栖息，盘踞。“堂”，殿堂。“坛”，祭坛。“堂”“坛”，比喻朝廷。 25.“露”，露水。“申”，重。“露申”，露加浓。即“白露为霜”

的意思。“辛夷”，比喻清高的贤士。“林薄”，草木交错的丛林。 26.“腥臊”，指臭恶之物，这里比喻小人。“御”，进，指被国君任用。“芳”，芳香之物，比喻君子。“薄”，迫，指接近国君。 27.“阴阳”句：是说楚国的现状十分混乱，而自己则生不逢时。“阴”，指夜。“阳”，指昼。昼夜颠倒，象征一切混乱。 28.“怀信”句：是说自己怀抱坚定的信心而惆怅失意。“忽”，精神恍惚。“将行”，身将远行。一本无“忽”字。

荆　轲

荆轲（？—前227），战国时卫人。曾为燕太子丹谋刺秦王嬴政，不成，被杀。《史记·刺客列传》详载其事。

易水歌[1]

风萧萧兮易水寒[2]，壮士一去兮不复还！

1. 据《史记·刺客列传》，荆轲奉命入秦刺杀秦王，燕太子丹和宾客送他到易水岸边。荆轲的朋友高渐离击筑，荆轲就唱了这首短歌。当时在座的都感动得流下泪来。 2.“萧萧”，风声。“易水”，水名，源出河北易县，是当时燕国的南界。

汉

淮南小山

淮南小山，生平不详。淮南王刘安是汉高祖刘邦的孙子，爱好艺文，广招文士，当时如“八公”“大山”“小山”都是他府中的宾客，但姓名已不可知。至于“小山”是作者的别名，还是作品体制的名称，也不可考。

招隐士[1]

桂树丛生兮山之幽[2]，偃蹇连蜷兮枝相缭[3]。山气巃嵸兮石嵯峨[4]，溪谷崭岩兮水曾波[5]。猿狖群啸兮虎豹嗥[6]，攀援桂枝兮聊淹留[7]。王孙游兮不归[8]，春草生兮萋萋[9]。岁暮兮不自聊[10]，蟪蛄鸣兮啾啾[11]。坱兮轧、山曲岪[12]，心淹留兮恫慌忽[13]。罔兮沕、憭兮栗、虎豹穴[14]，丛薄深林兮人上栗[15]。嵚岑碕礒兮碅磳磈硊[16]，树轮相纠兮林木茷骫[17]。青莎杂树兮薠草靃靡[18]，白鹿麏麚兮或腾或倚[19]。状皃崟崟兮峨峨[20]，凄凄兮漇漇。猕猴兮熊罴[21]，慕类兮以悲。攀援桂枝兮聊淹留，虎豹斗兮熊罴咆[22]，禽兽骇兮亡其曹[23]。王孙兮归来，山中兮不可以久留！

1. 本篇最早见于王逸《楚辞章句》，是模仿楚辞的作品。篇中写山中景物孤寂而恐怖，希望潜居在山林的贤士及早归来，是后世招隐诗之祖。 2.“山之幽”，山的深处。 3.“偃蹇”，形容树高。“连蜷”，形容树枝盘曲。“缭”，纠缠，纽结。 4.“山气”，山中云气。“巃嵸”，音 lóngsǒng，形容云气涌起。“嵯峨”，高大的样子。 5.“崭”，与“巉”通。“崭岩”，形容险峻。“曾”，同“层”。 6.“猿狖”，见《山鬼》注。“嗥”，同“嚎”，叫。 7.“聊”，姑且。“淹留”，这里是居住的意思。 8.“王孙”，与“公子”“君子”，都是尊称。一说本篇是招屈原的，屈原是王室后裔，所以称王孙。也可能由于秦汉时的隐者大都是贵族后裔，所以用来泛称隐士。 9.“萋萋”，形容茂盛。 10.“不自聊”，等于说无聊。 11.“蟪蛄”，音 huìgū，秋虫名，又叫寒蜇。“啾啾”，虫鸣声。 12.“坱兮轧”，形容云雾浓厚。“坱”，音 yǎng。“曲岪”，形容山势曲折盘绕。“岪”，音fú。 13.“恫”，音 dòng，疑惧。“慌忽”，同“恍惚”，迷乱不安。 14.“罔”，同“惘”。“沕”，音 wù。“罔兮沕”，忧愁疑惑。“憭兮栗”，恐惧战栗。“穴”，动词，指虎豹在山林中穴居。有人说“穴”是“突”的误字，“突”是冲突奔窜的意思，可供参考。 15.“人上栗”，人登上这样的山，惴栗自危。 16.“嵚岑”，形容山势险峻。“嵚”，音 qīn。“碕礒”，音 qǐyǐ，形容山石高大。“硱磳”，音 jūnzēng，“磈硊”，音 kuǐhuì，都形容山石险怪可怕。 17.“树轮”句：《太平御览》卷九百五十三引作“树轮囷以相纠兮林木茷骫”，是。“轮囷”，形容树干盘曲。“纠”，缭绕，缠结。“茷骫”，音bówěi，形容枝叶萦绕。 18.“莎”，音 suō，秋草名。“树”，立。“杂树”，等于说丛生。“靃”，音 suǐ。“靃靡”，凌乱。 19.“麏”，音 jūn，即獐。

“麚”，音 jiā，牡鹿。“腾”，跳跃。“倚”，指倚着休息。 20.“状皃”二句：描写群鹿的形象。“皃”，“貌”的古写字。“崟”，音 yín。“崟崟”“峨峨”，形容鹿角高耸。“凄凄”“漇漇”，形容毛色光润。“漇”，音 xǐ。 21.“狝猴”二句：是说各种野兽都寻求伴侣。“狝猴”，猴的一种。“罴”，音 pí，熊一类的兽。“慕类兮以悲”，因思慕同类兮以悲啼。 22.“咆”，咆哮，吼。23.“亡其曹”，指失群奔散。“曹”，群，指同类。

梁 鸿

梁鸿（生卒年不详），字伯鸾，东汉时扶风平陵（今陕西咸阳西北）人。家贫好学，做过牧童、佣工，是当时的名士。因写了《五噫歌》为汉章帝所不满，曾下令寻求他。他就改名换姓，隐居著书，死于吴。今传诗三首。《后汉书》有传。

五噫歌[1]

陟彼北芒兮[2]，噫！顾览帝京兮[3]，噫！宫室崔嵬兮[4]，噫！人之劬劳兮[5]，噫！辽辽未央兮[6]，噫！

1. 本篇是梁鸿过洛阳时所作。洛阳是当时的帝都，贵族统治阶级非常奢侈，而人民却过着无尽期的劳苦生活。诗人对这种现状表示了不满情绪。“噫”，悲愤的叹息声。 2.“陟”，登。“北芒”，又作“北邙”，山名，在今洛阳城北。汉代的王侯死后大都葬在这里。 3.“览”，一本作“瞻”，今从《后汉书·梁鸿传》。 4.“崔嵬”，高大。 5.“人”，即民。“劬”，音 qú，辛勤。 6.“辽辽”句：是说人民的辛勤劳苦没有尽头。“辽辽”，本指路程遥远，这里指时间长久。“未央”，无尽。

张 衡

张衡（76—139），字平子，东汉时南阳西鄂（今河南南阳北）人，当时有名的文学家和科学家，《两京赋》的作者，浑天仪和候风地动仪的发明人。安帝时为太史令，顺帝时出为河间王相，后征拜尚书，卒。张溥《汉魏六朝百三名家集》有张平子集。

四愁诗[1]

我所思兮在太山[2]，欲往从之梁父艰[3]。侧身东望涕沾翰[4]。美人赠我金错刀[5]，何以报之英琼瑶[6]。路远莫致倚逍遥[7]，何为怀忧心烦劳[8]？

我所思兮在桂林[9]，欲往从之湘水深。侧身南望涕沾襟。美人赠我琴琅玕[10]，何以报之双玉盘。路远莫致倚惆怅，何为怀忧心烦伤？

我所思兮在汉阳[11]，欲往从之陇阪长[12]。侧身西望涕沾裳。美人赠我貂襜褕[13]，何以报之明月珠。路远莫致倚踌躇[14]，何为怀忧心烦纡[15]？

我所思兮在雁门[16]，欲往从之雪纷纷。侧身北望涕沾巾。美人赠我锦绣段[17]，何以报之青玉案[18]。路远莫致倚增叹[19]，何为怀忧心烦惋[20]？

1. 本篇最早见于《文选》。诗前有序，疑为后人代作。序文说："张衡……阳嘉（汉顺帝年号，132—135）中出为河间相。……时天下渐弊，郁郁不得志，为《四愁诗》。依屈原以美人为君子，以珍宝为仁义，以水深雪雾为小人。思以道术相报贻于时君，而惧谗邪不得以通。"这可供参考。全诗四章，每章七句，是较早的七言诗。 2."所思"，指所思念的人。"太山"，即今山东泰安北面的泰山。 3."从"，追随。"梁父"，山名，泰山的支阜，在泰安东南。 4."翰"，衣襟。 5."金错刀"，刀环上镀金的佩刀。"错"，镀的意思。 6."英琼瑶"，指发光的美玉。"英"，"瑛"的假借字，玉的光泽。"琼""瑶"，都是美玉名。 7."致"，送达。"倚"，与"猗"通，语助词。下同。"逍遥"，徘徊不安。 8."何为"句：怎不使我忧伤烦恼？"劳"，忧。 9."桂林"，汉郡名，郡治即今广西桂林。 10."琴琅玕"，用美玉缀饰的琴。"琴"，一作"金"。"琅玕"，美玉。玕，音 gān。 11."汉阳"，东汉郡名，即天水郡，郡治在今甘肃甘谷东。12."阪"，山坡。"陇阪"，即陇山，在陕西陇县，西北跨甘肃清水县。13."貂"，动物名，形似黄鼠狼，毛皮极珍贵。"襜褕"，音 chānyú，直襟的衣服。"貂襜褕"，貂皮的直襟袍子。 14."踌躇"，同"踟蹰"。 15."纡"，曲折纷乱的意思。 16.“雁门”，汉郡名，郡治在今山西代县。 17.“段”，与“端”同义。如说“彩缎百端”，即百段。“锦绣段”，成匹的锦绣。18.“案”，古代放食器的小几，形如有脚的托盘。 19.“增叹”，一再叹息。 20.“惋”，怨。

两汉乐府

乐府本是官署的名称，后来才把乐府所采的诗叫作乐府，或乐府诗。

据《史记·乐书》和《汉书·礼乐志》，乐府的设置最迟不晚于汉惠帝二年（前193），但担任搜集民歌俗曲的任务则始于汉武帝时。《汉书·礼乐志》说："至武帝定郊祀之礼，……乃立乐府，采诗夜诵。有赵、代、秦、楚之讴。以李延年为协律都尉。"这种采集民歌的工作，一直保持到东汉末年。

《汉书·艺文志》著录当时各地民歌俗曲共一百三十八篇，但未记录歌辞。《宋书·乐志》里保存了一部分从两汉流传下来的乐府民歌。宋人郭茂倩编《乐府诗集》，搜罗最为完备。他把自汉至唐的乐府诗，分别隶属于郊庙歌辞、燕射歌辞、鼓吹曲辞、横吹曲辞、相和歌辞、清商曲辞、舞曲歌辞、琴曲歌辞、杂曲歌辞、近代曲辞、杂歌谣辞、新乐府辞十二类。其中郊庙歌辞保存了西汉的郊祀歌（不是民歌），鼓吹曲辞保存了西汉的铙歌；另外，在相和歌辞、杂曲歌辞里面保存了较多的东汉民歌。这里所选的作品，都是依照《乐府诗集》的顺序排列的。

战城南[1]

战城南[2]，死郭北，野死不葬乌可食[3]。为我谓乌[4]："且为客豪[5]！野死谅不葬[6]，腐肉安能去子逃[7]！"水深激激[8]，蒲苇冥冥，枭骑战斗死[9]，驽马徘徊鸣。梁筑室[10]，何以南，何以北！禾黍不获君何食[11]？愿为忠臣安可得[12]！思子良臣[13]，良臣诚可思：朝行出攻[14]，暮不夜归！

1. 本篇为西汉《铙歌十八曲》之一，是一首悲愤、哀悼阵亡士卒的民歌。《铙歌》都以歌词的首句为题。 2."战城南"二句：写战士们到处转战，"城南""郭北"不过是举一以见其余。"郭"，外城。 3."野死"，指死在荒野中的尸体。 4."我"，诗人自称。 5."且为"句：是说希望乌鸦为死者嚎哭。"客"，指死者。"豪"，同"譹"，今写作"嚎"，哭。 6."谅"，想必。 7."去子逃"，躲开你逃走。"子"，指乌鸦。 8."水深"二句：描写战场上的荒凉寂寞。"激激"，形容流水清澈。"蒲""苇"，都是水草。"冥冥"，茫茫一片。 9."枭骑"二句：隐喻英勇的战士牺牲了，剩下来一些游兵散卒。"枭"，与"骁"通，勇。"驽"，笨拙。 10."梁筑室"三句：是说桥头上盖着房子，人们不能南北通行。这是描写战争景象，到处是工事，交通断绝。"室"，可能是营幕或工事。 11."禾黍"句：是说壮丁回不去家，田野里的庄稼无人收割，人们吃什么呢？“君”，泛指。或以为“君”指皇帝，可备参考。 12.“愿为”句：是说连吃的都没有，即使想为国尽忠也不能够。 13.“思子”二句：想到你们这些国家的好儿女，你们也确实值得人思念。 14.“朝行”二句：早晨出战，到晚上再也不回来了！

有所思[1]

有所思[2]，乃在大海南。何用问遗君[3]？双珠玳瑁簪[4]，用玉绍缭之。闻君有他心[5]，拉杂摧烧之。摧烧之，当风扬其灰[6]。从今以往，勿复相思！相思与君绝[7]！鸡鸣狗吠[8]，兄嫂当知之。妃呼狶！秋风肃肃晨风飔，东方须臾高知之。

1. 本篇为《饶歌十八曲》之一，是描写女子和不忠实的男子断绝关系的恋歌。 2.“有所思”，有一个我所思念的人。 3.“何用”，拿什么。“问遗”，赠送。“遗”，读去声，送给。“君”，指所思的人。 4.“双珠”二句：“玳”，音 dài。“玳瑁”，龟类动物，其甲光滑，可以做簪。簪子的两端各悬一颗珠子，因此叫“双珠玳瑁簪”。“绍缭”缠绕。 5.“他心”，二心，异心。 6.“当风”，迎风。 7.“相思”句：对你的相思永远断绝了。 8.“鸡鸣”五句：是说过去虽有秘密来往，兄嫂们也会知道，但现在的决心唯天日可表。“鸡鸣狗吠”，指男女幽会。“妃呼狶”，象声词，是女子的叹息声。“狶”，音 xī。“肃肃”，风声。“晨风”，鸟名，即雉。“飔”，是“思”的讹字。“晨风飔”，指雉鸟求偶而悲鸣。“高”，同“皜”，即“皓”字，这里指皓日，东方升起的太阳。

上邪[1]

上邪[2]！我欲与君相知[3]，长命无绝衰[4]。山无陵[5]，江水为竭[6]，冬雷震震[7]，夏雨雪[8]，天地合[9]，乃敢与君绝[10]！

1. 本篇为《铙歌十八曲》之一，是女子对所爱的男子表示坚贞的誓言。 2. “上邪”，等于说天哪。“上”，指天。“邪”，同“耶”。 3. “君”，指所爱的人。“相知”，相爱。 4. “长命”句：是说希望使爱情永远不中断、不衰减。“长”，永远。“命”，令，使。 5. “山无陵”，是说高山成为平地。“陵”，高峰。 6. “江水”句：是说江水干涸。 7. “震震”，雷声。冬天是不会响雷的。 8. “雨”，音 yù，降落的意思。“雨雪”，下雪。夏天是不会下雪的。 9. “天地合”，天和地合并到一起。以上五事，都是不可能的。 10. “乃敢”句：是说只有上述五种情况出现，我才敢同你断绝恩情。

江南[1]

江南可采莲，莲叶何田田[2]，鱼戏莲叶间。鱼戏莲叶东[3]，鱼戏莲叶西，鱼戏莲叶南，鱼戏莲叶北。

1. 本篇最早见于《宋书·乐志》，为汉代《相和歌辞》，是江南民间采莲时所唱的歌。 2.“田田”，形容荷叶挺出水面、饱满劲秀的样子。 3.“鱼戏”四句：描写鱼在荷叶下面往来游动。这四句可能是和声。“相和歌”本是一人唱、多人和的。

陌上桑[1]

日出东南隅[2]，照我秦氏楼。秦氏有好女，自名为罗敷。罗敷喜蚕桑[3]，采桑城南隅。青丝为笼系[4]，桂枝为笼钩。头上倭堕髻[5]，耳中明月珠。缃绮为下裙[6]，紫绮为上襦。行者见罗敷，下担捋髭须[7]。少年见罗敷，脱帽著帩头[8]。耕者忘其犁，锄者忘其锄。来归相怨怒[9]，但坐观罗敷。（一解）

使君从南来[10]，五马立踟蹰[11]。使君遣吏往，问是"谁家姝[12]？"。"秦氏有好女，自名为罗敷。""罗敷年几何？""二十尚不足，十五颇有余。"使君谢罗敷[13]："宁可共载不？"罗敷前置辞[14]："使君一何愚[15]！使君自有妇，罗敷自有夫！"（二解）

"东方千余骑[16]，夫婿居上头。何用识夫婿[17]？白马从骊驹[18]；青丝系马尾[19]，黄金络马头；腰中鹿卢剑[20]，可值千万余。十五府小史[21]，二十朝大夫[22]，三十侍中郎[23]，四十专城居[24]。为人洁白皙[25]，鬑鬑颇有须[26]。盈盈公府步[27]，冉冉府中趋。坐中数千人，皆言夫婿殊[28]。"（三解）

1. 本篇最早见于《宋书·乐志》，题为《艳歌罗敷行》。《乐府诗集》卷二十八则题作《陌上桑》，属《相和歌辞》。这诗叙述一个太守调戏采桑女子而遭严词拒绝的故事，旧分三解。一解，等于说一章。 2."隅"，方。 3."喜"，一本作"善"。"蚕桑"，以名词为动词，指养蚕和采桑。 4."青丝"二句："青丝"，青色丝绳。"笼"，篮子。"系"，指篮上的络绳。"钩"，即提柄；把桂树枝弄弯，两端钩在篮上，中间弯曲部分可以提携。 5.“头上”二句:“倭堕髻”，又叫堕马髻。其髻歪在头部一侧，似堕非堕。“明月珠”，宝珠名。 6.“缃绮”二句:“缃”，杏黄色。“绮”，有花纹的绫类。“襦”，音 rú，短袄。 7.“下担”，放下担子。“捋”，抚摩。“髭”，音 zī，口上边的胡子。“须”，颊颔下的胡子。 8.“脱帽”句：古人先用头巾把发束好，然后加冠。这里写少年把帽子脱下，故意重戴发巾。“著”，戴。“帩头”，即绡头，包头发的纱巾。帩，音 qiào。 9.“来归”二句：是说耕田锄地的人回来后彼此抱怨，只是由于贪看罗敷的缘故。“坐”，因为，由于。 10.“使君”，东汉时对太守、刺史的称呼。 11.“五马”，指太守所乘的车马。据《宋书・礼志》，“五马”是古代诸侯所驾的马数。汉代太守为一郡之长，相当于先秦的诸侯，所以用五马。“踟蹰”，同“踌躇”，徘徊。 12.“姝”，音 shū，美女。以下写太守命令吏人去问罗敷，“谁家姝”和“罗敷年几何”是太守所问，“秦氏”二句和“二十”二句是吏人问过罗敷之后对答太守的话。 13.“使君”二句：是吏人对罗敷转述太守的意见，是否愿意和他一同登车而去。“谢”，请问的意思。“宁”，“愿”的意思。“不”，同“否”，古音 fǒu。 14.“置辞”，同“致辞”，回话。 15.“一何”，与“何其”同义，等于说怎么这样。 16.“东方”二句:“东方”，指夫婿居官的地方。“千余骑”，泛指跟随夫婿的人。“骑”，音 jì。“上头”，前列。 17.“何用”，用什么。“识”，识别。 18.“白马”句：是说骑着白马，随从都骑着黑马的那位官长就是自己的丈夫。“骊”，深黑色的马。“驹”，两岁的马。 19.“青丝”二句：是说白马尾上系着青丝，马络头上涂着金色，作为装饰。 20.“鹿卢”，同“辘轳”，井上汲水的用具。“鹿卢剑”，指剑柄用丝绦缠绕起来，像辘轳的样子。 21.“小史”，古代衙门中最低级的小吏。“史”，一本作“吏”。 22.“朝大夫”，朝廷上的大夫。“大夫”，汉代官名。 23.“侍中郎”，出入宫禁的侍卫官。 24.“专”，独占的意思。“专城居”，等于说一城之主，即指太守。 25“皙”，音 xī，白。“白皙”，指皮肤颜色。 26.“鬑鬑”，形容须发疏薄。“鬑”，音 lián。“颇”，略微。 27.“盈盈”二句：“盈盈”“冉冉”，都是形容步伐缓慢。“公府步”，摆官派踱方步。 28.“殊”，与众不同。

饮马长城窟行[1]

青青河边草[2]，绵绵思远道。远道不可思，宿昔梦见之[3]。梦见在我傍[4]，忽觉在他乡。他乡各异县[5]，展转不可见。枯桑知天风[6]，海水知天寒，入门各自媚[7]，谁肯相为言！客从远方来，遗我双鲤鱼[8]。呼儿烹鲤鱼[9]，中有尺素书[10]。长跪读素书[11]，书中竟何如：上言加餐食[12]，下言长相忆。

1. 本篇最早见于《文选》，题为“乐府古辞”。《玉台新咏》题蔡邕作。《乐府诗集》收在《相和歌辞》中。李善《文选注》：“言征戍之客至于长城而饮其马，妇思之，故为长城窟行。”秦、汉时人民以远戍长城为苦，后来遂成为艰苦的行役生活的象征。这诗虽未涉及饮马的事，但确是以妇女思念征夫为主题的作品。“饮马”，给马喝水。“饮”，音 yìn。 2.“青青”二句：是从绵延不绝的青草联想到远方的征人。“绵绵”，义含双关，既形容青草的蔓延，也形容相思的缠绵。 3.“宿昔”，夜晚。“昔”，与“夕”通。4.“梦见”二句：梦中见到所想念的人在我身边，忽然惊觉，才记起他身在他乡。 5.“异县”，等于说异地。“展转”，翻来复去地睡不着。 6.“枯桑”二句：意思说枯桑四面通风，所以深知高空的风吹；海水露天无遮，所以深知气节的寒冷。喻夫妻久别，心中的孤凄，旁人是体会不到的。 7.“入门”二句：是说旁人从远方归来，进了门只知爱各自的家人，谁也不来慰问自己一下。“媚”，爱，悦。“言”，有问讯的意思。 8.“遗”，读去声，赠。“双鲤鱼”，指藏书信的木函。其物用两块木板合在一起，一底一盖，中夹书信。木板上刻鱼形，分开则成双鱼。 9.“烹鲤鱼”，比喻打开木函。10.“尺素书”，指书信。古代官府的文告和一般人写信，都用一尺一寸长的木板或绢帛做书写工具，木板叫“尺牍”，绢帛叫“尺素”，也叫“尺书”。11.“长跪”，直身而跪，表示恭敬。古人席地而坐，两膝着地，臀部贴于脚跟。如果把身体竖直，只用两膝支地，就是“长跪”。 12.“上言”二句：“上”“下”，等于说“先”“后”。

孤儿行[1]

孤儿生，孤子遇生[2]，命独当苦。父母在时[3]，乘坚车[4]，驾驷马。父母已去[5]，兄嫂令我行贾[6]。南到九江[7]，东到齐与鲁[8]。腊月来归，不敢自言苦。头多虮虱[9]，面目多尘[10]。大兄言办饭[11]，大嫂言视马。上高堂[12]，行取殿下堂，孤儿泪下如雨。使我朝行汲[13]，暮得水来归。手为错[14]，足下无菲[15]。怆怆履霜[16]，中多蒺藜[17]；拔断蒺藜肠肉中[18]，怆欲悲。泪下渫渫[19]，清涕累累[20]。冬无复襦[21]，夏无单衣。居生不乐[22]，不如早去，下从地下黄泉。春气动，草萌芽，三月蚕桑，六月收瓜。将是瓜车[23]，来到还家[24]。瓜车反覆，助我者少，啖瓜者多[25]。“愿还我蒂[26]，兄与嫂严，独且急归，当兴校计[27]。”

乱曰：里中一何谎谎[28]！愿欲寄尺书，将与地下父母[29]，兄嫂难与久居。

1. 本篇最早见于《乐府诗集》，又名《孤子生行》或《放歌行》，属《相和歌辞》，是写孤儿受兄嫂虐待的诗。 2.“遇生”，所遭遇的一生。或说“遇”通“偶”，偶然生到世上。 3.“在”，活着。 4.“乘坚车”二句：表示生活优越。“坚车”，坚固完好的车子。“驾驷马”，四匹马驾着车。 5.“去”，死去。下文“不如早去”的“去”与此同义。 6.“行贾”，往来经商。当时经商是贱业，有些商人就是富家的奴仆。孤儿的兄嫂正是把他当成奴仆。 7.“九江”，郡名。西汉时郡治在寿春，今安徽寿县；东汉时治陵阴，在今安徽定远西北。 8.“齐与鲁”，泛指今山东境内。 9.“虮”，音 jǐ，虱的幼虫。 10.“面目”句：“尘”下应有“土”字才叶韵。 11.“大兄”二句：“办饭”，料理饭食。“视马”，照看马匹。 12.“上高堂”二句：是说孤儿刚上高堂去备饭，又跑到堂下去喂马。“高堂”，指正屋。“行”，复，又。“取”，与“趋”通，急走。“殿”大屋子，即指上句的“高堂”。“殿下堂”，高堂下面的另一处房屋。 13.“行汲”，出外打水。 14.“错”，“皵”的假借字，皮肤冻裂。皵，音 què。 15.“菲”，与“屝”通，草鞋。 16.“怆怆”，悲伤的样子。“怆”，音 chuàng。“履霜”，走在霜地上。 17.“中”，指道中，路上。“蒺藜”，野生的草，果实上有棘刺。 18.“肠”，指腓肠，足胫上的肉。 19.“渫渫”，泪流不止。“渫”，音 dié。 20.“累累”，形容泪珠滚滚。 21.“复襦”，短夹袄。襦，音 rú。 22.“居生”，活在世上。 23.“将”，推。“是”，这个。 24.“来到”句：往回走快到家了。 25.“啖”，音 dàn，吃。 26.“愿还”句：是说孤儿既无法阻止别人吃瓜，只有希望把瓜蒂还他，好向兄嫂交代。“蒂”，瓜和藤相连接的地方。 27.“校计”，同“计较”。 28.“里中”，家中。“谚谚”，同“哓哓”，喧叫声。谚，音 náo。这是兄嫂又在叫骂了。 29.“将与”，带给。

艳歌行[1]

翩翩堂前燕[2]，冬藏夏来见[3]。兄弟两三人，流宕在他县[4]。故衣谁当补[5]？新衣谁当绽？赖得贤主人[6]，览取为吾组[7]。夫婿从门来[8]，斜倚西北眄[9]。语卿且勿眄[10]，水清石自见。石见何累累[11]，远行不如归[12]。

1. 本篇最早见于《玉台新咏》,《乐府诗集》也收入，属《相和歌辞》。诗里说好心的女主人因照顾游子的生活而受到丈夫的猜疑，从而引起游子的乡愁。“艳”，指正曲之前的序曲。 2.“翩翩”，形容飞得轻巧。 3.“见”，同“现”。下文“水清石自见”的“见”与此同义。这是用燕子的冬去夏来比喻游子的漂泊生涯。 4.“宕”，同“荡”。“流宕”，流浪的意思。 5.“故衣”二句：意谓作客的人生活上缺乏照顾。“当”，任。“补”，指修补衣服。“绽”，指把绽线的衣缝好。 6.“赖”，幸亏。“贤主人”，指贤惠的女主人。 7.“览”，与“揽”通，和“取”同义。 8.“夫婿”，女主人的丈夫。 9.“斜倚”，倾斜着身体。“眄”，音 miǎn，斜视。 10.“语卿”二句：是女主人的话。意思说：告诉你，且不必用斜眼瞧人，心迹总有表明的一天。“水清石见”，和“水落石出”的意义相近，指真相大白。 11.“石见”句：是起兴也是比喻，指事情经过麻烦已弄清楚。“累累”，石头堆积得很多。 12.“远行”句：是游子心里的话。

白头吟[1]

皑如山上雪[2]，皎若云间月。闻君有两意[3]，故来相诀绝[4]。今日斗酒会[5]，明旦沟水头；躞蹀御沟上[6]，沟水东西流[7]。凄凄复凄凄[8]，嫁娶不须啼；愿得一心人，白头不相离。竹竿何袅袅[9]，鱼尾何簁簁。男儿重意气[10]，何用钱刀为！

1. 本篇最早见于《玉台新咏》。另有《宋书·乐志》载晋乐所奏歌辞，篇幅较长，却不是本辞。本辞大约作于东汉时期，《乐府诗集》载入《相和歌辞》。这是女子对用情不专的男子表示决绝的民歌，《西京杂记》以为是西汉时卓文君的作品，恐不可信。 2.“皑如”二句：比喻爱情应该磊落纯洁。“皑”，音 ái，和“皎”同义，洁白的意思。 3.“两意”，即二心，和下文“一心”相对。 4.“诀”，一本作“决”。“诀绝”，永远断绝关系。 5.“今日”二句：是说今天饮酒聚会之后，明天就要分手。“斗”，酒器。“沟”，即下文的“御沟”，指环绕宫墙的渠水。 6.“躞蹀”句：是说在水边慢步徘徊。这是女子想象自己和男子分手后的光景。“躞蹀”，音 xièdié，小步慢踱。 7.“东西流”，水各往一个方向流，这里比喻爱情破裂。 8.“凄凄”二句：意思说女嫁男娶，各不相干，不必悲伤。“凄凄”，心情悲伤。 9.“竹竿”二句：古代民歌常用钓鱼比喻男女情爱相投。这里可能义含双关，一方面比喻男女相爱是幸福的，一方面暗讽男人对女子如无真心，等于用钓竿诱鱼上钩。“竹竿”，指钓竿。“袅袅”，形容钓竿柔长而且有节奏地摆动。“簁簁”，“漇漇”的假借字，本是羽毛沾湿的样子，这里形容鱼尾像濡润的羽毛。“簁”，音 shāi。 10.“男儿”二句：意思说男子应当以情义为重，不应重视金钱。“意气”，指情义。“何……为”，倒装句法，表示感叹语气。“钱刀”，即钱币。汉代钱币有铸成刀形的。作者原意不详。或者这诗原有一个男子别娶富家女的故事背景。或者乐府后四句乃是泛作一般的感慨。

羽林郎[1]

昔有霍家奴[2]，姓冯名子都。依倚将军势，调笑酒家胡[3]。胡姬年十五，春日独当垆[4]。长裾连理带[5]，广袖合欢襦[6]。头上蓝田玉[7]，耳后大秦珠[8]。两鬟何窈窕[9]，一世良所无[10]。一鬟五百万[11]，两鬟千万余。不意金吾子[12]，娉婷过我庐[13]。银鞍何煜爚[14]，翠盖空踟蹰[15]。就我求清酒，丝绳提玉壶。就我求珍肴[16]，金盘脍鲤鱼。贻我青铜镜[17]，结我红罗裾。不惜红罗裂[18]，何论轻贱躯！男儿爱后妇[19]，女子重前夫；人生有新故，贵贱不相逾。多谢金吾子[20]，私爱徒区区[21]。

1. 本篇最早见于《玉台新咏》，《乐府诗集》载入《杂曲歌辞》。作者辛延年，东汉人，身世不详，可能是个歌人。这诗写贵族豪奴调戏酒家胡女，遭到了严厉的拒绝。诗中说这个豪奴是西汉霍光家里的，可能是影射东汉时专权的外戚。羽林军是皇家的禁卫军，“羽林郎”是统率羽林军的武官。2. “昔有”二句：“霍”，指霍光，汉昭帝时为大将军。“冯子都”，名殷，霍光府中的总管，很受宠幸。见《汉书·霍光传》。 3. “胡”汉代对当时西域人和匈奴人的称呼。 4. “当”，值。“垆”，把土累积起来，中置酒缸。“当垆”，等于说站柜台。 5. “裾”，衣服的前襟。“连理带”，两条对称的衣带，用它系结衣服。 6.“广袖”，宽肥的衣袖。“合欢”，一种对称的图案，象征和合欢乐的意思。“合欢襦”，有合欢花纹的短袄。 7.“蓝田”，山名，在今陕西蓝田县东，其地产玉。 8.“大秦”，即罗马帝国。这是汉代的说法。 9.“鬟”，环形的发髻。“窈窕”，形容髻鬟玲珑优美。 10.“一世”句：整个世上都很难找到。“良”，实在。 11.“一鬟”二句：是用极度夸张的手法形容胡姬的美丽。“五百万”，指五百万钱。 12.“金吾子”，对豪奴的称呼。“金吾”，本是铜制的金色棒，汉代卫戍京师的武官手拿这种武器巡夜，因此官名“执金吾”。 13.“娉婷”，音 pīngtíng，本指姿容美好，这里形容豪奴装模作样。“我”，胡姬自称。“庐”，屋舍，指酒店。14.“煜爚”，音 yùyuè，光彩闪烁。 15.“翠盖”，饰以翠羽的车盖，这里是车的代称。“空”，闲的意思，形容游手好闲无所事事。 16.“就我”二句：“珍肴”，美味，好菜。“脍”，音 kuài，把肉切细。 17.“贻我”二句：是说豪奴送给胡姬一枚镜子，并要把它亲自系在胡姬的衣襟上。“贻”，给。“青铜镜”，古代的镜子是铜制的，圆形，背后有纽。 18.“不惜”二句：写胡姬拒绝豪奴的调戏。意思说裂裾抗拒都在所不惜，更不必说对自己的身体加以侮辱了。“轻贱躯”，胡姬自称，和下文“贵贱”句相照应。19.“男儿”四句：是胡姬严厉拒绝豪奴的话。前两句写胡姬的坚贞，后两句写胡姬对豪奴存在着阶级敌意。“贵贱不相逾”，指等级的界限是不可逾越的。 20.“谢”，有谢绝的意思。 21.“私爱”句：意思说你对我这种好意实在是徒然的。“私爱”，指豪奴主观的想法。“区区”，原意是方寸之间，本指人的心意，这里引申为殷勤、恳切的意思。

焦仲卿妻[1]

孔雀东南飞[2]，五里一徘徊。“十三能织素[3]，十四学裁衣，十五弹箜篌[4]，十六诵诗书。十七为君妇，心中常苦悲。君既为府吏，守节情不移[5]。鸡鸣入机织[6]，夜夜不得息。三日断五匹[7]，大人故嫌迟[8]。非为织作迟，君家妇难为。妾不堪驱使，徒留无所施[9]。便可白公姥[10]，及时相遣归。”府吏得闻之，堂上启阿母：“儿已薄禄相[11]，幸复得此妇。结发同枕席[12]，黄泉共为友。共事二三年[13]，始尔未为久。女行无偏斜[14]，何意致不厚？”阿母谓府吏：“何乃太区区[15]！此妇无礼节，举动自专由[16]。吾意久怀忿，汝岂得自由！东家有贤女，自名秦罗敷。可怜体无比[17]，阿母为汝求。便可速遣之，遣去慎莫留！”府吏长跪告，伏惟启阿母[18]：“今若遣此妇，终老不复取[19]！”阿母得闻之，槌床便大怒[20]：“小子无所畏，何敢助妇语！吾已失恩义[21]，会不从相许！”

府吏默无声，再拜还入户。举言谓新妇[22]，哽咽不能语：“我自不驱卿，逼迫有阿母。卿但暂还家，吾今且报府[23]。不久当归还，还必相迎取。以此下心意[24]，慎勿违吾语。”新妇谓府吏：“勿复重纷纭[25]！往昔初阳岁[26]，谢家来贵门[27]。奉事循公姥[28]，进止敢自专？昼夜勤作息，伶俜萦苦辛[29]。谓言无罪过[30]，供养卒大恩[31]。仍更被驱遣，何言复来还？妾有绣腰襦[32]，葳蕤自生光[33]。红罗复斗帐[34]，四角垂香囊。箱帘六七十[35]，绿碧青丝绳[36]。物物各自异，种种在其中。人贱物亦鄙，不足迎后人[37]。留待作遗施[38]，于今无会因。时时为安慰[39]，久久莫相忘。”鸡鸣外欲曙，新妇起严妆[40]。著我绣夹裙，事事四五通[41]：足下蹑丝履[42]，头上玳瑁光[43]，腰若流纨素[44]，耳著明月珰[45]。指如削葱根，口如含朱丹。纤纤作细步，精妙世无双。上堂谢阿母，母听去不止。“昔作女儿时，生小出野里[46]。本自无教训，兼愧贵家子。受母钱帛多，不堪母驱使。今日还家去，念母劳家里。”却与小姑别，泪落连珠子[47]：“新妇初来时，小姑始扶床；今日被驱遣，小姑如我长。勤心养公姥[48]，好自相扶将；初七及下九，嬉戏莫相忘。”出门登车去，涕落百余行。

府吏马在前，新妇车在后，隐隐何甸甸[49]，俱会大道口。下马入车中，低头共耳语：“誓不相隔卿[50]：且暂还家去，吾今且赴府。不久当还归，誓天不相负。”新妇谓府吏：“感君区区怀。君既若见录[51]，不久望君来。君当作磐石[52]，妾当作蒲苇。蒲苇纫如丝，磐石无转移。我有亲父兄，性行暴如雷，恐不任我意，逆以煎我怀[53]。”举手长劳劳[54]，二情同依依。

入门上家堂，进退无颜仪[55]。阿母大拊掌[56]：“不图子自归！十三教汝织，十四能裁衣，十五弹箜篌，十六知礼仪，十七遣汝嫁，谓言无誓违[57]。汝今无罪过，不迎而自归？”“兰芝惭阿母，儿实无罪过。”阿母大悲摧[58]。还家十余日，县令遣媒来。云“有第三郎，窈窕世无双，年始十八九，便言多令才[59]。”阿母谓阿女：“汝可去应之。”阿女衔泪答：“兰芝初还时，府吏见丁宁[60]，结誓不别离。今日违情义，恐此事非奇[61]。自可断来信[62]，徐徐更谓之。”阿母白媒人：“贫贱有此女，始适还家门[63]；不堪吏人妇，岂合令郎君[64]？幸可广问讯，不得便相许。”媒人去数日，寻遣丞请还[65]，说“有兰家女[66]，承籍有宦官。”云“有第五郎[67]，娇逸未有婚。遣丞为媒人，主簿通语言。”直说“太守家[68]，有此令郎君，既欲结大义，故遣来贵门。”阿母谢媒人：

“女子先有誓，老姥岂敢言？”阿兄得闻之，怅然心中烦，举言谓阿妹：“作计何不量[69]！先嫁得府吏，后嫁得郎君，否泰如天地[70]，足以荣汝身。不嫁义郎体[71]，其往欲何云[72]？”兰芝仰头答：“理实如兄言。谢家事夫婿，中道还兄门，处分适兄意，那得自任专？虽与府吏要[73]，渠会永无缘[74]！登即相许和[75]，便可作婚姻。”媒人下床去，诺诺复尔尔[76]。还部白府君：“下官奉使命，言谈大有缘[77]。”府君得闻之，言谈大欢喜。视历复开书[78]，便利此月内，六合正相应。“良吉三十日[79]，今已二十七，卿可去成婚。”交语速装束[80]，骆驿如浮云[81]。青雀白鹄舫[82]，四角龙子幡[83]，婀娜随风转[84]。金车玉作轮，踯躅青骢马[85]，流苏金镂鞍[86]。赍钱三百万[87]，皆用青丝穿。杂彩三百匹，交广市鲑珍[88]。从人四五百，郁郁登郡门[89]。阿母谓阿女：“适得府君书，明日来迎汝。何不作衣裳？莫令事不举[90]！”阿女默无声，手巾掩口啼，泪落便如泻。移我琉璃榻[91]，出置前窗下。左手持刀尺，右手执绫罗，朝成绣夹裙，晚成单罗衫。晻晻日欲暝[92]，愁思出门啼。

府吏闻此变，因求假暂归[93]。未至二三里，摧藏马悲哀[94]。新妇识马声，蹑履相逢迎，怅然遥相望，知是故人来。举手拍马鞍，嗟叹使心伤。“自君别我后，人事不可量。果不如先愿，又非君所详。我有亲父母，逼迫兼弟兄；以我应他人[95]，君还何所望！”府吏谓新妇：“贺卿得高迁[96]！磐石方且厚[97]，可以卒千年；蒲苇一时纫，便作旦夕间。卿当日胜贵[98]，吾独向黄泉。”新妇谓府吏：“何意出此言！同是被逼迫，君尔妾亦然。黄泉下相见，勿违今日言！”执手分道去，各各还家门。生人作死别，恨恨那可论！念与世间辞，千万不复全[99]。

府吏还家去，上堂拜阿母：“今日大风寒，寒风摧树木，严霜结庭兰[100]。儿今日冥冥[101]，令母在后单[102]。故作不良计[103]，勿复怨鬼神！命如南山石[104]，四体康且直。”阿母得闻之，零泪应声落[105]：“汝是大家子[106]，仕宦于台阁。慎勿为妇死，贵贱情何薄[107]！东家有贤女，窈窕艳城郭[108]。阿母为汝求，便复在旦夕[109]。”府吏再拜还，长叹空房中，作计乃尔立[110]。转头向户里，渐见愁煎迫[111]。其日牛马嘶，新妇入青庐[112]。菴菴黄昏后[113]，寂寂人定初[114]。“我命绝今日，魂去尸长留。”揽裙脱丝履[115]，举身赴清池[116]。府吏闻此事，心知长别离。徘徊庭树下，自挂东南枝。

两家求合葬，合葬华山傍[117]。东西植松柏，左右种梧桐。枝枝相覆盖，叶叶相交通[118]。中有双飞鸟，自名为鸳鸯；仰头相向鸣，夜夜达五更。行人驻足听，寡妇起彷徨。多谢后世人[119]，戒之慎勿忘！

1. 本篇最早见于《玉台新咏》，题为《古诗为焦仲卿妻作》，作者为“无名人”。《乐府诗集》载入《杂曲歌辞》，题为《焦仲卿妻》，称“古辞”，并说：“不知谁氏之所作也。”《玉台新咏》诗前有序文说：“汉末建安中，庐江府小吏焦仲卿妻刘氏，为仲卿母所遣，自誓不嫁。其家逼之，乃投水而死。仲卿闻之，亦自缢于庭树。时人伤之，为诗云尔。”“建安”，东汉献帝年号。“庐江”，汉郡名，郡治初在今安徽庐江西一百二十里，后移治今安徽潜山市。这诗写汉末一件家庭婚姻悲剧，焦仲卿夫妇因殉情而死，有力地揭露了封建礼教的罪恶。 2.“孔雀”二句：汉代乐府中描写夫妇离散往往借鸟飞起兴，如《艳歌何尝行》：“飞来双白鹄，乃从西北来。……五里一反顾，六里一徘徊。”又如《襄阳乐》：“黄鹄参天飞，中道郁徘徊。”这诗也用同一手法。“孔雀”，鸟名，鹑鸡类。相传是鸾鸟的配偶。 3.“十三”句：从这句到“及时相遣归”都是兰芝诉苦的话。“十三”，指兰芝十三岁。下文都和这相仿。 4.“箜篌”，音 kōnghóu，古弦乐器。体曲而长，有二十三弦。 5.“守节”句：是说焦仲卿忠于职守，常宿府中，不为夫妇感情所移。一本在这句下有“贱妾留空房，相见常日稀”二句，可能是后人所加。 6.“入机”，走上织布机。 7.“断”，从机上把布截下。 8.“大人”，儿媳对婆婆的敬称。“故”，故意。 9.“徒留”句：徒然留在这儿也没有用。“施”，用，为。 10.“白”，和“启”同义，禀告。“公姥”，公婆。“姥”，音 mǔ。 11.“薄禄相”，从相貌上已注定是命小福薄的人。 12.“结发”二句：意思说愿与妻子同生共死。古时男子二十岁束发加冠，女子十五岁束发加笄，表示成年，叫“结发”。“黄泉”，等于说地下。 13.“共事”二句：同在一起不过两三年，开始过这样的生活并不很久。“共事”，共同生活。“尔”，这样，指夫妇的恩爱。 14.“女行”二句：“偏斜”，不正当。“斜”，同“邪”。“意”，意料。“致不厚”，招致母亲不爱她。“厚”，厚爱、厚待的意思。 15.“太区区”，太认真，太固执。 16.“自专由”，自作主张，任性而为。 17.“可怜”，可爱。“体”，体态。 18.“伏”，伏在地下。“惟”，思念。古人常用“伏惟”作为表示谦卑的发语词。 19.“取”，同“娶”。 20.“槌”，击。“床”，今专指卧具。古代的坐具也叫“床”。 21.“吾已”二句：是说对儿媳已恩义断绝，决不答应仲卿不遣归兰芝的要求。“会”，当。“从”，依从。以上写焦母和兰芝之间的矛盾，兰芝势在必归。 22.“举言”，扬言，高声讲话。“新妇”，古代对媳妇的通称，不专指新嫁娘。 23.“报”，同“赴”。“报府”，上衙门。 24.“以此”句：为了这个缘故你先安心忍耐吧。“下心意”，安心，沉住气。 25.“重纷纭”，再惹麻烦。 26.“初阳岁”，冬末春初的季节。 27.“谢家”，离了娘家。“来贵门”，嫁到你们这里。 28.“奉事”二句：“奉事”，侍奉。“循”，顺着。“进止”，进退。 29.“伶俜”，音 língpīng，孤单。“萦”，围绕。 30.“谓言”，自以为的意思。 31.“供养”，孝敬的意思。“卒大恩”，尽情报答公婆的恩德。 32.“绣腰襦”，绣花的齐腰短袄。 33.“葳蕤”，音 wēiruí，形容衣上刺绣之美。“生光”，闪烁着光彩。 34.“红罗”二句：是说在红罗做的双层床帐的四角垂着装有香料的袋子。“复”，双层的。“斗帐”，上狭下宽，像覆斗的样子。 35.“帘”，同“奁”，小箱子。 36.“绿碧”句：是说箱子上结扎着各色丝绳。 37.“不足”句：不配留给后来的人使用。“迎”，接待的意思。“后人”指仲卿日后再娶的妻。 38.“留待”二句：是说把这些东西留在这里随便送谁都可以，反正从今以后再没有重逢的机会了。“遗施”，赠送。“因”，机会。 39.“时时”二句：是说所以把这些东西留给你，为的是使你时时得到安慰，长久不忘记我。 40.“严妆”，隆重地装扮起来。 41.“事事”句：指穿衣、戴首饰，每一事都反复四五次。 42.“蹑”，音 niè，本指放轻脚步，这里是穿的意思。“丝履”，丝织品制的鞋。 43.“玳瑁”，即簪。见《有所思》注。 44.“纨素”，精致的白绢。“流纨素”，指用素束腰，光彩流动如水波。 45.“珰”，耳上的饰物。“明月珰”，用明月珠做耳珰。 46.“野里”，自谦的话，指门第微贱。 47.“连珠子”，一串珍珠。 48.“勤心”四句：是兰芝嘱咐小姑的话。“勤心”，殷勤小心。“好自相扶将”，自己好好保重。“扶将”，照应的意思。“初七”，七月初七。“下九”，每月的十九日。七夕和下九是古代妇女游戏玩耍的日子。“莫相忘”，不要忘记我。 49.“隐隐”“甸甸”，都是形容车声的象声词。 50.“隔”，断绝。 51.“君既”句：既然蒙你永远记得我。“见”，蒙，被。“录”，记得。 52.“君当”二句：“磐石”，大石。比喻意志坚定不移。“蒲苇”，水草，比喻虽柔弱而坚韧。“纫”，同“韧”。 53.“逆以”句：一想到这种情形心里就像油煎一样。“逆”，预计。 54.“举手”二句：“长劳劳”，忧伤不已。“依依”，恋恋不舍。以上写兰芝离开夫家，夫妇相誓决不负心。 55.“无颜仪”，没有脸面。 56.“阿母”二句：是说兰芝的母亲感到十分惊讶。“拊掌”，拍手，表示惊讶。“不图”，没想到。 57.“誓”，可能是“諐”的误字。“諐”，音 qiān，同“愆”。“誓违”，过失。 58.“悲摧”，哀伤。 59.“便言”，有口才。“令”，美。 60.“府吏”句：是说曾被仲卿一再叮嘱。“见”，被。“丁宁”，同“叮咛”。 61.“非奇”，不佳，不妙。 62.“断来信”，回绝来使。“信”，指使者。 63.“始适”句：刚回家不久。“始适”，刚才的意思。 64.“合”，配得上。“令郎君”，等于说贵公子。 65.“寻遣”句：是说不久县令就派遣县丞有事去请示太守，县丞请示后又回到县里。“丞”，职位次于县令的官。 66.“说有”二句：是县丞向兰芝的母亲说，他曾在太守面前夸耀过兰芝。“兰家女”，即指兰芝。“承籍”，继承先人的家世。“有宦官”，有读书为官的人。 67.“云有”四句：是县丞复述太守的话，就派他来作媒，并叫太守自己的主簿代表男家致意。“主簿”，掌管档案文书的官吏。“通语言”，表达应有的辞令，即下文“既欲结大义”等语。 68.“直说”四句：写主簿所通的语言。“义”是美称。“结大义”，指结亲。 69.“作计”句：是说考虑问题怎么不盘算盘算。 70.“否泰”句：是说两次结亲好坏有天地之别。“否”，音 pǐ，坏运气。“泰”，好运气。 71.“义郎”，对太守儿子的美称。 72.“其往”，长此以往。“欲何云”，又该怎么办呢。 73.“要”，音 yāo，订盟约。 74.“渠会”句：再同他相会恐怕是永无机缘了。“渠”，他，指仲卿。 75.“登”，登时，立刻。“许和”，答应。 76.“诺诺”句：好，好，就这样，就这样。“诺”，答应声。 77.“大有缘”，十分投机。 78.“视历”三句：“视”和“开”是互文，“历”和“书”也是互文，等于说“开视历书”。据《隋书·艺文志》，古时供结婚拣选时日的书有《六合婚嫁历》等。古人迷信，合婚要拣选时日，有所谓“冲”和“合”。“冲”是不吉利，“合”是吉利。“六合”，指月建和日辰相合，即子丑合，寅亥合，卯戌合，辰酉合，巳申合，午未合。“应”，合适。 79.“良吉”句：三十日那一天是好日子。 80.“交语”，传话给手下的人。“装束”，指筹办婚礼。 81.“骆驿”，同“络绎”，连续不绝。“浮云”，比喻人多。　82.“青雀”句：即青雀舫和白鹄舫，上面画有青雀、白鹄的船。　83.“四角”句：是说船舱的四角都挂着旗幡。“龙子幡”，幡上绣有小龙。　84.“婀娜”，形容旗幡随风招展。“转”，摆动。　85.“踯躅”，即踟蹰，形容马走得慢。“骢”，青白杂毛的马。　86.“流苏”，用彩色的毛做的穗子，垂在马身上作为装饰。“金镂鞍”，用金属雕花以为装饰的马鞍。　87.“赍钱”句：是说太守送给女家三百万钱的聘礼。“赍”，音 jī，付给，送给。　88.“交广”，指交州、广州，即今越南境内的交阯和我国的两广地带。“市”，买。“鲑”，音 xié，鱼菜的总名。“鲑珍”，泛指山珍海味。这是夸张写法，三天以内是无法从庐江到达交、广的。　89.“郁郁”，形容人多势众。“登郡门”，齐集在郡衙伺候。　90.“不举”，措办不及。　91.“琉璃榻”，镶嵌琉璃的榻。“榻”，比床矮的坐具。　92.“晻晻”二句：“晻晻”，形容日色昏暗。“日欲暝”，天要黑下来了。“愁思”，指兰芝满腹哀愁。以上写兰芝即将再嫁，矛盾愈益尖锐化、表面化。　93.“求假”，请假。　94.“摧藏”，“凄怆”的假借字。　95.“应”，许给。　96.“得高迁”，等于说爬上高枝。　97.“磐石”四句：回应上文兰芝的誓言。“厚”，坚实的意思。“卒千年”，过一千年。“一时纫”，只坚韧了一段短时间。“一时”和“旦夕间”是互文。　98.“日胜贵”，一天强似一天，一天比一天高贵。　99.“千万”句：纵有千思万虑，也不想再保全自己了。以上写仲卿、兰芝重申前誓，生死不渝。　100.“严霜”句：浓霜凝结在院中的兰草上。　101.“日冥冥”，是说自己日暮途穷，生命即将结束。　102.“令母”句：意思说自己先死，使母亲孤单地留在世上。　103.“故作”二句：这是我有意寻短见，不要怨恨鬼神。　104.“命如”二句：是祝福的话，即寿比南山的意思。“命”，生命。“南山”，比喻高。“石”，比喻强健。“四体”，四肢，这里是身体的代称。“康”，康宁。“直”，顺适。　105.“零泪”，断断续续的眼泪。　106.“汝是”二句：是说仲卿是大家出身，先世曾在台阁为官。“台阁”，指尚书台。尚书是汉代在宫中掌管机要文书的官。　107.“贵贱”句：意思说仲卿和兰芝身份既已悬殊，而她既再嫁，则对仲卿也够薄情的了。 108.“艳城郭”，全城中最美丽的人。 109.“便复”句：只在一半天就可以办到。 110.“作计”，指自杀的主意。“乃尔”，就这样。“立”，打定了。 111.“渐见”句：逐渐被心中的忧愁所煎熬逼迫。 112.“青庐”，用青布幔搭成的棚，即喜棚。 113.“菴菴”，音 ànàn，同“暗暗”，昏暗不明的样子。 114.“人定初”，指亥时初刻，即夜间九时。 115.“揽”，撩起。 116.“举身”，纵身。 117.“华山”，可能是安徽舒城县南的华盖山。 118.“交通”，交接，交错。 119.“多谢”二句：“多谢”，等于说再三嘱告。“戒之”，引此事以为鉴戒。以上写仲卿、兰芝因反抗礼教殉情而死，作者在结尾处也表明了自己的同情态度。

古诗

上山采蘼芜[1]

上山采蘼芜[2]，下山逢故夫。长跪问故夫[3]：“新人复何如[4]？”“新人虽言好[5]，未若故人姝。颜色类相似[6]，手爪不相如。”“新人从门入[7]，故人从阁去。”“新人工织缣[8]，故人工织素。织缣日一匹[9]，织素五丈余。将缣来比素，新人不如故。”

1. 本篇最早见于《玉台新咏》，题为“古诗”。《太平御览》引此诗作“古乐府”。这是写女子无辜被弃的诗，反映了妇女在封建社会所受到的不平等待遇。 2.“蘼芜”，香草名，叶子可做香料。 3.“长跪”句：一本作“回首问故夫”。 4.“新人”，指故夫新娶的妻。 5.“新人”二句：“好”和“姝”是同义词，泛指各方面的优点，不专指容貌。 6.“颜色”二句：“颜色”，指容貌。“手爪”，指女子的针线手艺。“相似”和“相如”是同义词。7.“新人从门入”二句：新人从正门堂皇地进来，故人只好暗中从旁门离去。“门”，指正门。“阁”，音 gé，旁门，小门。这是弃妇向故夫诉委屈的话。 8.“新人工织缣”二句：“工”，善于，长于。“缣”，音 jiān，黄绢。“素”，白绢。缣的价值比素贱。 9.“一匹”，四丈。

十五从军征[1]

十五从军征，八十始得归。道逢乡里人：“家中有阿谁[2]？”“遥看是君家，松柏冢累累[3]。”兔从狗窦入[4]，雉从梁上飞[5]；中庭生旅谷[6]，井上生旅葵。舂谷持作饭[7]，采葵持作羹；羹饭一时熟[8]，不知贻阿谁。出门东向看，泪落沾我衣。

1. 本篇最早见于《乐府诗集》中的《梁鼓角横吹曲》，题为《紫骝马歌辞》，四句一章。但同书引《古今乐录》说从《十五从军征》以下是“古诗”。这诗暴露了封建社会残酷的战祸和人民被统治者奴役的痛苦。 2.“阿谁”，即“谁”。“阿”，语助词。 3.“松柏”句：是说在松柏之下一片墓地就是你的家。意思指家人早已死尽，田园都是荒坟了。“冢”，高坟。“累累”，一个连一个。 4.“兔从”句：兔是野物，狗是家畜；兔入狗洞，可见室中无人。下句意义和这句相仿。“窦”，洞。 5.“梁”，屋脊。 6.“中庭”

二句:“中庭”，院子。不因播种而生的植物叫“旅生”。“旅谷”和“旅葵”，指野生的谷物和葵菜。“井上”，井台边。“葵”，菜名，又叫冬葵，嫩叶可食。 7.“舂谷”二句：是说采摘野生的植物当饭吃。“舂”，用石臼捣米，除去糠皮。“羹”，汤。 8.“一时”，一会儿。

步出城东门[1]

步出城东门，遥望江南路。前日风雪中，故人从此去。我欲渡河水，河水深无梁[2]。愿为双黄鹄[3]，高飞还故乡。

1. 本篇选自明人冯惟讷编的《古诗纪》，最早的出处未详。这是游子思乡的诗。 2.“梁”，桥。 3.“鹄”，音 hú，即天鹅。“黄鹄”，一种大型的鹄。用鸟的自由飞翔比喻实现人生理想是古诗中常见的手法。

行行重行行[1]

行行重行行[2]，与君生别离[3]。相去万余里，各在天一涯[4]。道路阻且长，会面安可知？胡马依北风[5]，越鸟巢南枝。相去日已远[6]，衣带日已缓[7]。浮云蔽白日[8]，游子不顾返。思君令人老，岁月忽已晚[9]。弃捐勿复道[10]，努力加餐饭[11]。

1. 从本篇到《迢迢牵牛星》一首，最早都见于《文选》，题为“古诗”。《文选》载“古诗”共十九首，后世每把它们看作一个整体。这些诗大约写在东汉末年、建安以前，实非一人一时一地之作。这首是女子思念远人的诗，先追写初别，次说路远会难，结尾处则强作宽解。 2.“行行”，等于说走啊走啊。“重”，又。 3.“生别离”，活生生地分开。 4.“一涯”，一方。 5.“胡马”二句：是当时习用的比喻。意思说鸟兽尚知眷恋故土，何况人呢。“胡马”，北方所产。“依”，依恋。“越”，指南方百越之地，包括现在的两广、福建等地。“越鸟”，南方的鸟。“巢南枝”，在向南的枝上筑巢居住。 6.“远”，久。 7.“缓”，宽松。人瘦则衣带日见宽松。 8.“浮云”二句：陆贾《新语・慎微篇》：“故邪臣之蔽贤，犹浮云之障日月也。”意思说怕游子在外可能别有所恋，不想回家，像日光被浮云遮住一样。 9.“岁月”句：是说一年很快地又要过完了。 10.“弃捐”句：是说把这些想法全丢开不必再谈了。“弃”和“捐”同义，丢开。 11.“努力”句：是宽慰的话，意思说希望在外的人多多保重。

青青河畔草[1]

青青河畔草，郁郁园中柳[2]。盈盈楼上女[3]，皎皎当窗牖[4]，娥娥红粉妆[5]，纤纤出素手[6]。昔为倡家女[7]，今为荡子妇[8]。荡子行不归，空床难独守。

1. 这是写少妇春日怀人的诗，诗人对女主人公是十分同情的。 2.“郁郁”，浓密茂盛。“柳”和“留”声音相近，因此古人有折柳送别的风俗。女子看到浓密的柳树，自然会想起当年分别时依依留恋的情景。 3.“盈盈”，同“嬴嬴”，形容女子仪态美好。 4.“皎皎”，指女子肤色洁白。“当”，对着。

“当窗牖”，指临窗远望。 5.“娥娥”，形容装饰娇艳。“红粉妆”，用脂粉盛妆。 6.“纤纤”，形容手指细而柔长。 7.“倡家女”，即“女乐”，以歌舞为业的女子，不同于后来的娼妓。 8.“荡子”，即游子，指漂泊异乡的人，不同于不务正业的浪子。

西北有高楼[1]

西北有高楼，上与浮云齐。交疏结绮窗[2]，阿阁三重阶[3]。上有弦歌声[4]，音响一何悲！谁能为此曲，无乃杞梁妻[5]！清商随风发[6]，中曲正徘徊[7]。一弹再三叹[8]，慷慨有余哀。不惜歌者苦[9]，但伤知音稀。愿为双鸿鹄[10]，奋翅起高飞。

1.这诗感慨知己难遇，由于高楼上的哀歌引起听歌人的同情和悲伤。 2.“交疏”句：是说楼窗上有雕镂的花格子。“交疏”，交错地镂刻着。“结绮”，指窗格连结如丝织品的花纹。 3.“阿阁”，四周有檐的楼阁。 4.“弦歌声”，弹琴唱歌的声音。 5.“无乃”，莫非。“杞梁”，春秋时齐国的大夫，战死，其妻痛哭十日后自杀。琴曲有《杞梁妻叹》。这里意思是说，这样的乐调，除非像杞梁妻那样的人，否则是唱不出来的。 6.“清商”，乐调名。“随风发”，声音随风四散。 7.“中曲”，指乐曲奏到中段。“徘徊”，指反复重叠地弹奏某一个部分。 8.“一弹”二句：是“中曲”句的具体描写。“一弹”，弹奏了一段之后。“再三叹”，再三反复咏叹。“慷慨”，不平的感情。“余哀”，哀伤之情有余不尽。 9.“不惜”二句：是说所痛惜的还不是唱歌的人心有痛苦，而是这种痛苦无人能了解。 10.“愿为”二句：希望能得到知音，像一双黄鹄那样自由高翔。后四句也可能有所寄托。

涉江采芙蓉[1]

涉江采芙蓉，兰泽多芳草[2]；采之欲遗谁[3]？所思在远道。还顾望旧乡[4]，长路漫浩浩[5]。同心而离居[6]，忧伤以终老[7]。

1. 这是游子思家的诗。从末二句看出是在想念他的妻子。 2.“兰泽”，兰草多生在沼泽之地。“芳草”，指兰。 3.“遗”，读去声，赠。 4.“还顾”，回头看。“旧乡”，故乡。 5.“漫”和“浩浩”，都是无边无际的意思。 6.“同心”，指夫妇感情。 7.“终老”，终生到老。

明月皎夜光[1]

明月皎夜光，促织鸣东壁[2]；玉衡指孟冬[3]，众星何历历[4]。白露沾野草，时节忽复易[5]；秋蝉鸣树间[6]，玄鸟逝安适？昔我同门友[7]，高举振六翮[8]；不念携手好[9]，弃我如遗迹[10]。南箕北有斗[11]，牵牛不负轭；良无盘石固[12]，虚名复何益[13]！

1. 这是怨朋友不相援引的诗，由季节的变易而慨叹世态的炎凉。 2.“促织”，蟋蟀。《诗经·豳风》说它“九月在户”。 3.“玉衡”，即“衡”。古人据北斗七星以观天象，“魁”居首，“衡”居中，“杓”为尾。《史记·天官书》：“夜半建者衡。”意思是说夜半时以“衡”所指的不同方位来表明季节。“孟冬”，初冬。本篇当作于九月下半月，秋冬之交的季节。历来由于

“孟冬”与下文的“秋蝉”在时间上似有矛盾，聚说纷纭；其实诗中的“孟冬”是实景，“秋蝉”是虚写，正写出由秋入冬的感触。详说见下文“秋蝉”注。 4.“历历”，写众星一一分明可数，是深秋夜静景象。 5.“忽复易”，指季节很快地忽然改变了。 6.“秋蝉”二句：按蝉并不在夜深中叫，燕子也不在半夜里飞，因此都非眼前实景。作者乃是由于“时节忽复易”而想起前一阵树间哀鸣的秋蝉，匆匆飞去的燕子，颇有切身的感慨。于是引出了下文。“玄鸟”，燕子。“逝”，去。“安适”，何往。 7.“同门友”，同在师门受业的朋友，即同学。 8.“高举”句：用高飞比喻宦途得意。“举”，飞。“振”，奋起。“翮”，音 hé，羽茎。大鸟的翅膀有“六翮”。9.“携手好”，用《诗经·北风》“惠而好我，携手同行”两句的意思，指亲密的友谊。 10.“遗迹”，走路时留下的脚印。 11.“南箕”二句：用《诗经·大东》“维南有箕，不可以簸扬；维北有斗，不可以挹酒浆”和“睆彼牵牛，不以服箱”等句的意思，以箕星不能簸糠、斗星不能酌酒、牵牛星不能拉车比喻“同门友”徒有朋友之名而无情谊之实。“轭”，车辕前横木，用以控制牛背，使牛拉车前行。 12.“良无”句：是说友情并不像磐石那样坚定不移。“良”，实在。“盘”，同“磐”。 13.“虚名”，双关语，既指上文“南箕”二句，也指“弃我如遗迹”的“同门友”。

迢迢牵牛星[1]

迢迢牵牛星[2]，皎皎河汉女[3]。纤纤擢素手[4]，札札弄机杼[5]。终日不成章[6]，泣涕零如雨[7]。河汉清且浅，相去复几许[8]？盈盈一水间[9]，脉脉不得语[10]。

1. 这诗写织女星相思之苦，借喻有情男女咫尺天涯的哀怨。 2.“迢迢”，形容遥远。“牵牛星”，在银河南。 3.“河汉”，银河。“河汉女”，指织女星，在银河北，和牵牛星隔“河”相对。 4.“擢”，摆动。 5.“札札”，机织声。“杼”，织布的梭。 6.“终日”句：借用《诗经·大东》“跂彼织女，终日七襄，虽则七襄，不成报章”的意思，说她因相思而无心织布。“章”，指布的经纬纹理。 7.“泣涕”句：借用《诗经·燕燕》“瞻望弗及，泣涕如雨”的意思。“零”，落。 8.“几许”，多少。 9.“盈盈”，形容水光轻盈。10.“脉脉”，“眽眽”的假借字，含情相视的意思。

携手上河梁[1]

携手上河梁，游子暮何之[2]？徘徊蹊路侧[3]，悢悢不能辞[4]。行人难久留，各言长相思。安知非日月[5]，弦望自有时！努力崇明德[6]，皓首以为期。

1. 本篇和下篇最早都见于《文选》。本篇和另外两首，题李陵作；下篇和另外三首，题苏武作。其实都不可靠。它们大约都是东汉无名氏的作品。今一并题作“古诗”。这是写朋友送别互相勗勉的诗。 2.“之”，往。 3.“蹊”，小路。 4.“悢悢”句：是说临别时难过得说不出话来了。“悢悢”，惆怅的样子。“悢”，音 liàng。“不能辞”，指无法作临别赠言。 5.“安知”二句：意思指彼此可能还有相见的机会。月缺如弓时叫“弦”。夏历每月初七八为上弦，二十三四为下弦。每月十五月圆叫“望”，取日月相望的意思。“弦”“望”都是有定时的。这里以“弦”之缺比喻离别，以“望”之圆比喻会合。 6.“努力”二句：是说努力修身保重，直到白头。“崇”，尊崇，重视。“明德”，美德。“皓首”，白头。

结发为夫妻[1]

结发为夫妻[2]，恩爱两不疑。欢娱在今夕[3]，嬿婉及良时。征夫怀往路[4]，起视夜何其[5]。参辰皆已没[6]，去去从此辞[7]。行役在战场，相见未有期。握手一长叹，泪为生别滋[8]。努力爱春华[9]，莫忘欢乐时。生当复来归[10]，死当长相思。

1. 这是写征夫和妻子分别的诗。《玉台新咏》收入本篇，题为《留别妻》。2. “结发”句：是说从成年时结为夫妇。“结发”，见《焦仲卿妻》注。3. “欢娱”二句：“在今夕”，只在今夕的意思。“嬿婉”，两情欢好。“及良时”，趁着还在一起的时刻。“良时”即指“今夕”。 4. “怀往路”，心里惦记着上路。 5. “起视”句：用《诗经·庭燎》“夜如何其？夜未央”的意思，是说起来看看是否快天亮了。“其”，音 jī，语助词。 6. “参辰”句：是说天亮时众星都隐没了。“参”，星名，每天傍晚出现于西方。“辰”，星名，每天黎明前出现于东方。这里的“参辰”是一切星宿的代称。 7. “去去”，“去”的加重语。“从此辞”，从此分手。 8. “滋”，多。 9. “爱”，珍重。“春华”，青春。 10. “来归”，即归来。

魏

曹　操

曹操（155—220），字孟德，沛国谯（今安徽亳州）人，出身素族，曾参加镇压黄巾起义和讨董卓，后更平定袁绍等，统一了北方。他在政治上代表中下层地主阶级的利益，吸取了农民起义的教训，实行打击豪强、抑制兼并、屯田等政策，客观上推动了社会的发展。在汉献帝建安中任大将军、丞相，并封魏王。他死后，子曹丕代汉即帝位，追尊他为魏武帝。

曹操诗今存二十二首，都是乐府歌辞。风格苍劲雄浑，四言诗成就尤其突出。诗中反映了汉末的战乱和人民的苦难，但主要是高歌开明政治和统一的理想，充满了昂扬进取的豪迈精神，有力地表现了建安时代的特色，促进了新的文学高潮的发展。有中华书局辑校的《曹操集》可用。

步出夏门行[1]（选二章）

观沧海

东临碣石[2]，以观沧海。水何澹澹[3]，山岛竦峙[4]。树木丛生，百草丰茂。秋风萧瑟，洪波涌起[5]。日月之行，若出其中；星汉灿烂[6]，若出其里。幸甚至哉，歌以咏志[7]。

1.“步出夏门行”，又名“陇西行”，乐府《相和歌·瑟调曲》名。曹操这诗共有前奏曲《艳》一章，歌四章——《观沧海》《冬十月》《土不同》《龟虽寿》，是建安十二年（207）北征乌桓时所作。 2.“碣石”，古时海畔山名，东汉后陷于海中，位置约在今河北滦河入渤海口附近。曹操征乌桓，本拟傍海道北上，约在秋七月经碣石。后因大水，改由卢龙塞（今河北迁安西北）绕道而行。 3.“澹澹”，音 dàndàn，形容水的波动。 4.“竦”，同“耸”，高。“峙”，挺立。 5.“洪”，大。 6.“汉”，指银河。 7.“幸甚”二句：是合乐时所加，每章都有，与正文无关。“幸”，庆幸。“至”，极。

龟虽寿

神龟虽寿[1]，犹有竟时[2]；腾蛇乘雾[3]，终为土灰。老骥伏枥[4]，志在千里；烈士暮年[5]，壮心不已[6]。盈缩之期[7]，不但在天；养怡之福[8]，可得永年[9]。幸甚至哉，歌以咏志。

1.“神龟”，古时传说神龟能活几千岁。 2.“竟”，尽，这里指死。 3.“腾蛇”，又作“螣蛇”，传说是似龙的神蛇，能兴云驾雾。《韩非子·难势》中说，腾蛇乘了云雾才能升天，一旦失去云雾，也就同蝇蚁一样。蝇蚁不免要死灭，所以这里说化为土灰。 4.“骥”，千里马。“枥”，音 lì，养马之所。5.“烈士”，有强烈壮志的人，这里是作者自指。这时作者已五十三岁，所以说“暮年”。 6.“已”，止。 7.“盈缩”，长短之意，这里指人寿的长短。8.“养怡”，指乐观的修养。 9.“永年”，长寿。

短歌行[1]（二首选一）

其一

对酒当歌[2]，人生几何？譬如朝露，去日苦多[3]。慨当以慷[4]，忧思难忘[5]。何以解忧？唯有杜康[6]。青青子衿[7]，悠悠我心。但为君故，沉吟至今[8]。呦呦鹿鸣[9]，食野之苹。我有嘉宾，鼓瑟吹笙。明明如月[10]，何时可掇？忧从中来，不可断绝。越陌度阡[11]，枉用相存[12]。契阔谈宴[13]，心念旧恩。月明星稀，乌鹊南飞。绕树三匝[14]，何枝可依？山不厌高[15]，海不厌深，周公吐哺[16]，天下归心。

1.“短歌行”，乐府《相和歌·平调曲》名。本篇是第一首的本辞。第二首中歌咏了周文王、齐桓公、晋文公等的政治成就。本篇则通过宴会的歌唱表达自己的雄心壮志与渴望贤才。 2.“对酒”，对着酒。作者有《对酒》是倾诉政治理想的作品。“当”，也是对着的意思；可参看张正见《对酒》：“当歌对玉酒，匡坐酌金罍。” 3.“去日”句：说过去的日子苦于太多了。 4.“慨当以慷”，就是慷慨的意思。 5.“忧思”句：作者《秋胡行》中说：“不戚年往，忧世不治。”意思与此相似。“忧”，一作“幽”。 6.“杜康”，相传是开始造酒的人，这里是酒的代称。 7.“青青”二句：用《诗经·郑风·子衿》的成句，表示对贤才的思慕。“青衿”，青色的衣领，周代学子的服装。“悠悠”，长远地。 8.“沉吟”，低吟。《诗经·郑风·子衿》在“青青”二句下有：“纵我不往，子宁不嗣音（你就不再捎个信）。”就是“沉吟”的具体内容。 9.“呦呦”四句：用《诗经·小雅·鹿鸣》首章前四句的成句，并包含着后四句的意思：“吹笙鼓簧，承筐是将。人之好我，示我周行（大道）。”表示自己渴望礼遇贤才。“呦呦”，鹿鸣声。“苹”，艾蒿。 10.“明明”二句：是说德如月之明，德何时可得？“明明”指满月光辉，也指明德。《诗经·大雅·大明》：“明明在下，赫赫在上。”《毛传》：“文王之德明明于下，故赫赫然著见于天。”这里则言其著见于明月。“掇”，取得；一作“辍”。 11.“越陌度阡”，应劭《风俗通》引古谚：“越陌度阡，更为客主。”这里用来表示贤才远道而来。 12.“枉”，枉驾。“用”，以。“存”，问候。 13.“契阔”，聚散。这里是久别重逢的意思。 14.“绕树”二句：比喻客子无所依托。“匝”，音 zā，周。 15.“山不”二句：《管子·形势解》：“海不辞水，故能成其大；山不辞土石，故能成其高；明主不厌人，故能成其众。”这里用来表示渴望贤才。 16.“周公”二句：《韩诗外传》卷三，周公说：“吾文王之子，武王之弟，成王之叔父也。又相天下。吾于天下亦不轻矣，然吾一沐三握发，一饭三吐哺，犹恐失天下之士。”这里是以周公自喻。“哺”，咀嚼着的食物。

蒿里行[1]

关东有义士[2]，兴兵讨群凶。初期会盟津[3]，乃心在咸阳。军合力不齐[4]，踌躇而雁行。势利使人争[5]，嗣还自相戕。淮南弟称号[6]，刻玺于北方。铠甲生虮虱[7]，万姓以死亡。白骨露于野，千里无鸡鸣。生民百遗一[8]，念之断人肠。

1.“蒿里行”，乐府《相和歌·相和曲》名，原是送葬唱的挽歌。“蒿里”，死人之里。王昌龄《塞下曲》:“白骨乱蓬蒿”。本篇哀伤战乱中生民的死亡，意相近。 2.“关东”二句：汉初平元年（190）春，函谷关以东各州郡起兵讨伐董卓，并推袁绍为盟主。“义士”，即指袁绍等讨董诸军的首领。“群凶”，指董卓及其部将。 3.“初期”二句：是说关东诸军在孟津会盟，乃是为了破董卓定关中。“盟津”，即古孟津，在今河南孟州南，周武王伐纣时曾在那里会集八百诸侯，诗中隐以相比。《史记·高祖本纪》:“怀王乃以宋义为上将军，……与诸将约，先入定关中者王之。”“咸阳”，秦京都。“入定关中”也就是“心在咸阳”，这是伐秦诸将的会师，用来暗喻讨董诸军最初的目的。这时董卓挟持汉献帝迁都长安，与咸阳同在关中。又《史记索隐》说：咸阳，“应劭云：今长安也”。作者或用应劭之说，也未可知。 4.“军合”二句:《三国志·魏志·武帝纪》:“卓兵强，绍等莫敢先进。”又载曹操批评诸军语:“今兵以义动，持疑而不进，失天下望。”二句所说的就是这个意思。“踌躇”，犹豫不前。“雁行”，雁群飞行时排成“一”字队形，这里用来形容讨董诸军都列阵观望的样子。“行”，音 háng。 5.“势利”二句：是说讨董战争并未很好进行，不久，在袁绍、袁术、韩馥、公孙瓒等重要首领之间，发生了争夺势利、自相戕杀的战争。“嗣”，继。“还”，通“旋”。“嗣还”，“随乃”的意思。“戕”，音 qiāng，杀害。 6.“淮南”二句：建安二年（197），袁绍的从弟袁术在淮南僭帝号，自称“仲家”。建安五年（200），曹操灭袁绍后，发现袁绍在初平二年（191）谋立幽州牧刘虞为帝时，已经私刻金玺。袁绍那时在河内，所以说“北方”。“淮南”，今安徽寿县。“玺”，音 xǐ，印章，秦以后专指皇帝的印。 7.“铠甲”句:“铠”，音 kǎi，铁甲。“生虮虱”，形容战乱之久。因卸不下战衣，连铁甲上都是虮虱。“虮”，虱的幼虫。 8.“生民”句：是说一百个人里面只剩下一个人还活着。

苦寒行[1]

北上太行山[2]，艰哉何巍巍[3]！羊肠坂诘屈[4]，车轮为之摧[5]。树木何萧瑟[6]，北风声正悲。熊罴对我蹲[7]，虎豹夹路啼。溪谷少人民[8]，雪落何霏霏。延颈长叹息[9]，远行多所怀。我心何怫郁[10]，思欲一东归[11]。水深桥梁绝，中路正徘徊[12]。迷惑失故路[13]，薄暮无宿栖。行行日已远，人马同时饥。担囊行取薪，斧冰持作糜[14]。悲彼《东山》诗[15]，悠悠使我哀。

1.“苦寒行”，乐府《相和歌·清调曲》名。建安十年（205），袁绍甥高幹叛离曹操，据壶关（今山西壶关）。次年春，曹操自邺城（今河北临漳西）率军越过太行山攻壶关。本篇大约作于这次征途中。 2.“太行山”，起自河南北部，沿山西、河北边境折入河北北部。 3.“巍巍”，高峻的样子。4.“羊肠坂”，地名，在壶关西南。“坂”，音 bǎn，斜坡。“诘屈”，盘旋纡曲。 5.“摧”，折，毁。 6.“萧瑟”，萧条冷落，“瑟”，通“索”。又萧萧、瑟瑟都是风声。 7.“罴”，音 pí，人熊。 8.“溪谷”句：山居人家多靠近溪谷。 9.“延颈”，伸长脖子眺望远处。 10.“怫郁”，忧愁不安。 11.“东归”，指归故乡。操军当时是西征，所以说东归。或说是因为曹操的故乡谯郡（今安徽亳州）在太行山的东南面，也可参考。 12.“中路”，中途。 13.“故路”，原有的道路。 14.“斧”，砍，作动词用。“糜”，粥。 15.“东山”，详见《诗经·豳风·东山》注，旧说东山是赞美周公出征归来犒劳士卒的诗。这里可能也有自比于周公的意思。

蔡 琰

蔡琰（生卒年未详），字文姬，陈留圉（今河南杞县）人，蔡邕的女儿，博学多才，精通音律。汉末世乱，被胡兵掳入南匈奴十二年，生有二子。后为曹操赎回。她的作品今传有《悲愤诗》二篇，一是五言，一是骚体。后者一般认为是伪作。另有《胡笳十八拍》一篇，也相传是她的作品，曾引起争论，大概不甚可信。

悲愤诗[1]

汉季失权柄[2]，董卓乱天常[3]，志欲图篡弑[4]，先害诸贤良[5]。逼迫迁旧邦[6]，拥主以自强[7]。海内兴义师[8]，欲共讨不祥[9]。卓众来东下[10]，金甲耀日光。平土人脆弱[11]，来兵皆胡羌[12]。猎野围城邑[13]，所向悉破亡。斩载无孑遗[14]，尸骸相撑拒。马边悬男头，马后载妇女。长驱西入关[15]，迥路险且阻[16]。还顾邈冥冥[17]，肝脾为烂腐。所略有万计[18]，不得令屯聚[19]。或有骨肉俱[20]，欲言不敢语。失意几微间[21]，辄言"毙降虏[22]，要当以亭刃，我曹不活汝。"岂敢惜性命，不堪其詈骂[23]。或便加棰杖[24]，毒痛参并下[25]。旦则号泣行，夜则悲吟坐。欲死不可得，欲生无一可。彼苍者何辜[26]？乃遭此厄祸[27]。边荒与华异[28]，人俗少义理[29]。处所多霜雪，胡风春夏起。翩翩吹我衣，肃肃入我耳[30]。感时念父母，哀叹无终已。有客从外来[31]，闻之常欢喜。迎问其消息[32]，辄复非乡里。邂逅徼时愿[33]，骨肉来迎己[34]。己得自解免，当复弃儿子[35]。天属缀人心[36]，念别无会期。存亡永乖隔[37]，不忍与之辞。儿前抱我颈，问"母欲何之[38]？人言母当去，岂复有还时？阿母常仁恻，今何更不慈？我尚未成人，奈何不顾思？"见此崩五内[39]，恍惚生狂痴。号泣手抚摩，当发复回疑[40]。兼有同时辈[41]，相送告离别。慕我独得归，哀叫声摧裂[42]。马为立踟蹰，车为不转辙[43]。观者皆歔欷[44]，行路亦呜咽[45]。去去割情恋[46]，遄征日遐迈[47]。悠悠三千里，何时复交会？念我出腹子，胸臆为摧败。既至家人尽，又复无中外[48]。城郭为山林，庭宇生荆艾。白骨不知谁，从横莫覆盖。出门无人声，豺狼号且吠。茕茕对孤景[49]，怛咤糜肝肺[50]。登高远眺望，魂神忽飞逝。奄若寿命尽[51]，旁人相宽大[52]。为复强视息[53]，虽生何聊赖[54]？托命于新人[55]，竭心自勖厉[56]。流离成鄙贱[57]，常恐复捐废[58]。人生几何时，怀忧终年岁！

1. 这诗是作者回到故乡嫁董祀后追想往事之作。 2."季"，末。"失权柄"，指朝政把持在宦官手中。 3."董卓"句：参看曹操《蒿里行》注 2。"常"，经。"天常"，天经地义的意思。 4."篡"，音 cuàn，臣夺帝位。"弑"，音 shì，下杀上。 5."先害"句：董卓为抵制关东诸郡的讨伐，逼迫献帝迁都长安，督军校尉周泌、城门校尉伍琼等反对，都遭杀害。"诸贤良"，指周、伍等。 6."旧邦"，长安是西汉旧都。 7."主"，指献帝。 8."义师"，指关东讨董军队。 9."不祥"，指董卓。 10."卓众"句：初平三年（192）

董卓派遣部将李傕、郭汜等，从长安附近驻防地出函谷关东下，击破河南尹朱携于中牟（今河南中牟），并掠夺了蔡琰故乡陈留。 11.“平土”，平原，指中原。 12.“来兵”句：说李、郭军中多羌、氐族人。 13.“猎”，猎取的意思。 14.“无孑遗”，一个不留。“孑”，音 jié，单独。 15.“长驱”句：写李、郭军掠夺陈留等地后，又西入函谷关回到原驻地去。 16.“迥”，音 jiǒng，远。 17.“还顾”，指回望旧乡。“邈冥冥”，渺远迷茫。 18.“所略”，被掳掠的人。 19.“屯聚”，聚集。 20.“骨肉”，亲人。“俱”，指一起被掳。 21.“失意”句：是说如果被掳掠的人使士兵稍感不满。“几微”，稍微。 22.“辄言”三句：“辄言”以下是李、郭兵骂俘虏的话。“辄”，动辄。“亭刃”，挨刀子。“亭”，直，当的意思。“我曹”，我们，兵士自称。 23.“詈”，音 lì，责骂。 24.“棰”，杖击。 25.“毒”，恨。“参并下”，交加而来。 26.“彼苍”句：意思是说，天啊，我们有什么罪孽！“苍”，苍天。“辜”，罪。 27.“厄”，音 è，迫害。以上是第一大段，叙述遭难的原因和被掳入胡途中的痛苦。 28.“边荒”，兴平二年（195）蔡琰辗转流落入南匈奴左贤王部落，在今山西临汾附近，是当时边远地区。 29.“人俗”句：言外隐忍了种种难言的屈辱。 30.“肃肃”，风声。 31.“从外来”，从外地来到南匈奴地区。 32.“迎问”句：指向来客打听消息。 33.“邂逅”，音 xièhòu，意外地碰上了。“徼时愿”，顺时如愿。也即求得天从人愿。“徼”，循，求。 34.“骨肉”，喻祖国亲人。 35.“当复”，又得要。 36.“天属”，血缘关系，指在南匈奴生的两个儿子。“缀”，牵连。 37.“乖隔”，隔离。 38.“之”，往。“问”以下七句是儿子的话。 39.“崩五内”，心碎的意思。“五内”，五脏。 40.“当发”，临当出发。 41.“同时辈”，指同时被俘的难友们。 42.“摧裂”，摧折得心都碎了。 43.“转辙”，指车轮转动。 44.“歔欷”，音 xūxī，抽噎声。 45.“行路”，过路行人。以上是第二大段，叙述异域思乡之情和离开南匈奴时的别子之痛。 46.“情恋”，指母子之情。 47.“遄征”，飞快地赶路。“遄”，音 chuán，迅速。“日遐迈”，一天天走远了。 48.“中外”，中表近亲。舅父的子女，是内兄弟；姑母的子女，是外兄弟。 49.“茕茕”，音 qióngqióng，孤独忧伤。“景”，同“影”。“孤景”，指自己的影子。 50.“怛咤”，音 dázhà，不自觉地惊叫。“糜”，碎。 51.“奄若”，忽然间仿佛。 52.“宽大”，劝慰的意思。 53.“强”，勉强。“视息”，睁开眼，喘过气来。 54.“聊赖”，依靠。 55.“托命”句：指重嫁董祀。56.“勖”，音 xù，勉。“厉”，同“励”。 57.“流离”句：是说经过痛苦屈辱的流离后，自己成为被人轻视的低贱的女人。 58.“捐废”，遗弃。第三大段叙述回乡后精神上的痛苦。

陈　琳

陈琳（？—217），字孔璋，广陵射阳（今江苏宝应东北）人，“建安七子”之一。曾经为袁绍掌管过书记，后来归附曹操。他和阮瑀都以擅长公牍文书著名当时。今存诗歌四首，有辑本《陈记室集》。

饮马长城窟行[1]

饮马长城窟[2]，水寒伤马骨。往谓长城吏，“慎莫稽留太原卒[3]！”“官作自有程[4]，举筑谐汝声！”“男儿宁当格斗死[5]，何能怫郁筑长城！”长城何连连！连连三千里。边城多健少，内舍多寡妇[6]。作书与内舍，“便嫁莫留住[7]。善侍新姑嫜，时时念我故夫子。”报书往边地[8]，“君今出语一何鄙[9]！”“身在祸难中[10]，何为稽留他家子。生男慎莫举，生女哺用脯。君独不见长城下，死人骸骨相撑拄。”“结发行事君[11]，慊慊心意关。明知边地苦，贱妾何能久自全！”

1.“饮马长城窟行”，乐府《相和歌·瑟调曲》名。本篇写修筑长城无限期的劳役，造成人民妻离子散的苦难。 2.“窟”，洞穴。“长城窟”，指长城近边有水的坑洼。 3.“慎莫”句：是从太原来长城服役的百姓恳请长城吏的话。“慎”，等于说“千万”。“稽留”，指拖延戍卒的服役期。“太原”，郡名，治所即今山西太原。 4.“官作”二句：是长城吏不耐烦的回答。“官作”，官府的工程。“程”，期限。“筑”，捣土的杵。“谐”，齐。“声”，指捣土时的夯歌。 5.“男儿”二句：是太原卒愤慨地回答长城吏的话。“宁”，音 nìng，情愿。“宁当”，宁可。“怫郁”，心情不舒畅。 6.“内舍”，家里。原意是内宅。 7.“便嫁”三句：是戍卒信中对妻子说的话。“善侍”，好好地服侍。“姑嫜”，公婆。“故夫子”，指写信的戍卒本人。 8.“报书”，回信。 9.“君今”句：是妻子回信责备戍卒的话。“君”，指丈夫。“鄙”，庸俗。 10.“身在”六句：是戍卒再次写信给妻子的话。“祸难”，指修筑长城竣工无期，自己生归无望。“他家子”，指妻子。古代对女儿也称“子”。“举”，抚养。“哺”，音 bǔ，喂养。“脯”，音 fǔ，干肉。“相撑拄”，形容骸骨杂乱地堆积着。 11.“结发”四句：是妻子再次回信表明心迹的话。“行”，语助词，《尔雅·释诂》：“行，言也。”“慊慊”，不安的心情。

王　粲

王粲（177—217），字仲宣，山阳高平（今山东微山西北）人，在“建安七子”中以擅长诗赋见称。他出身于大官僚世家，少年时便以才学见重于世。十七岁离开长安到荆州避难，依附刘表十五年。刘表死，劝说表子刘琮归附曹操。曹操任用为丞相掾属，后来位至魏国侍中。由于遭遇乱世，长期作客，他的诗赋里怀乡的内容很重，情调比较悲凉。但也因此能比较深刻地反映当时社会的动乱和人民的苦难。今存诗二十多首，有辑本《王侍中集》。

七哀诗（三首选二）

其一[1]

西京乱无象[2]，豺虎方遘患[3]。复弃中国去[4]，委身适荆蛮[5]。亲戚对我悲，朋友相追攀。出门无所见，白骨蔽平原[6]。路有饥妇人，抱子弃草间。顾闻号泣声[7]，挥涕独不还[8]。“未知身死处[9]，何能两相完！”驱马弃之去，不忍听此言。南登霸陵岸[10]，回首望长安。悟彼下泉人[11]，喟然伤心肝[12]。

1. 初平三年（192）董卓的部将李傕、郭汜等在长安作乱。次年王粲离开长安，到荆州刘表处避难。这诗写初离长安时在郊外所见难民弃子的惨状，感叹盛世的难得。 2.“西京”，西汉的都城长安。“无象”，不像样。又“象”，法。 3.“豺虎”，指李傕、郭汜等。“遘”，通“构”，造成。 4.“中国”，指当时北方中原地区。 5.“委”，托。“适”，往。“荆蛮”，指古代楚地。荆州是古代楚的故都，楚旧称荆，而当时中原大国又称南方民族为蛮。 6.“蔽”，遮盖。 7.“顾”，回头。“号泣声”，弃儿的哭声。 8.“独不还”，偏不肯回身去。 9.“未知”二句：是妇人的话。“两相完”，母子两个都保全。 10.“霸陵”，汉文帝陵墓，在汉长安东南，今陕西省西安市长安区东。汉文帝是西汉著名太平盛世的明君，作者这里寄有感慨。“岸”，高地。 11.“悟”，理解。“下泉”，《诗经·曹风》中的一篇，旧说是曹国人盼望贤明君王的诗。“下泉人”，指作《下泉》的诗人。 12.“喟然”，叹息起来。“喟”，音 kuì。

其二[1]

荆蛮非吾乡，何为久滞淫[2]？方舟溯大江[3]，日暮愁吾心。山冈有余映[4]，岩阿增重阴[5]。狐狸驰赴穴[6]，飞鸟翔故林。流波激清响，猴猿临岸吟。迅风拂裳袂[7]，白露沾衣襟。独夜不能寐，摄衣起抚琴[8]。丝桐感人情[9]，为我发悲音。羁旅无终极[10]，忧思壮难任[11]。

1. 这首诗写久客荆州，怀乡思归，日暮凭眺，独夜不寐，触处都生悲愁。王粲到了荆州，刘表见他貌丑体弱，不予重视，当时很不得志。 2.“滞淫”，滞留。 3.“溯”，音 sù，逆流而上。 4.“余映”，夕阳余晖。 5.“阿”，音 ē，曲隅。“增重阴”，更加阴暗。 6.“狐狸”二句：是带着思乡之情写即目之景，取意于《楚辞·哀郢》：“鸟飞反故乡兮狐死必首丘。”详见《哀郢》注。 7.“裳”，下衣。“袂”，衣袖。 8.“摄”，音shè，整顿。 9.“丝桐”，指琴。桓谭《新论》：“削桐为琴，丝绳为弦。”桐木是制琴的上等材料。 10.“羁旅”，在外寄居作客。“羁”，音jī。 11.“壮”，盛，指忧思深重。

曹 丕

曹丕（187—226），字子桓，曹操次子，是建安文坛的领袖人物。建安二十二年（217）立为魏太子。二十五年（220）代汉即帝位，就是魏文帝。

曹丕的诗现存约四十首，语言通俗，形式多样，学习民歌的倾向很显著，但思想性比较一般；其中《燕歌行》是现存最早而且艺术上很完整的七言诗。他的《典论·论文》是我国文学批评史上论文专篇的开始，有重要地位和积极影响。有辑本《魏文帝集》。诗注有黄节的《魏武帝魏文帝诗注》。

杂诗[1]（二首选一）

其一

西北有浮云[2]，亭亭如车盖[3]。惜哉时不遇，适与飘风会[4]。

吹我东南行，行行至吴会[5]。吴会非吾乡，安得久留滞。弃置勿复陈[6]，客子常畏人[7]。

1.“杂诗”是始见于《文选》所选汉、魏人诗的题目，意思和“杂感”相近。本篇写游子。 2.“浮云”，喻游子。 3.“车盖”，形状像现在的大雨伞。 4.“适”，恰巧。“飘风”，狂暴的旋风。“会”，碰上。 5.“吴会”，指当时的吴郡和会稽郡，即今江浙一带。这里表示被吹到东南沿海。 6.“弃置”句：原是乐府诗里常见的套语，但这里有承上启下进一层渲染的作用，意思是说，抛开吧，不用再说了。 7.“客子”句：是说客子在外，人孤势单，本来是处处怕人欺负的。言外有种种辛酸和思乡之情。

燕歌行[1]（二首选一）

其一

秋风萧瑟天气凉，草木摇落露为霜。群燕辞归雁南翔，念君客游思断肠[2]。慊慊思归恋故乡，君何淹留寄他方[3]？贱妾茕茕守空房[4]，忧来思君不敢忘，不觉泪下沾衣裳。援琴鸣弦发清商[5]，短歌微吟不能长[6]。明月皎皎照我床，星汉西流夜未央[7]。牵牛织女遥相望[8]，尔独何辜限河梁?

1.“燕歌行”，乐府《相和歌·平调曲》名。“燕”，地名，三国时即今北京，是古代北方边城。这个曲题大多用来写征人或游子思妇的离别之情。 2.“君”，指客游在外的丈夫。 3.“淹留”，久留。 4.“茕茕”，音

qióngqióng，孤独忧伤的样子。 5.“援”，取。“清商”，东汉以来在民歌基础上形成的新的音乐的代表。古人认为这种乐调是象征秋天的。 6.“微吟”，低声吟唱。 7.“星汉”，泛指星斗银河。“西流”，运转西落。“央”，尽。 8.“牵牛”二句：牵牛星、织女星各在银河一边。神话中说，牵牛织女是夫妇，但被银河隔开，没有桥梁可通。他俩只能在每年夏历七月七日夜间相会，由喜鹊来搭桥。但在思妇看来，银河之隔，比自己和丈夫间的距离要近得多，所以末句发出疑问。“尔”，指牵牛织女。“独”，偏偏。“何辜”，即何故。“辜”，与“故”通。

刘 桢

刘桢（？—217），字公幹，东平宁阳（今山东宁阳北）人，“建安七子”之一。曹操任为丞相掾属。性格倔强，曾以此获罪。他的五言诗风格遒劲，语言质朴，当时负有盛名，现在只存诗十五首。有辑本《刘公幹集》。

赠从弟[1]（三首选一）

其二

亭亭山上松[2]，瑟瑟谷中风[3]。风声一何盛，松枝一何劲！

冰霜正惨凄[4]，终岁常端正。岂不罹凝寒[5]，松柏有本性。

1. 这组诗共三首，分别以蘋藻、松、凤凰比喻他从弟的品性，有赞美和勉励两重意思，希望从弟在政治上能坚持理想，不同于流俗，其实也是自况。这是第二首。“从弟”，堂弟。 2. “亭亭”，端正立着的样子。 3. “瑟瑟”，强烈的风声。 4.“惨凄”，严酷。 5.“岂不”二句：意思是说松柏秉性坚贞，所以不怕严寒的威胁。“罹”，音 lí，遭遇。“凝”，严。

曹 植

曹植（192—232），字子建，曹操第三子，曹丕弟，建安时代最杰出的诗人。从小跟着曹操在军旅中长大，天资聪敏，很受宠爱，几乎被立为太子。但由于行为任性，不能约束自己，后来渐渐失宠。曹丕即位后，他受到严酷的压迫，一再贬爵徙封。明帝曹叡即位后，又曾经几次上疏请求任用，都遭拒绝。前后过了十一年孤独困顿的软禁生活。四十一岁因病去世。

曹植的诗歌现存九十多首，绝大部分是五言诗。风格清新壮健，感受新鲜多样，形象飞动有力，语言自然流丽，内容主要表现自己执着地追求政治理想和个人抱负的实现。他直接受曹操的影响较深，希望以比较清明的政治来统一天下，建立不朽的功绩。后十一年的诗中，更集中地表现了反抗迫害和慷慨不平的思想感情。此外他还写了一些反映战乱和人民疾苦的诗。他的诗歌比较全面地代表了建安文学的成就和特色，在五言诗的发展上，有突出功绩。清人丁晏所编《曹集诠评》是较好的评校本，近人黄节编注的《曹子建诗注》是较详的笺注本。

泰山梁甫行[1]

八方各异气[2]，千里殊风雨。剧哉边海民[3]，寄身于草野。妻子象禽兽[4]，行止依林阻[5]。柴门何萧条，狐兔翔我宇[6]。

1.“泰山梁甫行”，一作“梁甫行”，乐府《相和歌·瑟调曲》名。“梁甫”，泰山附近山名，传说泰山和梁甫都是鬼魂归聚之地。这诗与原题无关，写边海人民的贫困生活。 2.“八方”，指东、西、南、北，东南、东北、西南、西北。“气”，气候。 3.“剧”，艰难。 4.“象禽兽”，指饮食衣着的简陋。 5.“林阻”，艰险的山林。 6.“翔”，游，这里形容狐兔自由游窜。“我”，代“边海民”自称。“宇”，住处。

白马篇[1]

白马饰金羁[2]，连翩西北驰[3]。借问谁家子？幽并游侠儿[4]。少小去乡邑，扬声沙漠垂[5]。宿昔秉良弓[6]，楛矢何参差[7]。控弦破左的[8]，右发摧月支[9]。仰手接飞猱[10]，俯身散马蹄[11]。狡捷过猴猿[12]，勇剽若豹螭[13]。边城多警急，虏骑数迁移[14]。羽檄从北来[15]，厉马登高堤[16]。长驱蹈匈奴，左顾凌鲜卑[17]。弃身锋刃端，性命安可怀？父母且不顾，何言子与妻？名编壮士籍[18]，不得中顾私[19]。捐躯赴国难[20]，视死忽如归。

1.“白马篇”，乐府《杂曲歌·齐瑟行》的歌辞，以首二字名篇。又作“游侠篇”。这诗赞美边塞游侠儿的武艺高超、机智勇敢和忠勇爱国，显然贯注了曹植自己的思想和生活愿望。 2.“羁”，马笼头。 3.“连翩”，形容结伴翻飞，这里指飞驰。 4.“幽并”，两个州名，当今河北、山西和陕西的一部分，史书上说这地区的人民好气任侠。 5.“垂”，通“陲”，边缘。“沙漠垂”，指边塞。幽、并二州外接沙漠，当时匈奴、鲜卑居住的地区。 6.“宿”，素。“宿昔”，一向。“秉”，持。 7.“楛”，音 hù，木名，茎似荆而赤，可以做箭。 8.“控弦”，张弓。“左的”，左面的箭靶。 9.“月支”，白色的箭靶名，又名素支。 10.“仰手”，箭向高处出手。“接”，迎射。“猱”，音 náo，猿类动物，体矮小，攀缘树木轻疾如飞。 11.“马蹄”，黑色的箭靶名。 12.“狡捷”，灵活敏捷。 13.“剽”，音 piāo，轻疾。“螭”，音 chī，传说中似龙的动物。 14.“虏骑”，指匈奴、鲜卑的骑兵。“骑”，音 jì。“迁移”，指骚动入侵。 15.“檄”，音 xí，征召文书，写在一尺二寸长的木简上；情况紧急时加插羽毛，所以叫“羽檄”。匈奴、鲜卑都在北方，所以说“从北来”。 16.“厉马”，催马。 17.“左顾”，当时匈奴主要在今甘肃和内蒙古自治区，鲜卑在今内蒙古自治区以北，位于匈奴东边。说“左顾”颇不可解；或者是战胜匈奴后回师，又东讨鲜卑，时位置在左。“凌”，压制。 18.“籍”，簿籍，指登记壮士的名册。 19.“中顾私”，心里想念个人的私事。 20.“捐躯”，献身。

名都篇[1]

名都多妖女[2]，京洛出少年。宝剑直千金[3]，被服丽且鲜。斗鸡东郊道[4]，走马长楸间[5]。驰骋未能半，双兔过我前。揽弓捷鸣镝[6]，长驱上南山[7]。左挽因右发，一纵两禽连[8]。余巧未及展[9]，仰手接飞鸢[10]。观者咸称善，众工归我妍[11]。归来宴平乐[12]，美酒斗十千。脍鲤臇胎鰕[13]，寒鳖炙熊蹯[14]。鸣俦啸匹侣[15]，列坐竟长筵[16]。连翩击鞠壤[17]，巧捷惟万端[18]。白日西南驰，光景不可攀[19]。云散还城邑[20]，清晨复来还[21]。

1.“名都篇”，乐府《杂曲歌·齐瑟行》的歌辞，以首二字名篇。 2.“名都”，著名的都会，汉代如赵地的邯郸、齐地的临淄等都是。“妖女”，艳丽的女子，指乐伎。 3.“直”，通“值”。 4.“斗鸡”，两鸡相斗，观其胜负以为娱乐。 5.“楸”，音 qiū，木名，落叶乔木，叶大干高，古时常种植在路旁。 6.“捷”，插。曹植《七启》：“捷忘归之矢。”一作“挟”。“鸣镝”，响箭。“镝”，音 dí，箭头，这里指箭。 7.“南山”，洛阳郊外的山名。8.“纵”，发射。“禽”，古时鸟兽总称“禽”，“两禽”即指双兔。 9.“巧”，指箭术。 10.“鸢”，音 yuān，就是鹞鹰。 11.“众工”句：众巧之中以我为最。“工”，巧。“归”，终。“妍”，好。 12.“平乐”，平乐观，汉明帝所造，在洛阳西门外。 13.“脍”，音 kuài，细切肉。“脍鲤”，细切的鲤鱼片。“臇”，音 juǎn，清炖，汤汁很少。“胎鰕”，有子的鲐鱼或有子的虾。鰕，音 xiā。 14.“寒”，酱渍。“鳖”，甲鱼。“炙”，音 zhì，烤。“蹯”，音 fán，兽的脚掌。 15.“鸣俦”句：意思是呼朋唤友。 16.“竟”，尽。“竟长筵”，满座的意思。 17.“鞠”，古时踢的毛皮球。“击鞠壤”，踢球的场地。“壤”，地。 18.“惟”，语助词。“万端”，意思是变化很多。 19.“光景”，时光。“攀”，攀留。 20.“云散”，如浮云般散去。 21.“复来还”，重新再来。

美女篇[1]

美女妖且闲[2]，采桑歧路间[3]。柔条纷冉冉[4]，叶落何翩翩[5]！攘袖见素手[6]，皓腕约金环[7]。头上金爵钗[8]，腰佩翠琅玕[9]。明珠交玉体[10]，珊瑚间木难[11]。罗衣何飘飘，轻裾随风还[12]。顾盼遗光彩[13]，长啸气若兰[14]。行徒用息驾[15]，休者以忘餐[16]。借问女安居？乃在城南端。青楼临大路[17]，高门结重关[18]。容华耀朝日，谁不希令颜[19]？媒氏何所营[20]？玉帛不时安。佳人慕高义，求贤良独难[21]。众人徒嗷嗷[22]，安知彼所观。盛年处房室[23]，中夜起长叹[24]。

1.“美女篇”，乐府《杂曲歌·齐瑟行》的歌辞，以首二字名篇。这诗写美女因为要求理想的配偶，所以盛年未嫁，借以抒发志士不遇明主的慨叹。 2.“闲”，幽雅。 3.“歧路”，岔路。 4.“冉冉”，动态柔缓的形容。 5.“翩翩”，飘飞的样子。 6.“攘”，捋起。 7.“约”，束。“环”，手镯。 8.“金爵钗”，一端作雀形的金钗。“爵”，通“雀”。 9.“翠”，一种绿色宝石。“琅玕”，一种似玉的美石。 10.“交”，缠绕。 11.“珊瑚”句：服饰上还点缀着珊瑚和木难。“珊瑚”，一种海生腔肠动物，群体相结成树枝状，它的色泽美丽的骨骼可以做装饰品。“木难”，一种碧色的宝珠，相传是南方金翅鸟的唾沫凝成的。 12.“裾”，衣襟。“还”，通“旋”，转动。 13.“遗”，留。 14.“啸”，蹙口出声，大约类似现在的吹口哨，是古人一种抒情举动。“气若兰”形容长啸时吐气芬芳。 15.“行徒”，行路的人们。“用”，因此。“息驾”，停车。 16.“休者”，休息的人们。“以”，因此。 17.“青楼”，涂饰青漆的楼，是显贵家的闺阁。“青楼”专指娼家，可能是宋、元以后形成的。 18.“结重关”，加着两道门栓。 19.“希”，望。“令”，美。 20.“媒氏”二句：意思是说，媒人在谋求些什么呢？为什么不及时来议婚？“营”，谋求。“玉帛”，指珪璋和束帛，古时定婚用的聘礼。“安”，置。 21.“求贤”句：求个贤德的丈夫实在是特别难。“良”，诚然，实在。 22.“徒”，只知。“嗷嗷”，乱叫。 23.“盛年”，指青春。 24.“中夜”，半夜。

箜篌引[1]

置酒高殿上，亲友从我游。中厨办丰膳，烹羊宰肥牛。秦筝何慷慨[2]，齐瑟和且柔[3]。阳阿奏奇舞[4]，京洛出名讴[5]。乐饮过三爵[6]，缓带倾庶羞[7]。主称千金寿[8]，宾奉万年酬[9]。久要不可忘[10]，薄终义所尤[11]。谦谦君子德[12]，磬折欲何求[13]？惊风飘白日[14]，光景驰西流[15]。盛时不可再，百年忽我遒[16]。生存华屋处[17]，零落归山丘[18]。先民谁不死[19]，知命复何忧？

1.“箜篌引”，乐府《相和歌·瑟调曲》名。题又作“野田黄雀行”“门有车马客行置酒篇”。这诗旧说以为大约作于建安十六年（211）到二十一年（216）曹植封临淄侯期间。“箜篌”，拨弦乐器，体曲而长，有二十三弦。 2.“筝”，拨弦乐器，古筝五弦，相传秦人蒙恬改为十二弦，弦音高亮，最流行于秦国，所以有“秦筝”之称。 3.“瑟”，拨弦乐器，其弦多至五十，少或十九，种类不一。史传齐国都城临淄的百姓都会弹瑟，所以这里称佳瑟为“齐瑟”。 4.“阳阿”，地名，在今山西晋城北。汉成帝的皇后赵飞燕以身轻善舞著名，她在阳阿主家学过伎艺，所以这里借指培养优秀舞伎的地方。“奏”，表演。“奇”，杰出。 5.“京洛”，东汉京都洛阳。“名讴”，著名歌曲。 6.“乐”，音 lè。“爵”，酒杯。“三爵”，《礼记·玉藻》中说，君子饮酒“三爵”就要告退，以免醉后失礼。“过三爵”，表示有了醉意。 7.“缓”，松开。“倾庶羞”，大吃各种美味。 8.“寿”，赠人财帛表示敬谢叫“寿”。 9.“奉”，献，这里指献祝寿之词。“酬”，答谢。 10.“久要”，旧约。自此以下都是借主人议论来表露内心的愿望。 11.“薄终”，指朋友结交，始厚而终薄。“尤”，非难。 12.“谦谦”，谦虚恭敬。 13.“磬”，一种古代打击乐器，形体中腰弯曲，这里借“磬折”来形容弯腰鞠躬、恭敬待人的样子。 14.“惊风”，骤起的疾风。 15.“光景”，时光。 16.“遒”，音 qiú，尽。 17.“处”，住。 18.“零落”，凋亡，指死。 19.“先民”二句：“先民”，过去的人。“命”，指有生必有死的道理。《易经·系辞》：“乐天知命故不忧。”自“惊风”句至此一节是申发“磬折欲何求”的意思。有“求”自然有“忧”，所以末句反问：既然“知命”，那么“复何忧”呢？意谓忧愁不在死生问题，而在不能及时有所建树。

野田黄雀行[1]

高树多悲风，海水扬其波。利剑不在掌[2]，结交何须多[3]！不见篱间雀[4]，见鹞自投罗[5]。罗家见雀喜[6]，少年见雀悲。拔剑捎罗网[7]，黄雀得飞飞。飞飞摩苍天[8]，来下谢少年。

1. “野田黄雀行”，乐府《相和歌 · 瑟调曲》名。这诗借少年拔剑捎网救雀的故事，抒写自己不能解救朋友危难的悲愤情绪，约作于建安二十五年（220）。建安二十四年（219），曹操为了防止曹植和曹丕争权，杀了曹植的主要羽翼杨修。次年曹丕即位，又杀了曹植的知交丁仪、丁廙。 2. “利剑”，喻权势。 3. “何须多”，是说自己没有权势，不能解救朋友的危难，结交了也是枉然。 4. 自此以下通过少年救雀故事，抒发自己不能实现的愿望。 5. “鹞”，音 yào，一种似鹰而小的猛禽。“罗”，捕鸟的罗网。 6. “罗家”，张设捕鸟网的人家。 7. “捎”，音 shāo，除。 8. “摩”，接近。

七 哀[1]

明月照高楼，流光正徘徊。上有愁思妇，悲叹有余哀[2]。借问叹者谁？云是宕子妻[3]。君行逾十年[4]，孤妾常独栖。君若清路尘，妾若浊水泥。浮沉各异势[5]，会合何时谐[6]？愿为西南风，长逝入君怀。君怀良不开，贱妾当何依？

1. “七哀”，《文选》列于哀伤诗类，不入乐府。用本题名篇的作品，内容不尽相同。本篇《宋书 · 乐志》收入《楚调 · 怨诗》，《乐府诗集》因而题作《怨歌行》，诗中写闺怨，可能有所寄托。 2. “余哀”，不尽的悲哀。 3. “宕子”，游子。“宕”通“荡”。 4. “君”，指丈夫。“逾”，超过。自此以下是思妇自述的口吻。 5. “浮”，承上“清路尘”。“沉”，承上“浊水泥”。“势”，形势。 6. “谐”，顺，顺心如愿的意思。

情诗[1]

微阴翳阳景[2]，清风飘我衣。游鱼潜渌水[3]，翔鸟薄天飞[4]。眇眇客行士[5]，遥役不得归。始出严霜结，今来白露晞[6]。游者叹黍离[7]，处者歌式微[8]。慷慨对嘉宾[9]，凄怆内伤悲。

1. 这诗写游子久客归来见家园残破的感慨。“情”，指离情。一作《杂诗》。
2. “阴”，云。“翳”，音 yì，遮蔽。“阳景”，日光。 3. “渌”，音 lù，清澈。
4. “薄”，迫近。 5. “眇眇”，音 miǎomiǎo，渺茫遥远。“客行士”，游子自指。“不得归”，久不得归的意思。 6. “晞”，干，白露已干。写春日初暖。 7. “游者”，自指。《黍离》，《诗经·王风》中的一篇，旧说是周大夫经过故都，见宗庙宫室都变为田地，感慨而作。这里借以表示游子感慨家园的残破。 8. “处者”，居者，指故乡的亲友。《式微》，《诗经·邶风》中的一篇，旧说是黎国诸侯被狄人所逐，寄居卫国，臣子劝他回国的诗。这里借以表示亲友劝游子归居故乡，不要再离去。 9. “嘉宾”，好友，就是“处者”。

杂诗（六首选二）

其一[1]

高台多悲风，朝日照北林[2]。之子在万里[3]，江湖迥且深[4]。方舟安可极[5]？离思故难任[6]。孤雁飞南游，过庭长哀吟。翘思慕远人[7]，愿欲托遗音[8]。形景忽不见[9]，翩翩伤我心[10]。

1. 这是怀念远人的诗。有人认为怀念的可能是曹彪。曹彪黄初三年（222）曾封吴王，在南方，当时曹植立为鄄城王，在北方。 2. “北林”，北面的树林。《诗经·秦风·晨风》：“鴥彼晨风，郁彼北林。未见君子，忧心钦钦。”“北林”因此又暗含着思念与“忧心”的意思。 3. “之子”，那人，指所怀的人。 4. “迥”，音 jiǒng，远。 5. “方舟”，两只船并在一起。 6. “任”，当。 7. “翘思”，抬头远念。 8. “遗”，寄。 9. “景”，同“影”。 10. “翩翩”，鸟飞轻疾的样子。

其五[1]

仆夫早严驾[2]，吾行将远游[3]。远游欲何之？吴国为我仇[4]。将骋万里涂，东路安足由[5]！江介多悲风[6]，淮泗驰急流[7]。愿欲一轻济[8]，惜哉无方舟[9]。闲居非吾志，甘心赴国忧[10]。

1. 这诗写离京归藩时的不平心情，表明自己不甘闲居，愿意去征伐孙吴统一天下。曹植离京归藩共有两次，一是黄初元年（220）归临淄（今山东省淄博市临淄区北），一是黄初四年（223）至京朝会后归鄄城（今山东鄄城），都是从洛阳出发往东走，与诗中所说的“东路”相符。 2. “严驾”，备好车马。 3. “行将”，将要。 4. “吴国”，就是孙权的东吴。 5. “由”，从。也可能是“游”的假借字。 6. “江介”，长江之间。过长江便是东吴疆界。 7. “淮泗”，淮水和泗水，是南征孙吴必经的两条大河。 8. “一轻济”，很快地就渡过水去。“一”是加强语气的助词。 9. “方舟”，喻凭借。 10. “国忧”，指征吴灭蜀、统一天下的大事。

赠白马王彪并序[1]

黄初四年五月，白马王、任城王与余俱朝京师[2]，会节气[3]。到洛阳，任城王薨[4]。至七月，与白马王还国[5]。后有司以二王归藩[6]，道路宜异宿止，意毒恨之。盖以大别在数日[7]，是用自剖[8]，与王辞焉，愤而成篇。

谒帝承明庐[9]，逝将返旧疆[10]。清晨发皇邑[11]，日夕过首阳[12]。伊洛广且深[13]，欲济川无梁。泛舟越洪涛，怨彼东路长[14]。顾瞻恋城阙[15]，引领情内伤。太谷何寥廓[16]，山树郁苍苍[17]。霖雨泥我涂[18]，流潦浩纵横[19]。中逵绝无轨[20]，改辙登高冈[21]。修坂造云日[22]，我马玄以黄[23]。玄黄犹能进，我思郁以纡[24]。郁纡将何念？亲爱在离居[25]。本图相与偕，中更不克俱。鸱枭鸣衡轭[26]，豺狼当路衢[27]。苍蝇间白黑[28]，谗巧令亲疏[29]。欲还绝无蹊[30]，揽辔止踟蹰。踟蹰亦何留？相思无终极。秋风发微凉，寒蝉鸣我侧。原野何萧条，白日忽西匿[31]。归鸟赴乔林，翩翩厉羽翼[32]。孤兽走索群，衔草不遑食[33]。感物伤我怀[34]，抚心长太息。太息将何为？天命与我违。奈何念同生[35]，一往形不归。孤魂翔故域[36]，灵柩寄京师。存者忽复过[37]，亡殁身自衰[38]。人生处一世，去若朝露晞。年在桑榆间[39]，影响不能追[40]。自顾非金石，咄唶令心悲[41]。心悲动我神，弃置莫复陈。丈夫志四海，万里犹比邻[42]。恩爱苟不亏[43]，在远分日亲[44]。何必同衾帱[45]，然后展殷勤。忧思成疾疢[46]，无乃儿女仁[47]。仓卒骨肉情[48]，能不怀苦辛[49]。苦辛何虑思？天命信可疑[50]。虚无求列仙[51]，松子久吾欺[52]。变故在斯须[53]，百年谁能持？离别永无会，执手将何时[54]？王其爱玉体，俱享黄发期[55]。收泪即长路[56]，援笔从此辞。

1. 白马王彪，字朱虎，曹植异母弟。据《三国志·魏志》本传记载，曹彪封白马王在黄初七年（226）；据本诗序，则当在黄初四年（223）。“白马”，今河南滑县东。全诗共七章，第一章十句，第二章八句。自第三章起，都用上章结尾词作为本章的发端语，辗转相联，像井上的辘轳一样，叫作“辘轳体”。李善说：“于圈城作”。 2. “任城王”，曹彰，字子文，曹植同母兄。“任城”，今山东济宁。这时曹植封鄄城王。鄄城在今山东鄄城。“京师”，洛阳。 3. “会节气”，古制每年立春、立夏、立秋、立冬四个节气前十八日，天子召会诸侯在京师举行迎气礼。这年六月二十四日立秋，曹丕召会诸侯迎气，所以曹植等五月里便动身往洛阳。 4. “薨”，音 hōng，汉以后专称诸侯的死。任城王至京后便暴病死去，据记载，可能是曹丕害死的。 5. “还国”，返回封地。曹丕即位后，严格规定诸侯平时不准留京，必须回封地。 6. “有司”，官吏职有专司，这里指监国使者，是曹丕设置来监察诸侯和传达诏令的官吏，常驻诸侯藩国。“意”，想起来。“毒恨”，痛恨。鄄城和白马都在当时兖州东部，因此曹植和曹彪原可以同路东归。 7.“大别”，永别。曹丕规定诸侯间不准来往，所以一别后很难再见。 8.“是用”，用此。“自剖”，剖白自己的内心。 9. “谒”，朝见。“承明庐”，西汉都城长安的皇宫中有承明庐，是近侍官员在宫中值宿休息的地方。这里借指自己在宫中的宿处。 10. “旧疆”，指自己的封地鄄城。 11. “皇邑”，皇城，即洛阳。 12. “日夕”，傍晚。“首阳”，山名，在当时洛阳城东北二十里。 13.“伊洛”，伊水源出河南熊耳山，至偃师市入洛水。这里指伊、洛合流后的洛水。 14. “东路”，指东去鄄城的路。 15. “城阙”，指京城洛阳。 16. “太谷”，一名通谷，在洛阳东南五十里，谷口有大谷关。“寥廓”，空阔广远。 17.“苍苍”，深青色。 18“霖”，接连三天以上的大雨。“泥”，动词，使道路泥泞。“涂”，同“途”。史载，这年六月，洛阳一带大雨，伊洛泛滥。 19.“潦”，音 lǎo，雨后地面积水。 20.“逵”，音 kuí，通路。“中逵”，半路。“轨”，车迹。 21.“改辙”，改道。“辙”，车轮行迹。 22.“修”，长。“坂”，坡。“造云日”，形容山坡陡长，似乎要通向高空。“造”，至。 23.“玄以黄”，由玄而黄，《诗经 · 周南 · 卷耳》：“陟彼高冈，我马玄黄。”旧注“玄黄”是形容马病变色。 24.“郁”，积。“纡”，萦绕。 25.“亲爱”，指白马王彪。 26.“鸱枭”，同“鸱鸮”，猫头鹰。这里和下文的“豺狼”“苍蝇”都是比喻监国使者的。“衡”，车辕头上的横木。“轭”，音 è，驾车时套在牲口脖子上的半月形横木。 27.“衢”，音 qú，四通的大路。 28.“苍蝇”，古人认为苍蝇是一种污白为黑、污黑为白的恶虫，用来比喻那种谗言巧语、搬弄是非的邪恶小人。 29.“谗巧”句：曹丕和曹植、曹彪是亲兄弟，所以说“令亲疏”。 30.“欲还”句：监国使者原是奉行曹丕的旨意，所以即使还洛阳去见曹丕，也是于事无济。“绝无蹊”，等于说行不通。 31.“匿”，隐藏。 32.“厉羽翼”，猛烈地扇动翅膀，写鸟的急于归巢。 33.“不遑食”，来不及吃，写兽的急于求群返穴。 34.“物”，即上四句见到日暮鸟兽急于归宿的情景。 35.“奈何”二句：感伤曹彰之死。 36.“故域”，指曹彰的封地任城。 37.“存者”，指自己和曹彪。“忽复过”，意思是说很快又会像曹彰一样死去。“过”，去，这里指死。 38.“亡殁”句：意思是说，身死名灭，死去了，一切都自然消亡了。 39.“桑榆”，日落黄昏的时候。《太平御览》卷三引《淮南子》：“日垂西，景在树端，谓之桑榆。”常用来比喻人的暮年。 40.“影响”句：说老年时光像黄昏时“影”和“响”那样不可捉摸而易于消逝。“响”，回声。“追”，追攀。《名都篇》说“光景不可攀”，句法类似。 41.“咄唶”，音 duōjiè，惊叹声。 42“比邻”，近邻。 43.“亏”，减弱。 44.“分”，音 fèn，合当。 45.“同衾帱”，生活在一起的意思。“衾”，被子。“帱”，音 chóu，帐子。 46.“疢”，音 chèn，热病。 47.“仁”，爱。 48.“仓卒”，突然的变故，这里指曹彰的暴卒。 49.“苦辛”，痛苦辛酸。 50.“天命”句：承上“仓卒”意，因为曹彰死得太突然，使人不得不怀疑天命的说法。 51.“虚无”，指神仙虚无飘渺之事。 52.“松子”，赤松子，传说中的古代仙人。 53.“变故”，灾祸。“斯须”，顷刻之间。 54.“执手”，喻再会。 55.“黄发期”，比喻长寿。“黄发”，年老人的现象。 56.“即”，就，这里指登程。

阮 籍

阮籍（210—263），字嗣宗，陈留尉氏（今河南尉氏）人，“建安七子”之一阮瑀的儿子，与嵇康等称“竹林七贤”。魏高贵乡公时曾封关内侯，任散骑侍郎。他本有济世壮志，但迫于司马氏黑暗统治，只能谈玄纵酒，故作狂放，以反抗当时的政治和虚伪的礼教。为此几乎被杀。他曾慕步兵营人善酿酒而求为步兵尉，所以世称“阮步兵”。

他的主要作品是八十二首五言《咏怀》诗，这组诗用比较隐蔽曲折的比兴手法，表达了自己的抱负与苦闷，暴露和抨击了当时的黑暗社会，但是也流露了不少远害全身的消极思想。散文以《大人先生传》最有战斗性。有辑本《阮步兵集》。诗注以黄节《阮步兵咏怀诗注》最为详备。

咏 怀（八十二首选八）

其一[1]

夜中不能寐，起坐弹鸣琴。薄帷鉴明月[2]，清风吹我襟。孤鸿号外野[3]，翔鸟鸣北林[4]。徘徊将何见？忧思独伤心。

1. 旧说本篇有序诗的用意。 2. “帷”，帐幔。“鉴”，照见。 3. “号”，啼叫。 4. “北林”，见曹植《杂诗》其一注 2。

其二[1]

二妃游江滨，逍遥顺风翔。交甫怀环佩，婉娈有芬芳[2]。猗靡情欢爱[3]，千载不相忘。倾城迷下蔡[4]，容好结中肠。感激生忧思[5]，萱草树兰房[6]。膏沐为谁施[7]，其雨怨朝阳[8]。如何金石交[9]，一旦更离伤！

1. 据《列仙传》载，郑交甫在江、汉之滨遇见江妃二女，不知她们是神仙，上前表示爱慕。二女赠以环佩，他便放在怀中。但是，走了几十步，环佩和二女都失踪了。本诗变用原事，说郑交甫怀走环佩，一去不返，使得二女相思忧伤，借以慨叹世人相交的薄情无义。 2. “婉娈”，年轻美好。娈，音 luán。“芬芳”，指品德。 3. “猗靡”，缠绵。 4. “倾城”二句：是说恐怕郑交甫又和另外的女子相爱。“倾城”，《汉书 · 外戚传》载李延年歌：“北方有佳人，……一顾倾人城。”“迷下蔡”，宋玉《登徒子好色赋》：“臣东家之子……嫣然一笑，惑阳城（春秋时楚国地名），迷下蔡（也是楚国地名)。”这里“倾城”“迷下蔡”都是形容另一女子的美丽。“容好”，容貌美好。“结中肠”，衷心相交。 5.“感激”，感奋激动，指对郑交甫以前的欢爱。 6.“萱草”句：用《诗经·卫风·伯兮》中“焉得谖草，言树之背”的意思，表示忧思很深。“萱草”，即“谖草”，相传是忘忧草。“兰房”，等于说“香闺”。 7.“膏沐”句：用《诗经·卫风·伯兮》中“自伯之东，首如飞蓬；岂无膏沐，谁适为容”的意思，表示因离别而懒于梳妆。 8.“其雨”句：用《诗经·卫风·伯兮》中“其雨其雨，杲杲出日”的意思，表示事与愿违。 9.“金石交”，指初交时表现的金石般坚固的情谊。

其十一[1]

湛湛长江水[2]，上有枫树林。皋兰被径路[3]，青骊逝骎骎。远望令人悲[4]，春气感我心。三楚多秀士[5]，朝云进荒淫[6]。朱华振芬芳[7]，高蔡相追寻。一为黄雀哀，泪下谁能禁！

1.本篇咏叹战国时楚王的荒淫误国，旧说是借以讽刺魏朝废帝曹芳的。曹芳继明帝后为魏主，在位十六年，为司马师所废。 2.“湛湛”二句：采用《楚辞·招魂》“湛湛江水兮上有枫”句意。“湛湛”，音zhànzhàn，形容水深。以下四句也都是用《楚辞·招魂》中句意来写楚地风景。 3.“皋兰”二句：采用《招魂》“皋兰被径兮斯路渐”及“青骊结驷兮齐千乘”句意。“皋兰”，水边的兰草。“青骊”，黑马。“逝”，奔驰。“骎骎”音qīnqīn，形容马跑得快。 4.“远望”二句：采用《招魂》“目极千里兮伤春心”句意。5.“三楚”，总指楚地。古称江陵为南楚，吴为东楚，彭城为西楚。“秀士”，指宋玉一类有才华的人。 6.“朝云”，宋玉的《高唐赋》写巫山神女与楚怀王欢会的故事，其中神女说：“妾在巫山之阳，高丘之阻，旦为朝云，暮为行雨，朝朝暮暮，阳台之下。”这里即指《高唐赋》之类以荒淫故事娱乐君王的作品。 7.“朱华”四句：《战国策·楚策》载，庄辛讽劝楚襄王摒弃淫乐，留意国事，以免被人乘机暗算而招亡国之祸。庄辛先说了两个譬喻：一是黄雀高栖茂树，自以为无患，也与人无争，岂不知有王孙公子正在用弹丸打它；一是蔡灵侯在高蔡游猎淫乐，不以国家为重，结果被宣王派子发来捉了去。这四句借用庄辛所说的故事，表面上仍是咏楚事，言外是在慨叹时政。“朱华”，鲜红的花。“高蔡”，即今河南上蔡。

其十七

独坐空堂上，谁可与亲者？出门临永路[1]，不见行车马。登高望九州[2]，悠悠分旷野[3]。孤鸟西北飞，离兽东南下。日暮思亲友，晤言用自写[4]。

1.“永路”，长路。 2.“九州”，这里指整个世界。 3.“悠悠”，远远地。“分旷野”，指“九州”分割了旷野。 4.“晤言”句：是说想和亲友们见面谈心，来排遣自己心中的忧愁。“晤言”，对谈。又“晤”，通“寤”，可指从冥想亲友的沉思中觉醒过来。“寤”，醒。“言”，语助词。“用”，以。“写”，倾泻，排遣。“自写”，作诗来遣忧。

其十九[1]

西方有佳人，皎若白日光。被服纤罗衣[2]，左右佩双璜[3]。修容耀姿美[4]，顺风振微芳。登高眺所思，举袂当朝阳。寄颜云霄间[5]，挥袖凌虚翔。飘飖恍惚中，流盼顾我傍[6]。悦怿未交接[7]，晤言用感伤[8]。

1. 本篇歌咏一位女神容貌举止的优美，末尾感伤自己不能和她交往，是托言伤志之作。 2.“被服”，穿着。“纤”，精细。 3.“璜”，一种佩玉。把中间有孔的璧一分为二，便是“双璜”，佩戴时系在垂拂左右的两根丝绦上。 4.“修”，饰。 5.“寄颜”，托迹的意思。 6.“流盼”，转动眼珠。 7.“悦怿”，悦服。 8.“晤言”，通“寤言”，觉醒以后。

其三十一[1]

驾言发魏都[2]，南向望吹台[3]。萧管有遗音[4]，梁王安在哉[5]！战士食糟糠，贤者处蒿莱[6]。歌舞曲未终，秦兵已复来。夹林非吾有[7]，朱宫生尘埃。军败华阳下[8]，身竟为土灰。

1. 本篇凭吊战国时魏国的古迹吹台。有慨讽时政的寄托。 2.“魏都”，战国时魏国都城大梁，在今河南开封。 3.“吹台”，魏王宴乐的地方，遗迹在今开封东南，又称繁台、范台。 4.“遗音”，指战国时遗留下来的音乐。 5.“梁王”，即魏王，旧说是指魏王婴。 6.“蒿莱”，草野。 7.“夹林”，吹台中的林苑。“吾”，代魏王自称。 8.“华阳”，今河南新郑东。公元前273年，秦兵围大梁，破魏军于华阳，魏割地求和。

其三十八[1]

炎光延万里[2]，洪川荡湍濑[3]。弯弓挂扶桑[4]，长剑倚天外。泰山成砥砺[5]，黄河为裳带。视彼庄周子[6]，荣枯何足赖。捐身弃中野，乌鸢作患害。岂若雄杰士，功名从此大[7]。

1. 本篇用一系列伟大不朽的形象赞扬了为国家建功立业的英雄，同时对庄子的虚无思想表示了鄙弃。 2.“炎光”，指日光。“延”，遍及。 3.“荡”，水很大。“湍濑”，音 tuānlài，水很急。 4.“扶桑”，神话中的树名，传说太阳从那里出来。 5.“泰山”二句:《史记·高祖功臣侯者年表序》载古代的君主封功臣爵位时的誓辞:“使河如带，泰山若砺，国以永宁，爰及苗裔。”这里用来描写英雄功绩的永垂不朽。“砥砺”，磨刀石。 6.“视彼”四句:《庄子·列御寇》里说，庄子死时拒绝弟子把他厚葬，他说要弃尸于野，以天地日月星辰万物为葬具。弟子担心他的尸体被乌鸦、鹞鹰啄食，他说:“在上为乌鸢食，在下为蝼蚁食，夺彼与此，何其偏也。”这里用其事反讥庄子，意思是说庄子无视荣枯，结果尸体弃野，连乌鸦、鹞鹰都可以来啄食。 7.“功名”句:承首六句意，是说雄杰之士死后不朽，功名垂留后世。

其三十九

壮士何慷慨，志欲威八荒[1]。驱车远行役，受命念自忘[2]。良弓挟乌号[3]，明甲有精光[4]。临难不顾生，身死魂飞扬。岂为全躯士[5]，效命争战场。忠为百世荣，义使令名彰[6]。垂声谢后世[7]，气节故有常[8]。

1.“八荒”，海外极远之地。古人以为九州之外有四海，四海之外便是八荒。2.“受命”，接受君国之命。“念自忘”，常常想到应当不顾自己。 3.“乌号”，一种良弓的名称。 4.“明甲”，有光泽的铠甲。 5.“全躯士”，只顾保全性命的人。 6.“令名”，美名。 7.“垂声”，流传声誉。“谢”，告诉。 8.“故有”，自有。“故”，通“固”。“常”，常轨。

嵇　康

嵇康（223—262），字叔夜，谯郡铚县嵇山（今安徽涡阳）人，魏末著名文学家、哲学家、音乐家。与魏宗室通婚，拜为中散大夫。他崇尚老、庄，借以反对司马氏黑暗的政治、虚伪的礼教和礼法之士，与阮籍为莫逆交，并称嵇阮。后来被诬害处死。他的主要成就在哲学思想方面，诗歌写得不多，四言诗较好，风格清峻。鲁迅辑校的《嵇康集》和戴明扬的《嵇康集校注》都较好。

赠秀才入军[1]（十八首选一）

其十

闲夜肃清[2]，朗月照轩[3]。微风动袿[4]，组帐高褰[5]。旨酒盈樽[6]，莫与交欢。鸣琴在御[7]，谁与鼓弹[8]？仰慕同趣[9]，其馨若兰。佳人不在，能不永叹？

1.“秀才”，汉以后设置的察举人才的科目之一，也叫“茂才”。这里指他的哥哥嵇喜，字公穆。“入军”，从军。这诗是设想嵇喜从军以后，自己将孤独无欢的情景。　2.“肃清”，冷清。　3.“轩”，有窗的长廊。　4.“袿”，音 guī，衣服的大襟。 5.“组”，丝带，用来系帐子。“褰”，音 qiān，揭起。 6.“旨酒”，美酒。“樽”，酒器。 7.“御”，陈列在前。 8.“谁与”句：意思是说弹奏给谁听呢？言外是说知音嵇喜不在。“鼓”，与“弹”同义。 9.“仰慕”二句：用《易经·系辞》“二人同心，其利断金。同心之言，其臭如兰”的语意。“仰慕”，衷心思慕。“同趣”，同心的人，也就是下文的“佳人”，指嵇喜。“馨”，音 xīn，芳香。

晋

张　华

张华（232—300），字茂先，范阳方城（今河北固安西南）人。早年生活贫苦，因得到阮籍的赏识，渐为时人所重。他博闻强识，有政治才能，晋统一后，声望很高，曾任中书监令，并因伐吴有功封侯。后因拒绝参与赵王司马伦和孙秀的篡夺阴谋，被害。著有《博物志》等。诗歌今存三十多首，思想内容比较一般，情调舒缓，工于写情状物。也偶有几篇艺术上清新或具有一定现实内容的作品。有辑本《张司空集》。

情　诗[1]（五首选一）

其五

游目四野外，逍遥独延伫[2]。兰蕙缘清渠[3]，繁华荫绿渚[4]。佳人不在兹[5]，取此欲谁与[6]？巢居知风寒[7]，穴处识阴雨。不曾远别离，安知慕俦侣[8]？

1.《情诗》共五首，都是游子思妇的主题。 2.“逍遥”，自在地。“延伫”，久立。 3.“蕙”，和兰同类，暮春开花，色香比兰花淡些。“缘清渠”，沿着清渠生长。 4.“繁华”，指兰蕙。“华”，即“花”。“荫”，覆。 5.“佳人”，指妻。 6.“此”，指兰蕙。“谁与”，与谁。 7.“巢居”二句：喻凡事唯有亲历其境才能深有体会。“巢居”，指鸟类。“穴处”，指虫蚁等。 8.“俦侣”，指夫妇。

潘岳

潘岳（247—300），字安仁，荥阳中牟（今河南中牟）人。天资聪明，很早就负才名。但仕宦并不得意，举秀才十年后才任为县令。为人趋附势利，是当时权贵贾谧周围著名的“二十四友”之首。赵王司马伦及其亲信孙秀当权后，因旧隙被杀。他善于写哀伤诗文，笔触比较细腻，有一定艺术性。有《潘黄门集》。

悼亡诗[1]（三首选一）

其一

荏苒冬春谢[2]，寒暑忽流易[3]。之子归穷泉[4]，重壤永幽隔[5]。私怀谁克从[6]？淹留亦何益[7]。僶俛恭朝命[8]，回心返初役[9]。望庐思其人，入室想所历。帏屏无仿佛[10]，翰墨有余迹[11]。流芳未及歇[12]，遗挂犹在壁[13]。怅恍如或存[14]，回惶忡惊惕[15]。如彼翰林鸟[16]，双栖一朝只；如彼游川鱼，比目中路析[17]。春风缘隟来[18]，晨霤承檐滴[19]。寝息何时忘，沉忧日盈积。庶几有时衰[20]，庄缶犹可击[21]。

1.“悼亡诗”，悼念亡妻的诗。 2.“荏苒”，音 rěnrǎn，形容时光逐渐流逝。“冬春谢”，是说过了一年。古代礼制：妻亡，丈夫服丧一年。“谢”，去。 3.“流易”，变换。 4.“之子”，指亡妻。“穷泉”，深泉，指地下。 5.“重壤”，层层土壤。“幽隔”，幽深地阻隔着。 6.“私怀”，指永不相离的愿望。“克”，能够。 7.“淹留”，指留在家里。 8.“僶俛”，音 mǐnmiǎn，竭力自勉。“朝”，朝廷。 9.“返初役”，回原官任所。 10.“仿佛”，指亡妻的形影。 11.“翰”，笔。“余迹”，遗迹。 12.“流芳”，指香囊之类的遗物所散发的芳香。“歇”，停止。 13.“遗挂”，挂在墙上的遗物。 14.“怅恍”，精神恍惚。“或存”，好像还活着。 15.“回惶”，心情由恍惚转为惶惑不安。一作“周遑”。“忡”，音 chōng，忧。“惕”，惧。 16.“翰”，羽。“翰林”，指栖鸟之林。 17.“比目”，鱼名，《尔雅·释地》：“东方有比目鱼焉，不比不行。”“析”，分开。一作“拆”。 18.“缘”，沿着。“隟”，同“隙”，隙缝。 19.“霤”，音 liù，屋檐上流下来的水。一作“溜”。 20.“庶儿”，强作希望之词。 21.“庄缶”句:《庄子·至乐》中说，庄子妻死，惠子去吊丧，庄子正在敲盆唱歌。这里是说自己现在还不能像庄子那样达观，但愿将来能如此。“缶”，音 fǒu，瓦器，大肚子小口。

左 思

左思（约250—约305），字太冲，临淄（今山东淄博市临淄区北）人。出身寒素，后因妹左芬入宫为妃，移居京都，曾以十年时间写成《三都赋》，一时洛阳为之纸贵。晚年退居在家，专意典籍，不问世事。他的诗今存十四首，表达自己建功立业的抱负，揭露和讽刺门阀统治的不合理，显示出蔑视士族权贵的英雄气概。风格高亢雄迈，语言精切，形象鲜明。作品主要见于《文选》和《玉台新咏》。

咏 史[1]（八首选四）

其一

弱冠弄柔翰[2]，卓荦观群书[3]。著论准过秦[4]，作赋拟子虚[5]。边城苦鸣镝[6]，羽檄飞京都。虽非甲胄士[7]，畴昔览穰苴[8]。长啸激清风，志若无东吴。铅刀贵一割[9]，梦想骋良图。左眄澄江湘[10]，右盼定羌胡。功成不受爵，长揖归田庐。

1.“咏史”，咏叹古人古事以抒发自己见解与抱负的一种题目，这组诗是早年的作品。 2.“弱冠”，《礼记·曲礼》说，古时男子二十岁成人，束发加冠，但身体尚未壮实，所以称“弱冠”。“柔翰”，指毛笔。 3.“卓荦”，卓越。“荦”，音 luò。 4.“准”，以为标准。“过秦”，西汉贾谊《新书》中的一篇，后人分为上、中、下三篇，题为《过秦论》。 5.“子虚”，司马相如的《子虚赋》。 6.“鸣镝”，又叫“嚆矢”，响箭，古代的一种作战信号，这里指战争。据下文“左眄澄江湘，右盼定羌胡”，和咸宁五年（279）晋武帝司马炎南伐东吴的诏书中说：“孙皓犯境，夷虏扰边。……上下勠力以南夷句吴，北威戎狄”对照起来，可知诗当作于这时或稍前。 7.“甲胄士”，指武士。“胄”，头盔。 8.“畴昔”，从前。“穰苴”，音 rángjū，田穰苴，春秋齐国军事家，齐景公时的大司马。后来齐威王命大夫论历代司马的兵法，其中有田穰苴，因称其书为《司马穰苴兵法》。这里借指一般兵书。 9.“铅刀”句：《东观汉记》载班超在章帝建初三年（78）上疏请兵说：“臣乘圣汉威神，出万死之志，冀立铅刀一割之用。”铅刀一割便钝，比喻自己才能低拙而希望一用，是谦词。 10.“左眄”二句：就是“良图”的具体内容。眄，音 miǎn，斜视。“江湘”，长江、湘水，是当时东吴所在，所以说“左”。“羌胡”，当时羌族分布在西北一带，所以说“右”。

其二[1]

郁郁涧底松，离离山上苗[2]，以彼径寸茎[3]，荫此百尺条[4]。世胄蹑高位[5]，英俊沉下僚[6]。地势使之然，由来非一朝。金张藉旧业[7]，七叶珥汉貂。冯公岂不伟[8]，白首不见招。

1. 本篇取喻松、草，愤慨当时“上品无寒门，下品无世族”的不平现象。 2.“离离”分散成行的样子。“苗”，小草。 3.“径寸茎”，直立一寸的茎，“径”，直。 4.“百尺条”，指松。“条”，树枝。 5.“世胄”，世族子弟。“胄”，后裔。“蹑”，音 niè，履，有继步的意思。 6.“僚”，官。 7.“金张”二句：汉代的金日磾（音 mìdī）和张汤两家，从汉武帝时起，到王莽篡汉止，七个朝代，世代是宫廷中的宠臣。《汉书·张汤传》说：“功臣之世，唯有金氏、张氏，亲近贵宠，比于外戚。”“七叶”，七世。“珥”，音 ěr，插。“貂”，指貂尾，汉代侍中、中常侍等官帽上插貂尾。 8.“冯公”二句：汉朝冯唐，文帝时年已七十左右，仍是小官，做中郎署长。“伟”，人才出众。“招”，指被皇帝召见重用。

其五

皓天舒白日，灵景耀神州[1]。列宅紫宫里[2]，飞宇若云浮[3]。峨峨高门内[4]，蔼蔼皆王侯[5]。自非攀龙客[6]，何为欻来游[7]？被褐出阊阖[8]，高步追许由[9]。振衣千仞冈[10]，濯足万里流。

1.“灵景”，指日光。“神州”，《史记·孟子荀卿列传》里说：“中国名曰赤县神州。” 2.“紫宫”，原是星名，即紫微宫，古以为天帝所居，这里用来比喻皇宫。 3.“飞”是形容檐像鸟翼扬起的样子。“宇”，屋檐。 4.“峨峨”，形容很高。 5.“蔼蔼”，形容很多。 6.“攀龙客”，指追随帝后诸侯以求功名利禄的人。扬雄《法言·渊骞》：“攀龙鳞，附凤翼，巽以扬之。” 7.“欻”，音 xū，忽然。 8.“被褐”，《孔子家语·三恕篇》：“有人于此，被褐而怀玉。”意思是穿着布衣而有美才的隐士。“阊阖”，原是天上紫微宫门，这里比喻都门。 9.“许由”，传说中的隐士。皇甫谧《高士传》说，许由拒绝唐尧的让位，逃到“颍水之阳，箕山之下”，又因听说尧要召他任九州长而“洗耳于颍水”，表示听都不愿听。 10.“千仞”，形容极高。

“仞”，古代七尺为一仞。“振”，奋发抖擞。

其六[1]

荆轲饮燕市[2]，酒酣气益震[3]。哀歌和渐离，谓若傍无人。虽无壮士节[4]，与世亦殊伦[5]。高眄邈四海[6]，豪右何足陈[7]！贵者虽自贵，视之若尘埃；贱者虽自贱，重之若千钧[8]。

1. 本篇咏荆轲以抒发对豪门权贵的蔑视。 2. “荆轲”，战国时著名侠客。《史记·刺客列传》说，荆轲嗜酒，在燕国时，每天都和好友高渐离在市街喝酒，“酒酣以往，高渐离击筑，荆轲和而歌于市中相乐也，已而相泣，旁若无人者”。 3. “酣”，半醉。“震”，振奋。 4. “虽无”句：是说荆轲的行径虽然还够不上真正大有作为的壮士。 5. “殊伦”，不同于一般人。“伦”，类。 6. “邈”，藐视。 7. “豪右”，豪门右姓。古代以右为上，世家大族称右姓。六朝人重门第，权贵都出于豪门右姓。 8. “千钧”，形容极重。古代三十斤为一钧。

招 隐[1]（二首选一）

其一

杖策招隐士[2]，荒涂横古今[3]。岩穴无结构[4]，丘中有鸣琴[5]。白云停阴冈[6]，丹葩曜阳林[7]。石泉漱琼瑶[8]，纤鳞或浮沉[9]。非必丝与竹[10]，山水有清音。何事待啸歌[11]，灌木自悲吟[12]。秋菊兼糇粮[13]，幽兰间重襟[14]。踌躇足力烦[15]，聊欲投吾簪[16]。

1. “招隐”，招寻隐士。这个题目来自淮南小山的《招隐士》，但魏晋后的招隐诗，则大都是歌颂隐居的，与原题命意不同。本诗是写由招隐而变为打算归隐。 2. “杖”，持。“策”，竹杖。 3. “荒涂”，荒芜的路。“横”，阻塞。“古今”，是说从古至今都是这样。 4. “结构”，指房屋的梁柱结构。 5. “有鸣琴”，指有隐士在弹琴。 6. “阴冈”，北面背阳的山脊。 7. “葩”，音 pā，花。“阳林”，山南的林木。 8. “漱”，激荡。“琼瑶”，美玉，这里指水中小石。 9. “纤鳞”，指小鱼。 10. “丝”，指弦乐器。“竹”，指管乐器。 11. “何事”句：是说人何必再吟唱。 12. “灌木”句：指风吹灌木发出的声音。 13. “糇”，音 hóu，干粮。古人以为服食秋菊可以长寿，所以说不但可以赏悦，而且兼作食粮。 14.“间”，杂，这里是随意佩戴的意思。“重襟”，复襟，指夹衣。古人以为佩兰是高洁的行为。 15. “踌躇”，徘徊，这里有由招隐转为归隐的心理描写。“烦”，疲劳。 16.“聊”，且。“簪”，冠簪，是连接冠与发的。“投簪”，挂冠散发，表示要弃官归隐。

陆　机

陆机（261—303），字士衡，吴郡华亭（今上海松江）人，西晋太康时期的代表作家。祖逊，父抗，都是东吴名将。吴灭后，家居读书十年。太康末与弟陆云入洛阳，文才倾动一时，世称“二陆”。曾任平原内史。后从成都王司马颖讨伐长沙王司马乂，任后将军、河北大都督。兵败，被诬遇害。

西晋作家中，陆机的诗歌留存最多，共一百零四首，最能代表太康时期缺少政治内容、偏重于艺术形式的诗风。长于拟古，但也有少量感受新鲜的作品。他的《文赋》在古代文学理论的发展中有一定贡献。有《陆士衡集》，近人郝立权有《陆士衡诗注》。

赴洛道中作[1]（二首选一）

其二

远游越山川，山川修且广。振策陟崇丘[2]，案辔遵平莽[3]。夕息抱影寐，朝徂衔思往[4]。顿辔倚嵩岩[5]，侧听悲风响。清露坠素辉[6]，明月一何朗。抚枕不能寐，振衣独长想。

1. 太康十年（289）陆机离开故乡吴郡前往洛阳，途中写了两首诗。 2.“策”，马鞭。“陟”，音 zhì，登上。“崇丘”，高岗。 3.“案”，通“按”。“辔”，音 pèi，马缰绳。“遵”，沿着。“平莽”，平坦的原野。 4.“徂”，音 cú，往，这里指启程。“衔思往”，含着更深的乡思走上旅途。 5.“顿辔”二句：写“衔思往”的心情。“顿辔”，驻马。“嵩”，高。“侧听”，倾耳细听。 6.“清露”四句：写“抱影寐”的情景。“素辉”，月光，或月光中露珠的形象。“振衣”，指不寐而起。

拟明月何皎皎[1]

安寝北堂上[2]，明月入我牖[3]。照之有余晖[4]，揽之不盈手。凉风绕曲房[5]，寒蝉鸣高柳。踟蹰感物节[6]，我行永已久。游宦会无成[7]，离思难长守。

1. 陆机有模拟东汉《古诗》之作十四首，今存十二首。这是第六首，本篇与所拟原诗都是客子思归之作。 2.“北堂”，等于说北屋，指寝室。 3.“牖”，音 yǒu，窗子。 4.“照之”句：是说照着月光，室中显得很亮。 5.“曲房”，深邃的房间，即“北堂”。 6.“踟蹰”，徘徊。“物节”，物候季节，指“凉风”“寒蝉”令人感到秋深了。 7.“会”，当，有料的意思。

张　协

张协（？—307），字景阳，安平（今河北安平）人，辟举后累迁至中书侍郎，转为河间内史。见世已乱，弃官屏居草野，以吟咏自娱。永嘉初，复征为黄门侍郎，托病不就，卒于家。与兄张载及张华，世称“三张”。今存其诗十三首，《杂诗》十首是代表作，风格清新流宕，富于形象。有辑本《张景阳集》。

杂 诗（十首选二）

其一

秋夜凉风起，清气荡暄浊[1]。蜻蛚吟阶下[2]，飞蛾拂明烛。君子从远役，佳人守茕独。离居几何时？钻燧忽改木[3]。房栊无行迹[4]，庭草萋以绿[5]。青苔依空墙，蜘蛛网四屋[6]。感物多所怀，沉忧结心曲[7]。

1.“荡”，涤除。“暄”，暖。“暄浊”，指湿热污浊之气。 2.“蜻蛚”，蟋蟀同类的昆虫。 3.“钻燧”句：意思是说季节很快地变换了。“钻燧”，钻木取火。《文选》李善注引《邹子》：“春取榆柳之火，夏取枣杏之火，季夏取桑柘之火，秋取柞楢之火，冬取槐檀之火。” 4.“栊”，屋舍。 5.“萋”，草茂盛。“以”，而且。因无人行走，所以草长得“萋以绿”。 6.“蜘蛛”，一作“踟蹰”。“网”，灰尘网结。 7.“心曲”，心底里。

其四[1]

朝霞迎白日[2]，丹气临汤谷。翳翳结繁云[3]，森森散雨足。轻风摧劲草[4]，凝霜竦高木。密叶日夜疏[5]，丛林森如束。畴昔叹时迟[6]，晚节悲年促[7]。岁暮怀百忧，将从季主卜[8]。

1. 这诗写春秋代序、岁暮年哀和忧时避世之情。 2.“朝霞”二句：写春日朝气蓬勃的景象。“丹气”，指旭日东升的气派。“汤谷”，一作“旸谷”，相传是日出的地方。 3.“翳翳”二句：写夏日多雨的季节。“翳翳”，荫蔽的样子。“结”，集结。“森森”，形容雨丝繁密。“雨足”，雨丝。 4.“轻风”二句：写秋天草木的枯凋。“劲草”，干枯的草，所以轻风一吹便折。“竦”，通“耸”。“竦高木”是说霜凋木落，树变得瘦高瘦高的。 5.“密叶”二句：写入冬的森严景象。“森”，形容空林中叶已落尽，树枝直伸向天空。“如束”，一种严肃的气氛。“束”，约束。 6.“畴昔”，指少年时。“时迟”，好时候总不来。 7.“晚节”，年老时节。“年促”，自己年纪已经无多。8.“将从”句：“季主”，司马季主，汉初长安卖卜者。贾谊等曾问他为何要做卖卜这种卑下的事，他说：“贤者亦不与不肖者同列。故君子处卑隐以辟众，自匿以辟伦。”这里是说自己将追随季主，隐避而去。

刘　琨

刘琨（271—318），字越石，中山魏昌（今河北定州东南）人。早年也是权贵贾谧左右的“二十四友”之一。他与赵王伦之子荂是郎舅，也曾与谋篡位。后来以奉迎惠帝到长安之功封广武侯。五胡乱起，毅然有所觉悟。永嘉元年（307）出任并州刺史，招募流民抵抗刘渊、刘聪。愍帝建兴三年（315）受命都督并、幽、冀三州军事，为石勒所败。乃与段匹磾合作，誓盟共扶晋室。后因其子刘群暗叛段匹磾，牵连被害。他的诗今存三首，都是永嘉以后作品，表现了国难中的英雄气概和爱国思想，情调悲壮慷慨，是当时突出难得的好诗。

扶风歌[1]

朝发广莫门[2]，暮宿丹水山[3]。左手弯繁弱[4]，右手挥龙渊[5]。顾瞻望宫阙[6]，俯仰御飞轩。据鞍长叹息，泪下如流泉。系马长松下[7]，发鞍高岳头。烈烈悲风起，泠泠涧水流。挥手长相谢[8]，哽咽不能言。浮云为我结，归鸟为我旋。去家日已远，安知存与亡？慷慨穷林中，抱膝独摧藏[9]。麋鹿游我前[10]，猿猴戏我侧。资粮既乏尽，薇蕨安可食[11]！揽辔命徒侣[12]，吟啸绝岩中。君子道微矣，夫子故有穷。惟昔李骞期[13]，寄在匈奴庭。忠信反获罪，汉武不见明。我欲竟此曲[14]，此曲悲且长，弃置勿重陈，重陈令心伤。

1. “扶风歌”，《乐府诗集》收入《杂歌谣辞》，以四句为一解，共九解。《文选》李善注：“集云：《扶风歌》九首，然以两韵为一首。今此合之，盖误。”本篇应是作于永嘉元年（307）赴任并州刺史时。据《晋书·刘琨传》载，刘琨途中上表说，他在九月末出发，一路上与敌人边战边进，十分危险，后来征募得一千多人，才辗转打到了并州治所晋阳（今山西太原西南）。途中他目睹人民所受深重苦难，十分激愤。这诗便是抒写这次艰苦战斗途中的慷慨激愤与忧危满怀的心情。“扶风”，郡名，治所在今陕西泾阳。 2. “广莫门”，晋都城洛阳北门。 3. “丹水山”，指丹朱岭，丹水发源处，在今山西南部高平北。 4. “繁弱”，良弓名。 5. “龙渊”，宝剑名。 6. “顾瞻”四句：写初离京城时的悲壮心情与对于故国的怀恋。“宫阙”，指洛阳城里的皇宫。“俯仰”，高高低低的。“御”，列。“飞轩”，指皇宫中四檐飞耸的廊宇。“据”，靠着。 7.“系马”四句：写在丹水山夜宿。“发鞍”，取下马鞍。 8.“挥手”四句：写在丹水山遥与都城诀别。“谢”，辞。“旋”，盘旋不去。 9.“摧藏”，悲痛欲裂的意思。 10.“麋鹿”二句：写穷林荒凉的困境。 11.“薇蕨”，指野菜。 12.“揽辔”四句：写自己在困境中鼓舞部从们坚持下去。“辔”，马缰绳。“徒侣”，指部从。“君子……有穷”，《论语·卫灵公》：“夫子在陈绝粮，子路愠，见曰：‘君子亦有穷乎？’子曰：‘君子固穷，小人穷斯滥矣！’”这里比喻自己生不逢时处于困境，但绝不像小人那样没有节操。 13.“惟昔”四句：是说又想到真正的英雄也未必能得到朝廷的信任。“惟”，语助词。“李”，指李陵。汉武帝时李陵与匈奴奋战，陷围无援，兵败投降。司马迁《报任安书》说他“欲得其当而报于汉”，认为他暂降匈奴，伺机报效汉朝，原有一片忠信之心。但汉武帝见不到李陵这番心意，把他全家杀了。“骞期”，《易经·归妹》九四象曰：“愆期之志，有待而行也。”“骞”通“愆”，这里是说李陵暂时败降，也是有所等待。这四句是借李陵事以表达心中忧虑：朝廷可能也会因为自己困厄而不予信任。 14.“竟”，指唱完。

重赠卢谌[1]

握中有悬璧[2]，本自荆山璆[3]。惟彼太公望[4]，昔在渭滨叟。邓生何感激[5]，千里来相求。白登幸曲逆[6]，鸿门赖留侯[7]。重耳任五贤[8]，小白相射钩[9]。苟能隆二伯[10]，安问党与仇[11]？中夜抚枕叹，想与数子游[12]。吾衰久矣夫[13]，何其不梦周？谁云圣达节[14]，知命故不忧[15]？宣尼悲获麟[16]，西狩泣孔丘。功业未及建，夕阳忽西流。时哉不我与，去乎若云浮。朱实陨劲风[17]，繁英落素秋[18]。

狭路倾华盖[19]，骇驷摧双辀。何意百炼钢[20]，化为绕指柔！

1.“卢谌”，字子谅，范阳（今河北涿州）人，曾为刘琨僚属，屡有诗赠答。“重赠”，知前此已有诗赠卢。据《晋书·刘琨传》载，这诗作于被段匹磾囚禁时，自抒抱负而痛于无成，想以此激励卢谌完成救国使命。 2.“悬璧”，指“悬黎”，一种著名美玉；《战国策·秦策》：“梁有悬黎，楚有和璞，而为天下名器。”这里用以比喻卢谌的才质之美。 3.“荆山”，在今湖北南漳西，所谓“和璞”，就是楚国卞和在此得到的，这里指美玉产地。“璆”，音 qiú，玉。 4.“惟”，语助词。“太公望”，即姜尚。据《史记·齐太公世家》载：姜尚隐居在渭水之滨，周文王与他交谈后，大喜道：“自吾先君太公曰：‘当有圣人适周，周以兴。’子真是邪？吾太公望子久矣！”因而就称姜尚为太公望。 5.“邓生”，东汉邓禹，字仲华，南阳（河南南阳）人，汉光武帝刘秀起事后，他不辞千里地从南阳北渡黄河到邺城去投奔。“感激”，感奋激发。 6.“白登”，山名，在今山西大同东。“曲逆”，汉陈平，封曲逆侯。汉高祖刘邦曾被匈奴围于白登山，幸赖陈平出奇计解围。 7.“鸿门”，地名，在今陕西省西安市临潼区东。“留侯”，汉张良，封留侯。项羽在鸿门宴请刘邦，范增要在席间刺杀刘邦，幸赖张良事前戒备，刘邦得以幸免。 8.“重耳”，春秋晋文公名，晋献公时，避祸出奔，后借秦国之力还晋为君，任狐偃、赵衰、颠颉、魏武子、司空季子五人为臣，终成霸业。“五贤”，即狐偃等。 9.“小白”，春秋齐桓公名，与公子纠争君位时，曾被管仲用箭射中身上的带钩。但他即位后不记前仇，任管仲为相，终成霸业。“相射钩”，以射钩的仇人为相。 10.“苟”，如果。“隆”，兴盛。“伯”，同“霸”。“二伯”，即指晋文公和齐桓公。 11.“党”，指晋文公的五位贤臣，他们都是早年随从晋文公出奔的党羽。“仇”，指管仲。 12.“数子”，指上述姜尚至管仲等人，言外是希望卢谌能成为那样的人，协助自己成就志业。 13.“吾衰”二句：《论语·述而》：“子曰：‘甚矣吾衰也，久矣，吾不复梦见周公！’”这里用以表示自己衰老而难成志业。 14.“圣达节”，意思是圣人能通达节操而不拘泥。《左传》成公十五年曹子臧说：“圣达节，次守节，下失节。” 15.“知命”，见曹植《箜篌引》注。 16.“宣尼”二句：“宣尼”，汉平帝追谥孔子为“褒成宣尼公”。“获麟”“西狩”，指鲁哀公十四年冬在鲁国西面狩猎获麟的事。“狩”，冬猎。当时孔子听说“西狩获麟”，不禁为麒麟非时而出落泪，并感叹道：“吾道穷矣！” 17.“朱实”，红色的果实。“陨”，落。 18.“英”，花。 19.“狭路”二句：指遭遇意外。“倾”，翻倒了。“华盖”，华丽的车盖，指车。“驷”，驾车的四匹马。“辀”，车辕。 20.“何意”二句：比喻自己原是英雄有为的人，如今却成为柔弱无能的阶下囚。

郭 璞

郭璞（276—324），字景纯，河东闻喜（今山西闻喜）人。博学多才，精于卜筮。随晋室南渡，任著作郎，迁尚书郎，因反对王敦谋反，被害。王敦乱平，追赠弘农太守。他在诗赋上都很有名。诗今存二十二首，其中《游仙诗》十四首，以坎壈不平的情调，否定朱门，流露对现实的不满，但也多有消极避世的思想。在艺术表现上颇似阮籍《咏怀》，而词采清新。在当时玄言诗渐盛的文坛上，因而显得格外不同。此外他还有《尔雅注》《山海经注》等学术著作。有辑本《郭弘农集》。

游仙诗[1]（十四首选二）

其一

京华游侠窟[2]，山林隐遁栖。朱门何足荣，未若托蓬莱[3]。临源挹清波[4]，陵冈掇丹荑[5]。灵溪可潜盘[6]，安事登云梯[7]？漆园有傲吏[8]，莱氏有逸妻。进则保龙见[9]，退为触藩羝。高蹈风尘外，长揖谢夷齐。[10]

1.“游仙诗”，一种歌咏游仙以见志趣的题目，渊源于《楚辞》。本篇所说仙境，实即隐逸，以之来否定仕途与富贵的生活。 2.“京华”，京都繁华之地。“窟”，盘踞地的意思。 3.“蓬莱”，传说中仙人居住的海中仙岛。 4.“源”，水的源头。“挹”，斟饮的意思。 5.“陵”，登。“丹荑”，初生的赤芝草。“丹”，丹芝，即赤芝，可以延年的灵草。“荑”，初生的草。6.“灵溪”，泛指仙谷，旧注以为即荆州城西的灵溪水。“潜盘”，隐居盘桓。7.“登云梯”，指直上青云的仕途。旧说：“云梯”，仙人驾云升天，像是以云为梯，可备参考。 8.“漆园”二句：“漆园”，庄子曾为漆园吏，楚威王备重礼请他为相，庄子对使者笑道：“赶快走，不要污辱我。”所以说“有傲吏”。“莱氏”，即老莱子，相传楚王请他为相，他答应了，他的妻子却反对说：“你吃人酒肉，受人官禄，被人制约，能够没有祸患吗？我不愿受人制约！”把畚箕一丢就跑了，所以说“有逸妻”。 9.“进则”二句：是说出仕固然可得见用，但是一旦想退回来就像触藩羝一样窘困了。“进”，进仕。“保”，安。“龙见”，《易经·乾卦》九二：“见龙在田，利见大人。”魏王弼注：“出潜离隐，故曰见龙。”意思是说隐者出仕时可以得到君主的重用。“退”，退隐。“触藩羝”，《易经·大壮》上六：“羝羊触藩，不能退。”

意思是说到了情况不对想退出仕途时，却像触于篱笆的壮羊，角被篱笆卡住，退不回来。 10.“高蹈”二句：意思说高蹈风尘之外，比伯夷、叔齐的不免于饿死更为高明。“谢”，辞。“夷齐”，伯夷、叔齐。

其二[1]

青溪千余仞[2]，中有一道士。云生栋梁间，风出窗户里。借问此何谁？云是鬼谷子[3]。翘迹企颍阳[4]，临河思洗耳[5]。阊阖西南来[6]，潜波涣鳞起[7]。灵妃顾我笑[8]，粲然启玉齿。蹇修时不存，要之将谁使？

1. 本篇咏叹隐者的仙境之美。 2.“青溪”，山名。旧注以为即荆州临沮的青溪山。 3.“鬼谷子”，传说战国王诩，隐居鬼谷，自号鬼谷子，是纵横家苏秦、张仪的老师，著有《鬼谷子》。《拾遗记》说他是位“真仙”。 4.“翘迹”，举足。“企”，企慕。“颍阳”，颍水之阳，相传唐尧时高士许由隐居于此。 5.“洗耳”，见左思《咏史》诗注。 6.“阊阖”，西方的风叫阊阖风。 7.“涣鳞起”，荡漾地泛起鳞纹。 8.“灵妃”四句：《楚辞·离骚》：“吾令丰隆乘云兮求宓妃之所在，解佩纕以结言兮吾令蹇修以为理。”“灵妃”，指宓妃，是水神。这里是说随风而来的水神，她似对我有情，可是世俗上没有合适的媒人，让谁来约她呢？“时”，当时，实指世俗。

陶渊明

陶渊明（365—427），字元亮，一说名潜字渊明，浔阳柴桑（今江西九江西南）人。出身于没落士族，生活很贫困。早年原抱有济苍生的壮志进入仕途，曾应征任江州祭酒，但不久就难于忍受仕途的污浊，辞官归去。后又迫于生计，先后出任镇军参军、建威参军、彭泽令等职，任彭泽令只八十余日便决心弃官归去。从此躬耕隐居，坚决不与士族社会合作。刘宋王朝曾召他为著作郎，不就。死后世人尊称为“靖节先生”。

陶渊明是我国古代一位伟大的诗人。他的诗歌充分表现了对于当时士族社会的憎恶和探索生活道路的理想。由于他生活贫困，躬耕田园，接近人民，他能够真心诚意地歌唱劳动，赞美人民的淳朴生活，并且提出了乌托邦式的“桃花源”理想社会，相当深刻地反映了古代农民的思想愿望。他用朴素的语言抒写内心的思想和深厚的情感，创造了独有的平淡自然而形象鲜明的艺术风格，达到了诗歌语言极高的成就。他诗中孤高远害的思想，是消极的一面，也是时代和阶级的局限。旧集中以清陶澍编注的《靖节先生集》为最好。

时 运[1]（四章选一）

其一

迈迈时运[2]，穆穆良朝[3]。袭我春服[4]，薄言东郊[5]。山涤余霭[6]，宇暧微霄[7]。有风自南，翼彼新苗[8]。

1.“时运”，四时的运行。这诗仿《诗经》的形式，摘首句内二字为题，并有小序：“时运，游暮春也。春服既成，景物斯和，偶景独游，欣慨交心。”说明诗旨。 2.“迈迈”，运行的样子。 3.“穆穆”，熙和。 4“袭”，穿上。 5.“薄”，就。“言”，语助词。 6.“涤”，洗除。“霭”，蒙蒙云气。7.“宇”，天宇，指空间。“暧”，音 ài，遮蔽于。“霄”，云气。这句一作“余霭微消”。 8.“翼”，如翼的扇起。也可作抚育解。

和郭主簿[1]（二首选一）

其一

蔼蔼堂前林，中夏贮清阴。凯风因时来[2]，回飙开我襟[3]。息交游闲业[4]，卧起弄书琴[5]。园蔬有余滋[6]，旧谷犹储今。营己良有极[7]，过足非所钦[8]。舂秫作美酒[9]，酒熟吾自斟。弱子戏我侧，学语未成音。此事真复乐，聊用忘华簪[10]。遥遥望白云，怀古一何深。

1. 这诗约作于晋安帝元兴元年（402），时年三十八岁。“郭主簿”，未详。 2.“凯风”，南风。“因时”，随着时节。 3.“回飙”，旋风。“飙”，音biāo。 4.“交”，指游宦的广事交游。“闲业”，指不是以治国平天下为急务的生活。“游闲业”一作“逝闲卧”。 5.“卧起”，一作“起坐”。 6.“余滋”，生长得很多。“滋”，繁殖。 7.“营己”，经营自己生活所需。“极”，限。 8.“过足”，过多。“钦”，羡。 9.“舂”，捣谷去皮。“秫”，音shú，黏稻，即高粱。 10.“簪”，发簪，用来连接冠与发的。“华簪”，比喻高官厚位。“华”，是华贵的意思。

癸卯岁始春怀古田舍[1]（二首选一）

其一

先师有遗训[2]：“忧道不忧贫[3]。”瞻望邈难逮[4]，转欲志长勤[5]。秉耒欢时务[6]，解颜劝农人[7]。平畴交远风[8]，良苗亦怀新[9]。虽未量岁功[10]，即事多所欣[11]。耕种有时息，行者无问津[12]。日入相与归，壶浆劳近邻。长吟掩柴门，聊为陇亩民[13]。

1.“癸卯岁”，晋安帝元兴二年（403），时作者年三十九岁，因母亡离职，在家守丧，与从弟敬远同住，从事农业。 2.“先师”，儒家对孔子的尊称。 3.“忧道”句：《论语·卫灵公》：“子曰：‘君子谋道不谋食。耕也，馁在其中矣；学也，禄在其中矣。君子忧道不忧贫。’”“道”，指治世之道。孔子认为君子的本分是治国致富，而不是自己力耕致食。国家富强，君子可以食禄，也就不必忧贫。 4.“瞻望”句：是说孔子的遗训虽高，自己却很难做到。“邈”，远。“逮”，及。 5.“长勤”，指长期从事力耕。“勤”，劳。

6.“秉”，持。“耒”，音 lěi，犁柄。“时务”，指及时的农务。 7.“解颜”，开颜。 8.“平畴”，平旷的田野。 9.“良苗”，指初春的麦苗。“怀新”，形容麦苗的生意盎然。 10.“量”，估计。“岁功”，指一年的收成。11.“即事”，眼前的情景。 12.“行者”句:《论语·微子》里说，隐者长沮、桀溺在耕田，孔子路过，叫子路去问渡口在哪里。长沮、桀溺听说子路是孔子的学生，就答道，是鲁国的孔丘吗？他自己是知道渡口在哪里的。这里的渡口暗喻生活的道路和出路。这首诗用这个典故，是说耕种时却遇不见像孔子那样的有心人，也说明自己的与世隔绝之深。“行者”，过路人。“津”，渡口。 13.“陇亩民”，即指农民。

归园田居[1]（五首选三）

其一

少无适俗韵[2]，性本爱丘山。误落尘网中，一去三十年[3]。羁鸟恋旧林[4]，池鱼思故渊[5]。开荒南野际[6]，守拙归园田[7]。方宅十余亩[8]，草屋八九间。榆柳荫后檐，桃李罗堂前[9]。暧暧远人村[10]，依依墟里烟[11]。狗吠深巷中，鸡鸣桑树颠。户庭无尘杂，虚室有余闲[12]。久在樊笼里[13]，复得返自然。

1. 这组诗约作于从彭泽弃官归隐后的第一年，晋安帝义熙元年（405），时年四十一岁。 2.“韵”，风度。 3.“三十年”，当作“十三年”。陶潜自太元十八年（393）为江州祭酒，至彭泽弃官，共十二年。次年作这诗，正好十三年。 4.“羁鸟”，束缚在笼里的鸟。 5.“故渊”，鱼儿原来生活的水潭。 6.“南野”，一作“南亩”。 7.“拙”，指自己本性愚直，这里是相对世俗的机巧而言。 8.“方”，傍。 9.“罗”，列。 10.“暧暧”，依稀不明。 11.“依依”，轻柔的样子。“墟里”，村落。 12.“虚室”，空寂的屋子，这里并用《庄子·人间世》“虚室生白，吉祥止止”的意思，比喻内心明净洞澈的境界。 13.“樊笼”，关鸟兽的笼子，这里比喻“尘网”。

其二

野外罕人事[1]，穷巷寡轮鞅[2]。白日掩柴扉，虚室绝尘想[3]。时复墟曲中[4]，披草共来往[5]。相见无杂言，但道桑麻长。桑麻日已长[6]，我土日已广。常恐霜霰至，零落同草莽。

1.“罕”，稀少。“人事”，指人与人之间的交往。 2.“穷”，僻。“寡”，少。“轮鞅”，指车马。“鞅”，音 yāng，马颈上的皮带。 3.“尘想”，世俗的想法。 4.“墟”，墟里。“曲”，角落。“墟曲中”，一作“墟里人”。 5.“披”，拨开。 6.“桑麻”四句：意思是说，很担心自己辛勤劳动的成果遭到天灾的摧残，言外还担心不能长守田园。“霰”，音 xiàn，雪珠。“莽”，丛生的野草。

其三

种豆南山下，草盛豆苗稀。晨兴理荒秽[1]，带月荷锄归[2]。道狭草木长，夕露沾我衣。衣沾不足惜，但使愿无违[3]。

1.“晨兴”，早起。“荒秽”，荒芜。“秽”，杂草很多。 2.“带”，一作“戴”。“荷”，掮。 3.“愿”，即指“归园田居”的志愿。

饮 酒[1]（二十首选三）

其五[2]

结庐在人境[3]，而无车马喧[4]。问君何能尔[5]，心远地自偏。采菊东篱下，悠然见南山[6]。山气日夕佳[7]，飞鸟相与还[8]。此中有真意[9]，欲辨已忘言[10]。

1. 这一组诗的原序说：“余闲居寡欢，兼比（加以近来）夜已长，偶有名酒，无夕不饮。顾影独饮，忽焉复醉。既醉之后，辄题数句自娱。纸墨遂多，辞无铨次。聊命故人书之，以为欢笑尔。”旧说多以为是晋安帝义熙十二、十三年（416、417）之作，但据诗中“行行向不惑（四十岁为‘不惑’之年）”和“是时向立年（三十岁为‘而立’之年）……拂衣归田里。冉冉星气流，亭亭复一纪（十二年为一纪）”的话看来，似当是四十一二岁时，即义熙元年、二年（405、406）之作。 2.《文选》把这首与第七首合为《杂诗》二首。 3.“结庐”，寄居的意思。“结”，简单地构成。“庐”，简单的住处。“人境”，人世间。 4.“车马喧”，指世俗来往的纷扰。 5.“问君”二句：是设问自答。“尔”，如此。“偏”，僻。 6.“悠然”，形容自得。“见”，一作“望”。 7.“日夕”，傍晚。 8.“相与”，结伴之意。 9.“此”，指眼前情景。“真意”，真实淳朴的体会。 10.“欲辨”句：《庄子·外物》：“言者所以在意也，得意而忘言。”这里用来说已经领会了“真意”，但想要辨析，却已不知如何用言语来表达了。

其十六[1]

少年罕人事，游好在六经[2]。行行向不惑[3]，淹留遂无成。

竟抱固穷节[4]，饥寒饱所更[5]。敝庐交悲风[6]，荒草没前庭。披褐守长夜[7]，晨鸡不肯鸣。孟公不在兹[8]，终以翳吾情[9]。

1. 本篇感叹无人理解自己的壮志未遂，独守贫困。　2.“游好”，爱好。“六经”，指《诗》《书》《易》《礼》《乐》《春秋》，是儒家讲修身治国之道的经典。《乐经》秦时已亡佚。　3.“行行”，这里指年岁增长。“不惑”，指四十岁。《论语·为政》：“吾十有五志于学，三十而立，四十而不惑。”　4.“竟”，终于。“固穷”，《论语·卫灵公》：“君子固穷，小人穷斯滥矣。”“固穷节”，就是指这种虽穷不滥的高尚节操。　5.“更”，音 gēng，经历。　6.“敝”，破败。　7.“披褐”二句：是说寒冷无法入睡，因而更怨黑夜之长。言外也有怨恨时世黑暗之意，所以下文叹惜不逢知己。　8.“孟公”，《后汉书》苏竟传说，刘龚，字孟公。又据《高士传》说，当时高士张仲蔚，家贫，住处蓬蒿没入，时人不识，只有刘龚知道他的才德。这里陶潜借张仲蔚以自比。　9.“翳”，掩蔽。“情”，即指壮志未遂而处境贫困的心情。

其二十[1]

羲农去我久[2]，举世少复真[3]。汲汲鲁中叟[4]，弥缝使其淳[5]。凤鸟虽不至[6]，礼乐暂得新[7]。洙泗辍微响[8]，漂流逮狂秦[9]。诗书复何罪[10]，一朝成灰尘。区区诸老翁[11]，为事诚殷勤[12]。如何绝世下[13]，六籍无一亲[14]。终日驰车走[15]，不见所问津。若复不快饮，空负头上巾[16]。但恨多谬误[17]，君当恕醉人[18]。

1. 本篇是《饮酒》诗的最后一首，带有总结的意思。篇中赞美孔子和汉儒都能在世乱后勤恳地修订六经来移风易俗，讽刺当时仕途的污浊虚伪，并说明自己退隐爱酒的原因。　2.“羲农”，伏羲氏和神农氏，都是传说中上古时代的好皇帝。 3.“真”，指淳朴自然的社会风尚。 4.“汲汲”，勤劳地。“鲁中叟”，指孔子，他是春秋鲁国人。 5.“弥”，合。“弥缝”，指补救世风的衰败。 6.“凤鸟”句：意思是说孔子虽然未逢盛世。《论语·子罕》里孔子曾叹道：“凤鸟不至，河不出图，吾已矣夫！”“凤鸟”，即凤凰，古人以为凤凰出现，就有圣人受命，盛世将临。 7.“礼乐”句：《史记·孔子世家》：“孔子之时，周室微而礼乐废，诗书缺。追迹三代之礼，序《书传》，上纪唐虞之际，下至秦缪，编次其事……故《书传》《礼记》自孔子。孔子语鲁太师（乐官）：‘乐其可知也。……吾自卫反鲁，然后乐正，雅、颂各得其所。’……礼乐自此可得而述。” 8.“洙泗”，二水名，在今山东曲阜北。孔子曾在洙泗间讲学。“辍”，停止。“微响”，余音。旧说“微响”即“微言”，指孔子所述微言大义，可供参考。 9.“漂流”，喻时间流逝。“逮”，到了。 10.“诗书”二句：指秦始皇焚书的暴行。 11.“区区”，形容小心谨慎。“诸老翁”，指汉初出来传授经籍的儒生如伏生、田生等人，那时他们都已七八十岁了。 12.“为事”，指授经。 13.“绝世”，指汉朝灭亡无嗣。 14.“六籍”，即六经。魏、晋后崇尚庄、老，黜六经，所以说“无一亲”。 15.“终日”二句：用孔子问津于长沮、桀溺之事，这里自比长沮、桀溺，意思是说世人只为利禄奔走，并没有像孔子那样真正关心治世的人。“问津”事见《癸卯岁始春怀古田舍》诗注。 16.“头上巾”，指儒生所戴方巾。 17.“但恨”句：是说自己的言行也许有很多错误。 18.“君”，泛指代词。

庚戌岁九月中于西田获早稻[1]

人生归有道[2]，衣食固其端[3]。孰是都不营[4]，而以求自安。开春理常业[5]，岁功聊可观[6]。晨出肆微勤[7]，日入负耒还。山中饶霜露，风气亦先寒[8]。田家岂不苦？弗获辞此难。四体诚乃疲[9]，庶无异患干[10]。盥濯息檐下[11]，斗酒散襟颜[12]。遥遥沮溺心[13]，千载乃相关。但愿长如此，躬耕非所叹[14]。

1.“庚戌”，晋义熙六年（410），时年四十六岁。“早”一作“旱”。 2.“归”，归根于。“道”，常理。 3.“固”，本来是。“端”，起头，初步。《孟子·公孙丑》：“恻隐之心，仁之端也。” 4.“孰”，怎能。“是”，这个，指衣食之事。“营”，经营。 5.“常业”，指农务。 6.“岁功”，一年的收成。 7.“肆”，操作。“勤”，劳动。 8.“风气”，气候。 9.“四体”，四肢。 10.“庶”，大概、幸而的意思。“异患”，意外的灾祸。“干”，犯。 11.“盥”，音guàn，洗手。 12.“散襟颜”，散心的意思。“襟颜”，胸襟和容颜。 13.“遥遥”二句：意思是说自己的心情和古代隐士长沮、桀溺相合。“关”，合。“沮溺”事见《癸卯岁始春怀古田舍》注。 14.“躬耕”，亲身参加耕作。

杂诗[1]（十二首选二）

其一[2]

人生无根蒂[3]，飘如陌上尘。分散逐风转[4]，此已非常身。落地为兄弟[5]，何必骨肉亲？得欢当作乐，斗酒聚比邻。盛年不重来，一日难再晨。及时当勉励[6]，岁月不待人。

1.《杂诗》前八首多晚年自励之意，后四首多写行役之事。这里所选二首属于前者，当作于晋义熙十年（414）。 2.本篇写与邻里欢聚，共勉珍惜时光。 3.“无根蒂”，形容漂泊无定。 4.“分散”二句：是说既如陌上之尘，便非常住之身。“常身”，常住之身。佛家认为有二种身，一是永恒法性的常住之身，一是死生变易无常的父母生身。后者没有什么意义（见《大般涅槃经》等）。 5.“落地”二句：是说那么何必亲骨肉才可以算是兄弟？这与当时重谱系的门第思想正是针锋相对的。 6.“及时”二句：是说人们能够欢聚在一起，应当及时更有意义地生活。

其二[1]

白日沦西阿[2]，素月出东岭。遥遥万里辉[3]，荡荡空中景[4]。风来入房户，夜中枕席冷。气变悟时易[5]，不眠知夕永。欲言无予和[6]，挥杯劝孤影[7]。日月掷人去，有志不获骋[8]。念此怀悲凄，终晓不能静[9]。

1. 本篇感慨时光流逝，志业未就。 2.“沦”，落。“阿”，山曲。 3.“万里辉”，指月光。 4.“荡荡”，形容浩大。 5.“气”，气候。“易”，改变。6.“予”，同“余”，我。“和”，应和。 7.“挥杯”，把酒洒在地上。 8.“骋”，驰骋，喻施展。 9.“终晓”，直到天亮。

移 居[1]（二首选一）

其二

春秋多佳日，登高赋新诗。过门更相呼，有酒斟酌之。农务各自归，闲暇辄相思。相思则披衣，言笑无厌时。此理将不胜[2]，无为忽去兹[3]。衣食当须纪[4]，力耕不吾欺。

1. 晋义熙四年戊申（408）六月，陶潜旧宅遭火灾。宋李公焕注《戊申岁六月中遇火诗》说，陶潜旧宅原在柴桑县柴桑里，火灾后过了一年，搬到南里的南村。这两首诗是搬家后写的，约作于义熙六年（410）。 2.“此理”，指其中生活的真趣和意义。“不胜”，不胜其丰富的意思。 3.“忽”，很快地。“兹”，指新居南村。 4.“衣食”二句：是戒勉自己不要荒废了农务。“纪”，经营。

拟古[1]（九首选三）

其一[2]

荣荣窗下兰[3]，密密堂前柳。初与君别时[4]，不谓行当久。出门万里客，中道逢嘉友。未言心先醉[5]，不在接杯酒。兰枯柳亦衰[6]，遂令此言负[7]。多谢诸少年[8]：相知不忠厚。意气倾人命[9]，离隔复何有？

1.《拟古》，摹拟汉魏古诗的作品。这九首诗内容多是感讽时事，追慕节义，大约是晚年晋、宋易代以后的作品。 2. 本篇叹游子负约不归，感慨时人轻率相交，薄于信义。 3.“荣荣”，形容花朵茂盛。 4.“君”，指游子。 5.“未言”二句：形容与新交一见倾心的情形。 6.“兰枯”句：喻时间的消逝，及守约女子的心情。 7.“此言”，即指“初与”二句所说约言。 8.“谢”，告诉。 9.“意气”二句：意思是说，只凭一时意气的相交，是没有深厚意义的。“倾”，覆。“倾人命”，这里是不惜性命的意思。

其三[1]

仲春遘时雨[2]，始雷发东隅。众蛰各潜骇，草木纵横舒。翩翩新来燕，双双入我庐。先巢故尚在[3]，相将还旧居[4]。自从分别来[5]，门庭日荒芜。我心固匪石，君情定何如？

1. 本篇吟咏坚决隐居不仕的心情。 2.“仲春”四句：写仲春的物候变化。《礼记·月令》记仲春之月“雷乃发声，蛰虫咸动，启户始出”。仲春，阴历二月。“遘”，音 gòu，逢。“东隅”，东边，春神东皇居东方。“蛰”，动物冬眠，这里指“蛰虫”。“潜”，指藏于地下。“骇”，受惊。“舒”，伸展。 3.“先巢”，故巢。“故”，仍旧。 4.“相将”，偕同。“旧居”，指“先巢”。 5.“自从”四句：设为和燕子叙旧的话，表达自己的心情。《诗经·邶风·柏舟》：“我心匪石，不可转也。”这里借用来说明自己还是坚定如故。“匪”，同“非”。

其七[1]

日暮天无云，春风扇微和。佳人美清夜[2]，达曙酣且歌[3]。歌竟长叹息[4]，持此感人多[5]。皎皎云间月，灼灼叶中华[6]。岂无一时好，不久当如何？

1. 本篇写好景不长。 2.“美”，爱。 3.“达曙”，直到天明。 4“竟”，毕。5.“此”，指下面四句里的意思。可能下面的四句就是上面“酣且歌”的歌辞。 6.“灼灼”，形容花朵盛开。“华”，即“花”。

读山海经[1]（十三首选二）

其一

孟夏草木长[2]，绕屋树扶疏[3]。众鸟欣有托[4]，吾亦爱吾庐。既耕亦已种，时还读我书。穷巷隔深辙[5]，颇回故人车。欢言酌春酒[6]，摘我园中蔬。微雨从东来，好风与之俱。泛览周王传[7]，流观山海图[8]。俯仰终宇宙[9]，不乐复何如。

1. 这组诗有起有结，末首明显涉及晋、宋易代之事，当是入宋后的作品。《山海经》，共十八卷，多述古代海内外山川异物和神物传说。旧说是大禹治水时命伯益所记，鲁迅先生认为是古代的巫书。 2.“孟夏”，初夏。 3.“扶疏”，枝叶繁密四布。 4.“欣有托”，指巢居树上。 5.“深辙”，指车马来往很多的要道。“辙”，车轮碾行的轨迹。 6.“春酒”，冬酿春成的酒。 7.“周王传”，指《穆天子传》，据《晋书·束皙传》说是太康二年（281）汲郡古塚所获竹书的一种，共五篇，叙周穆王驾八骏游四海之事，是神话传说。 8.“山海图”，指《山海经图》，根据《山海经》故事绘制，相传汉以前便有，晋郭璞曾作图赞。 9.“俯仰”，顷刻之间。“终宇宙”，游遍天地的意思。

其十[1]

精卫衔微木[2]，将以填沧海。刑天舞干戚[3]，猛志固常在[4]。同物既无虑[5]，化去不复悔。徒设在昔心[6]，良晨讵可待！

1. 本篇歌颂精卫和刑天坚强的斗争精神。 2. “精卫”，《山海经 · 北山经》载，发鸠之山有精卫鸟，是炎帝的小女儿女娃溺死在东海后变成的，因此它总是衔西山的木石，投到东海里，想把海水填没。 3. “刑天”，《山海经 · 海外西经》里说，刑天与天帝争斗，被砍掉头葬在常羊之山，刑天就“以乳为目，以脐为口，操干戚以舞”。“干”，盾；“戚”，斧：都是兵器。这句一作“形夭无千岁”。 4.“猛志”，指坚决斗争的壮志。“固”，本。 5.“同物”二句：是说精卫和刑天既对于死无所顾虑，也不再后悔。“同物”，即物化，与“化去”都是死的意思。 6. “徒设”二句：意思是说虽然有昔日的壮志，可是实现的时刻却难以到来！“讵”，音 jù，岂。

咏荆轲[1]

燕丹善养士[2]，志在报强嬴[3]。招集百夫良[4]，岁暮得荆卿。君子死知己[5]，提剑出燕京。素骥鸣广陌[6]，慷慨送我行[7]。雄发指危冠[8]，猛气冲长缨[9]。饮饯易水上[10]，四座列群英。渐离击悲筑[11]，宋意唱高声[12]。萧萧哀风逝，淡淡寒波生。商音更流涕[13]，羽奏壮士惊。心知去不归，且有后世名。登车何时顾[14]，飞盖入秦庭[15]。凌厉越万里[16]，逶迤过千城[17]。图穷事自至[18]，豪主正征营[19]。惜哉剑术疏[20]，奇功遂不成[21]。其人虽已没，千载有余情。

1. 这诗大约是晚年的作品。荆轲事见前荆轲小传及《易水歌》注。 2. “燕丹”，即燕太子丹。“士”，指春秋战国时诸侯所养的门客。 3. “嬴”，秦王姓嬴。“报”，报仇。燕丹原在秦国做人质，秦王待他不好，逃回燕国，立志报仇。 4. “百夫良”，百里选一的杰出人物，这里指勇士。 5. “死知己”，为知己者死。 6.“素”，白色。“广陌”，大道。 7.“我”，拟荆轲自称。 8.“危冠”，高冠。 9.“长缨”，用来结冠的丝带。 10.“饯”，喝酒送别。“易水”，在今河北易县西。 11.“渐离”，高渐离，燕人，荆轲好友，善击筑。“筑”，古代乐器名，形似筝，十三弦，用竹敲奏。 12.“宋意”句,《淮南子》说，易水送行时，高渐离和宋意都击筑而歌。“高声”，高歌。 13.“商音”二句：意思是说，筑和歌声越高亢，人们的心情也越发激动。《史记》说:“士皆瞋目，发尽上指冠。”“商”“羽”都是古代音调名，古分宫、商、角、徵、羽五个基本乐调。 14.“何时顾”，不回顾的意思。“何时”，何曾。 15.“盖”，车盖。“飞盖”，飞车驰去的意思。 16.“凌厉”，勇往直前。 17.“逶迤”，音 wēiyí，曲折绵延。 18.“图穷”，所献的地图展开到尽头。“事”，行刺之事。“自至”，自然就出现了。 19.“豪主”，指秦王。“征营”，受惊发愣。“征”，通“怔”。 20.“惜哉”句:《史记·刺客列传》载，荆轲剑术不佳，曾与卫国剑客盖聂论剑，不称盖意。也曾与鲁勾践相遇过。荆轲死后，勾践曾惋惜地说:“嗟乎惜哉！其不讲于刺剑之术也。”“疏”，疏陋。 21.“奇功”，指刺秦王之事。

挽歌诗[1]（三首选一）

其一

荒草何茫茫[2]，白杨亦萧萧[3]。严霜九月中，送我出远郊。四面无人居，高坟正嶕峣[4]。马为仰天鸣，风为自萧条。幽室一以闭[5]，千年不复朝[6]。千年不复朝，贤达无奈何。向来相送人[7]，各自还其家。亲戚或余悲，他人亦已歌[8]。死去何所道，托体同山阿[9]。

1. “挽歌”，挽柩送葬时所唱的歌。这是陶潜自拟的挽歌，一作《拟挽歌辞》，可能是宋文帝元嘉四年（427）临死那年九月里写的，朱熹《通鉴纲目》说他死在十一月。 2. “茫茫”，形容荒草无边。 3. “白杨”，古时墓旁及墓道旁多植松、柏、白杨。“萧萧”，风吹树木声。 4. “嶕峣”，音jiāoyáo，突兀。 5.“幽室”，指墓穴。 6.“朝”，天亮。 7.“向来”，旧来，原来。 8. “他人”句：是说其他的人已经把送葬的事淡忘了。《论语·述而》：“子于是日哭（指吊丧），则不歌。” 9. “托体”，寄身。“同”，合。

宋

谢灵运

谢灵运（385—433），祖籍陈郡阳夏（今河南太康），出生于会稽始宁（今浙江上虞），东晋名相谢玄的孙子，袭封康乐公。东晋末官至相国从事中郎、世子左卫率。刘宋代立，降爵康乐侯，任散骑侍郎，转太子左卫率。少帝即位，与执政大臣争权失败，出为永嘉太守，不久辞官隐居会稽。文帝时曾任临川内史。元嘉十年（433）因兴叛被杀。

晋、宋之际，谢灵运的诗名很高，以大量山水诗打破了东晋以来玄言诗的局面，扩大了诗歌的表现领域，丰富了南朝的诗坛。他的山水诗反映了江南山水的自然美，刻画新鲜逼真，有很多独到的名句，但仍未摆脱玄言的影响，所以芜累颇见，完篇不多。此外，他在佛学上也有很深造诣，著作不少。有辑本《谢康乐集》，诗注以黄节《谢康乐诗注》为详。

登池上楼[1]

潜虬媚幽姿[2]，飞鸿响远音[3]。薄霄愧云浮[4]，栖川怍渊沉[5]。进德智所拙[6]，退耕力不任。徇禄及穷海[7]，卧痾对空林[8]。衾枕昧节候[9]，褰开暂窥临[10]。倾耳聆波澜[11]，举目眺岖嵚[12]。初景革绪风[13]，新阳改故阴[14]。池塘生春草，园柳变鸣禽[15]。祁祁伤豳歌[16]，萋萋感楚吟。索居易永久[17]，离群难处心。持操岂独古[18]，无闷征在今。

1.“池上楼”，在永嘉郡，即今浙江温州，这池后来名为谢公池。谢灵运在永嘉任职约在永初三年（422）七八月间至景平元年（423）七八月间。本篇当作于景平元年春，写仕途失意与久病之后初春季节带来的新鲜之感。 2.“虬”，音 qiú，有角的小龙。“潜虬”，即“潜龙”，象征隐士，见《易经·乾卦》。“媚幽姿”，形容潜虬适意自在。 3.“飞鸿”，象征仕宦的人，见《易经·渐卦》。“响远音”，形容鸿鸟高飞远翔，是最得意的时候。 4.“薄”，迫近。“云浮”，指飞鸿。 5.“怍”，音 zuò，惭愧。“渊沉”，指潜虬。 6.“进德”，指出仕，《易经·乾·文言》：“子曰：……君子进德修业，欲及时也。” 7.“徇禄”，指出任永嘉太守。“徇”，从。“穷海”，边远的海滨，指永嘉。 8.“痾”，音 kē，病。“空林”，指秋冬枯秃的树林。 9.“昧”，不知道。“节候”，季节物候的变化。 10.“褰”，音 qiān，揭起，指揭起帷帘。“窥临”，登楼观看。 11.“倾耳”，侧耳。“聆”，音 líng，听。 12.“岖嵚”，形容高险的山。“嵚”，音 qīn。 13.“初景”，指初春的太阳。“革”，改变。“绪风”，秋冬余风，《楚辞·九章·涉江》：“欸秋冬之绪风。” 14.“阳”，指阳春。“阴”，指寒冬。 15.“园柳”

句：是说园柳发青，叫着的鸟儿也和秋冬时不一样了。 16.“祁祁”二句：“祁祁”，形容春天草木很多。《诗经·豳风·七月》：“春日迟迟，采蘩祁祁，女心伤悲，殆及公子同归。”“萋萋”，形容春草茂盛。《楚辞》淮南小山《招隐士》：“王孙游兮不归，春草生兮萋萋。”这二句的意思是说眼前景色使我想起了《豳风》和《楚辞》里的诗句，产生了“归”与“不归”的矛盾。 17.“索居”二句：是说离群寡欢，易觉岁月长久，难以安心独处。《礼记·檀弓》：“吾离群而索居，亦已久矣。”“索”，穷，孤寂的意思。 18.“持操”二句：是说岂止古人才能坚持自己的操守，我如今也能做到避世而毫无烦恼。“无闷”，《易经·乾卦》：“龙德而隐者也，不易乎世，不成乎名，遁世无闷。”意思是说有德的隐者，不随波逐流，不追求成名，因此他们能够避世无闷。“征”，验证。

过白岸亭[1]

拂衣遵沙垣[2]，缓步入蓬屋[3]。近涧涓密石[4]，远山映疏木。空翠难强名[5]，渔钓易为曲[6]。援罗聆青崖[7]，春心自相属[8]。交交止栩黄[9]，呦呦食苹鹿[10]；伤彼人百哀，嘉尔承筐乐。荣悴迭去来[11]，穷通成休戚。未若长疏散[12]，万事恒抱朴[13]。

1.“白岸亭”，《太平寰宇记》说，亭在楠溪西南，离永嘉八十七里，以溪岸沙白得名。 2.“遵”，沿着。“垣”，矮墙，这里是指沙岸。 3.“蓬屋”，指白岸亭。 4.“涓密石”，细水流过密石。“涓”，细流。 5.“空翠”，远山青翠的氛霭。“难强名”，很难硬说它是什么。 6.“易为曲”，容易使人高兴地吟唱起来。“曲”，歌曲。 7.“罗”，藤萝。“聆青崖”，听于青崖。

8.“自相属”，自然融会的意思。“属”，连。 9.“交交”句：《诗经·秦风·黄鸟》：“交交黄鸟，止于棘，谁从穆公？子车奄息……彼苍者天，歼我良人！如可赎兮，人百其身。”旧说是秦国人民哀悼子车奄息等三位贤臣为秦穆公殉葬的诗。“交交”，鸟鸣声。“栩”，栎树，是“棘”一类的杂树，《诗经·小雅·黄鸟》就说：“黄鸟黄鸟，无集于栩。”“黄”，即黄鸟。“人百”，即“人百其身”，是说一百个人才能抵得上他一个人。“交交止栩黄”“伤彼人百哀”这二句的意思是说，树上黄鸟的鸣声使我想起了《诗经》里哀悼三良的诗章，感到很悲哀。 10.“呦呦”句：《诗经·小雅·鹿鸣》：“呦呦鹿鸣，食野之苹。我有佳宾，鼓瑟吹笙。吹笙鼓簧，承筐是将。”旧说是君臣欢宴的诗。“呦呦”，鹿鸣声。“苹”，白蒿一类的草。“承”，奉持。“筐”，用来盛放币帛以赏赐群臣的筐子。“呦呦食苹鹿”“嘉尔承筐乐”这二句是说又从食苹的鹿鸣声想起了《诗经》里歌咏君臣宴赏欢乐的诗章。 11.“荣悴”二句：“荣”，荣耀；“通”，显达：都是承上鹿鸣而来。“悴”，憔悴；“穷”，困：承上鸟鸣而来。“迭”，轮换着。“休”，喜。“戚”，忧。 12.“疏散”，放达。 13.“抱朴”，《老子》：“见素抱朴，少私寡欲。”“朴”，天然未加工的木材，这里是比喻不为外界喜怒哀乐所影响。

石门岩上宿[1]

朝搴苑中兰[2]，畏彼霜下歇[3]。暝还云际宿[4]，弄此石上月[5]。鸟鸣识夜栖[6]，木落知风发[7]。异音同至听[8]，殊响俱清越[9]。妙物莫为赏[10]，芳醑谁与伐[11]？美人竟不来，阳阿徒晞发[12]。

1.“石门”，山名，在今浙江嵊州。谢灵运《游名山志》：“石门涧六处，石门溯水上入两山口，两边石壁，右边石岩，下临涧水。”本诗写夜宿石门山时所见景色和感触。题一作《夜宿石门》。 2.“搴”，音 qiān，取。“苑”，花园。 3.“歇”，衰息。 4.“云际宿”，指宿于石门山上。 5.“弄”，玩赏。“石上月”，山很高，月亮看上去像是近在岩石上。 6.“识”，知。 7.“木落”，叶落。 8.“至听”，最美的声音。 9.“响”，空谷回音。“清越”，清亮悠扬。 10.“妙物”，指上述景物。“莫”，没有人。 11.“醑”，音 xǔ，美酒。“伐”，称赞。 12.“美人”二句:《楚辞·九歌·少司命》:“与女（汝）沐兮咸池，晞女发兮阳之阿。望美人兮未来，临风怳兮浩歌。”“美人”，这里比喻知己朋友。

入彭蠡湖口[1]

客游倦水宿[2]，风潮难具论。洲岛骤回合[3]，圻岸屡崩奔[4]。乘月听哀狖[5]，浥露馥芳荪[6]。春晚绿野秀，岩高白云屯[7]。千念集日夜[8]，万感盈朝昏[9]。攀崖照石镜[10]，牵叶入松门[11]。三江事多往[12]，九派理空存[13]。灵物丢珍怪[14]，异人秘精魂。金膏灭明光[15]，水碧辍流温[16]。徒作千里曲[17]，弦绝念弥敦。

1.“彭蠡湖”，即今江西鄱阳湖。彭蠡湖口在今江西九江附近，是鄱阳湖与长江交接处。本篇可能是赴临川内史任时途中所作。 2.“水宿”，住在水上，指长程舟行。 3.“洲岛”句：是说浪潮很猛，遇到洲岛时，则急遽地分流回绕过去，又立即汇合而下。 4.“圻岸”句：是说浪潮又常常碰到险峻的江岸，便猛然倒退下来又急奔前去。“圻”音 qí，通“埼”，曲岸头，谢灵运《富春渚》:“临圻阻参错”。 5.“狖”，音 yòu，猿类。 6.“浥”，音 yì，湿。“馥”，香气。“荪”，香草名。 7.“屯”，聚集。 8.“集日夜”，日夜交集。 9.“朝昏”，早晨晚上。 10.“石镜”，石镜山相传在庐山东，《水经·庐江水注》说，石镜山“有一圆石，悬崖明净，照见人影，晨光初散，则延耀入石，毫细必察”。 11.“松门”，山名，约在今江西都昌南，近彭蠡湖口。《文选》李善注引顾野王《舆地志》说其地“东西四十里，青松遍于两岸”。 12.“三江”句：是说关于禹疏三江的种种传说已成为过去的事了。“三江”，长江自彭蠡湖分为三条江水，东流入海。 13.“九派”句：是说长江分成九道支流之理，现在也已经空存其说而难于探明究竟。中国古代认为“三”“九”等数字含有玄理。 14.“灵物”二句：是说江湖中本多灵怪神异，现在都吝惜其珍怪之相，秘藏其精神魂魄，不肯出现了。“悋”，同“吝”。 15.“金膏”，传说中的仙药，据说河伯曾有过。“灭明光”，是说金膏不发光芒，也就无法寻得。 16.“水碧”，传说是可以使水温暖的一种宝玉。流水不温，也就是不见水碧。 17.“徒作”二句：“千里曲”，曲名。《文选》嵇康《琴赋》李善注引蔡邕《琴操》说，商陵牧子娶妻五年，无子，父兄要他改娶，他就弹琴咏叹别鹤以抒发心中不满，曲名《别鹤操》，因为鹤一举千里，所以又称《千里别鹤》。这里是说自己的心情像商陵牧子奏《千里别鹤》一样，奏完了曲子，心里的思念反而更强烈了。“弦绝”，曲终。“敦”，厚。

鲍 照

鲍照（414前后—466），字明远，东海（郡治今山东郯城北）人，久居建康（今南京）。家世贫贱。最初做过什么官不甚可考，本传只说他“位尚卑”，后来为临川王刘义庆所赏识，征为国侍郎。此后做过秣陵令及中书舍人。临海王刘子顼镇荆州，以为前军参军。刘子顼作乱，他被乱兵所杀害。

鲍照企图通过仕途来实现满怀壮志，但由于出身寒门，始终不能成功。因此，他的作品充满了对当时社会的愤懑和反抗性，并反映了一些人民生活的疾苦。同时他也抒写自己的理想和抱负，表现出爱国的热情和对美好生活的憧憬。但是情调浓烈而不朗爽，有时也流露着消极甚至颓废的倾向。在艺术上，他的诗富于浪漫主义色彩，尤其是乐府诗，风格挺峭跌宕，善于用强烈的形象直截表达粗犷豪放的思想感情。语言通俗自然，七言诗最富独创性，对于唐人七古有着显著的积极影响。他是我国文学史上的一位杰出诗人。有《鲍参军集》。注本有钱仲联增补集说校《鲍参军集注》。

代放歌行[1]

蓼虫避葵堇[2]，习苦不言非。小人自龌龊[3]，安知旷士怀？鸡鸣洛城里[4]，禁门平旦开[5]。冠盖纵横至[6]，车骑四方来。素带曳长飙[7]，华缨结远埃。日中安能止？钟鸣犹未归[8]。夷世不可逢[9]，贤君信爱才。明虑自天断[10]，不受外嫌猜[11]。一言分珪爵[12]，片善辞草莱。岂伊白璧赐[13]，将起黄金台。今君有何疾[14]？临路独迟回？

1.“放歌行”，乐府《相和歌》名，李善注引《歌录》说，汉乐府《孤子生行》的古辞就叫《放歌行》。本篇讽刺小人得志而豪杰之士不为人所理解的官场社会。 2.“蓼虫”，生在蓼上的虫。“蓼”，音 liǎo，一年生草本植物，种类不一，有一种叫泽蓼，又名辣蓼，叶味辛辣。“葵”“堇”都是可食的甜草。 3.“龌龊”，形容胸襟狭隘。 4.“洛城”，指洛阳，这里泛指京城。 5.“禁门”，宫门。“平旦”，天刚亮。 6.“冠盖”，冠冕和车盖，借指上朝的贵官们。 7.“素带”二句：形容官场中终日奔走、风尘仆仆的情景。“素带”，古代大夫用的衣带。“曳”，飘动的样子。“飙”，音 biāo，暴风。“华缨”，系结冠冕的彩色丝绦。“结远埃”，蒙上了远途的尘埃。 8.“钟鸣”，指深夜戒严以后。《文选》李善注引崔寔《政论》“（汉元帝）永宁诏曰：‘钟鸣漏尽，洛阳城中不得有行者。’” 9.“夷世”，太平盛世。自此以下都是拟官场中的庸俗口吻。 10.“自天断”，出自天子的判断。 11.“不受”句：是说不受外人嫌猜贤才的影响。 12.“一言”二句：是说臣子只要对朝政有一言之益，就封以爵位；士人有片善之处，便征召为官，使之脱离草野。“珪”，上圆下方的玉，古以为封爵的符信。“草莱”，草野。 13.“岂伊”二句：“岂伊”，岂但。“伊”，语助词。“白璧赐”，《史记·平原君虞卿列传》说，虞卿去说赵孝成王，一见便赐给黄金百镒，白璧一双。“起”，筑起。“黄金台”，《战国策·燕策》说，燕昭王败于秦国，要征求天下贤才，就先筑宫师事郭隗，以广招揽。后世敷衍其事，筑宫改成筑黄金台，据说故址在今河北易县东南。这里用此二事表示天子的礼贤爱才。 14.“今君”二句，是官场中人问旷士的话。

代结客少年场行[1]

骢马金络头[2]，锦带佩吴钩[3]。失意杯酒间，白刃起相仇。

追兵一旦至[4]，负剑远行游。去乡三十载，复得还旧丘[5]。升高临四关[6]，表里望皇州[7]。九涂平若水[8]，双阙似云浮[9]。扶宫罗将相[10]，夹道列王侯。日中市朝满[11]，车马若川流。击钟陈鼎食[12]，方驾自相求。今我独何为？坎壈怀百忧[13]！

1.“结客少年场行”，乐府《杂曲歌》名。本篇拟乐府歌辞，咏叹少年任侠的英雄行径与当时统治势力的社会格格不入，写出了仿佛两个世界。 2.“骢马”，黑色骏马。 3.“钩”，古时兵器，似剑而曲，以吴地所产为最好。 4.“追兵”，指追捕的兵。 5.“旧丘”，故乡旧里。“丘”，居里。 6.“临”，俯望。“四关”，李善注引陆机《洛阳记》：“洛阳有四关：东为成皋，南伊阙，北孟津，西函谷。” 7.“表里”，内外。“皇州”，京畿地区。 8.“涂”，同“途”。古制，都城中有纵横大路九条。“九涂”，即指京城的大路。 9.“双阙”，宫门前的两座望楼。 10.“扶宫”，指宫的四旁。“罗将相”，罗列着将相宅第。 11.“市朝”，市集，指京城的市街。“满”，挤满。 12.“击钟”二句：是说权贵之家正在进餐，而营求之士则忙于交往干谒。古时贵族家，列鼎而食，食则击钟。“方驾”，并车而行，形容车马拥挤。 13.“坎壈”，音 kǎnlǎn，穷困不遇。

代出自蓟北门行[1]

羽檄起边亭[2]，烽火入咸阳[3]。征骑屯广武[4]，分兵救朔方[5]。严秋筋竿劲[6]，虏阵精且强。天子按剑怒，使者遥相望[7]。雁行缘石径[8]，鱼贯度飞梁[9]。箫鼓流汉思[10]，旌甲被胡霜。疾风冲塞起，沙砾自飘扬。马毛缩如猬[11]，角弓不可张。时危见臣节，世乱识忠良。投躯报明主，身死为国殇[12]。

1.“出自蓟北门行”，乐府《杂曲歌》名。本篇拟乐府旧题，写爱国的壮志。 2.“羽檄”，古代的紧急军事公文。“羽”是公文上加插的紧急标记。“亭”，哨亭。 3.“烽火”，古代边警的信号。“咸阳”，秦都城，故址在今陕西咸阳东。这里泛指京城。 4.“骑”，音jì，骑兵。“广武”，今山西代县西。 5.“朔方”，郡名，治所在今内蒙古自治区鄂尔多斯西北部。 6.“筋”，指弓。“竿”，指箭。 7.“遥相望”，形容使者来回不绝地传达诏令。 8.“雁行”，形容军士沿石径前进，像一字的雁行。 9.“鱼贯”，形容队伍依次渡过桥梁，如同游鱼前后相贯。“飞梁”，飞跨深险的桥梁。 10.“流”，传达出。“汉思”，汉民族的情思。 11.“缩”，因天寒而蜷缩。“猬”，刺猬。 12.“国殇”，为国而牺牲。《楚辞·九歌》中有《国殇》一篇是追悼阵亡战士的。

拟古（八首选二）

其三[1]

幽并重骑射[2]，少年好驰逐。毡带佩双鞬[3]，象弧插雕服[4]。兽肥春草短，飞鞚越平陆[5]。朝游雁门上[6]，暮还楼烦宿[7]。石梁有余劲[8]，惊雀无全目[9]。汉虏方未和，边城屡翻覆。留我一白羽[10]，将以分虎竹。

1. 本篇借幽并少年游侠寄托作者报国立功的理想。 2.“幽”，幽州，今河北北部。“并”，并州，今山西一带。幽、并古多游侠健儿。 3.“鞬”，音

jiān，马上放弓箭的器具。 4.“象弧”，象牙装饰的弓。“雕服”，彩绘的箭囊。 5.“鞚”，音 kòng，马勒。“飞鞚”，等于说飞马。 6.“雁门”，关隘名，在今山西代县北，雁门山上。 7.“楼烦”，今山西朔城东，也是古边塞要地。 8.“石梁”句：形容弓硬箭利。李善注引《阙子》说，有位工人给宋景公制弓，九年而成，因为用尽了精力，弓成三天之后就死去了。宋景公用这张弓试射，箭射到很远很远的地方，余力还插进石梁。 9.“惊雀”句：形容箭术极精。李善注引《帝王世纪》说，后羿曾为人射雀，要射左目而误中右目，后羿以为终身羞愧。可见后羿箭术之精。 10.“留我”二句：“白羽”，指箭。“虎竹”，指铜虎符与竹使符，符分两半，右符留朝廷，左符给郡守或主将。虎符发兵，竹符遣使。这二句是说将从军立功，负起镇守边疆的大任。

其六[1]

束薪幽篁里[2]，刈黍寒涧阴[3]。朔风伤我肌[4]，号鸟惊思心[5]。岁暮井赋讫[6]，程课相追寻[7]。田租送函谷[8]，兽藁输上林[9]。河渭冰未开[10]，关陇雪正深[11]。笞击官有罚[12]，呵辱吏见侵。不谓乘轩意[13]，伏枥还至今。

1. 本篇写自己出身寒素，虽有大志，无由得申。 2.“束薪”，捆柴。“幽篁”，幽暗的竹林。 3.“刈黍”，收割谷物。 4.“朔风”，北风。 5.“号鸟”，鸣声悲凉的鸟。“思心”，充满愁思的心。 6.“井赋”，田赋。先秦时有井田制，划地成“井”字九块，给九夫耕种，各交赋税，所以叫“井赋”。“讫”，完毕。 7.“程课”，限期的微调。“相追寻”，相跟着来催促。 8.“函谷”，关名，秦置，今河南灵宝西南；汉徙今新安。 9.“兽藁”，喂兽的秸草。“上林”，苑名，秦置，汉武帝扩大为养兽以供射猎取乐的地方。故址在今陕西省西安市长安区西。 10.“河”，黄河。“渭”，渭水。11.“关”，指函谷关。“陇”，指陇山。 12.“笞”，音 chī，用杖拷打犯人。13.“不谓”二句：意思是说，早年出仕之志，直到如今尚未实现。“不谓”，想不到。“乘轩”，做官的意思。“伏枥”，用曹操《龟虽寿》“老骥伏枥，志在千里”的意思。

赠傅都曹别[1]

轻鸿戏江潭[2]，孤雁集洲沚[3]。邂逅两相亲[4]，缘念共无已[5]。风雨好东西[6]，一隔顿万里[7]。追忆栖宿时，声容满心耳。落日川渚寒，愁云绕天起。短翮不能翔[8]，徘徊烟雾里。

1.“都曹”，官名，刘宋时都官尚书属下有都官、水部、库部、功部四曹，都可称都曹。“傅都曹”，未详。本篇通首以鸿雁比朋友。 2.“轻鸿”，喻傅。“轻”，轻快高举的意思。“潭”，通“浔”，水边。 3.“孤雁”，喻自己。“集”，停在。“沚”，音 zhǐ，小洲。 4.“邂逅”，音 xièhòu，意外的相遇。5.“缘念”，因此而生的思念，即留恋的意思。“缘”，循。“已”，止。 6.“风雨”句：是说风雨偏好东吹西打，也就是说他们遭到风雨吹打而离散了。“好”，音 hào，喜好。 7.“顿”，顿时。 8.“短翮”二句：意思是说自己无所成就，还不知前途如何。“翮”，音 hé，翎管，这里指翅膀。

拟行路难[1]（十八首选四）

其一[2]

奉君金卮之美酒[3]，玳瑁玉匣之雕琴[4]，七彩芙蓉之羽帐[5]，九华蒲萄之锦衾。红颜零落岁将暮[6]，寒光宛转时欲沉。愿君裁悲且减思[7]，听我抵节行路吟[8]。不见柏梁铜雀上[9]，宁闻古时清吹音！

1.“行路难”，乐府《杂歌谣》曲名。鲍照《拟行路难》共十八首，一说十九首，从第一首序诗与最后一首说“对酒叙长篇”看来，这十八首当是一组诗。 2.本篇是第一首，具有序曲的性质，写时光易逝，徒悲无益，不如且听人生不平的高歌。 3.“君”，泛指。“卮”，音 zhī，酒器。 4.“玳瑁”，龟类，生海中，甲可做装饰品。 5.“七彩芙蓉”，以及下句的“九华蒲萄”，都是指绣饰的花纹。“蒲萄”，即“葡萄”。 6.“红颜”句：用《楚辞·离骚》“惟草木之零落兮恐美人之迟暮”的意思。 7.“裁”，减。“思”，指忧思。 8.“抵节”，敲手鼓以为节拍。“抵”，音 zhǐ。“行路吟”，唱《行路难》。 9.“不见”二句：“柏梁”，汉武帝在元鼎二年（前 115）筑柏梁台。“铜雀”，曹操在建安十五年（210）筑铜雀台。都是歌咏宴乐之所。“宁”，岂能。“清吹”，清美高尚的歌吹。“吹”，音 chuī。这二句是说，从前著名的帝王行乐之处，现在也成为荒台，听不见豪华的歌吹之声了。意思是说且听我这俗野的路人之歌吧。

其三[1]

璇闺玉墀上椒阁[2]，文窗绣户垂绮幕。中有一人字金兰，被服纤罗蕴芳藿[3]。春燕差池风散梅[4]，开帏对景弄春爵[5]。含歌揽涕恒抱愁[6]，人生几时得为乐！宁作野中之双凫[7]，不愿云间之别鹤。

1. 本篇写门第社会中一些妇女的幽怨，颇似后来的宫怨诗。 2.“璇”，一种玉石。“璇闺”，以璇玉为饰的闺房。“墀”，音 chí，阶上之地。“椒阁”，以香椒涂墙的楼阁。 3.“蕴”，藏。“藿”，藿香，香草名。“蕴芳藿”，似指身上带有香囊。“蕴”，一作“采”。 4.“差池”一作“参差”，不齐。 5.“爵”，同“雀”。“弄春雀”，赏玩春鸟。 6.“含歌”句：意思是说，心有悲伤，所以对春景欲歌而流涕。 7.“宁作”二句：意思是说，宁肯贫贱双栖，不愿富贵独宿。“凫”，野鸭。“别鹤”，失偶的鹤。古以为鹤是贵禽，凫为贱鸟。

其四[1]

泻水置平地[2]，各自东西南北流。人生亦有命，安能行叹复坐愁！酌酒以自宽，举杯断绝歌路难[3]。心非木石岂无感？吞声踯躅不敢言[4]。

1. 本篇写不敢明言的一段激愤与痛苦。 2.“泻水”四句：用泻水漫流比喻人生各自有命，想借此从无可奈何的痛苦中解脱出来。 3.“举杯”句：是说举杯消愁以断绝难言之情，但是“举杯消愁愁更愁”，只好唱着这不平的《行路难》之歌。 4.“吞声”，隐忍的意思。“踯躅”，犹豫不前。

其六[1]

对案不能食[2]，拔剑击柱长叹息。丈夫生世会几时，安能蹀躞垂羽翼[3]？弃置罢官去，还家自休息。朝出与亲辞，暮还在亲侧。弄儿床前戏，看妇机中织。自古圣贤尽贫贱，何况我辈孤且直[4]！

1. 本篇写有志之士与现实社会的深刻矛盾。 2.“案”，古时进食用的小几，形如有脚的托盘。 3.“蹀躞”，音 diéxiè，小步行走。 4.“孤”，指族寒势孤。

代春日行[1]

献岁发[2]，吾将行[3]。春山茂，春日明。园中鸟，多嘉声。梅始发，柳始青。泛舟舻[4]，齐棹惊[5]。奏采菱[6]，歌鹿鸣[7]。微风起，微波生。弦亦发，酒亦倾。入莲池，折桂枝。芳袖动，芬叶披。两相思，两不知。

1. “春日行”，乐府《杂曲歌》名。 2. “献岁”，一年的开始。《楚辞·招魂》:“款岁发春兮汩吾南征。”王逸注:“言岁始来进，春气奋扬。” 3. “吾将行”，我将出游。 4.“舟舻”，泛指大船。“舻”，音 lú，船头。 5.“棹”，音 zhào，一种似桨的划船工具。“惊”，起。 6.“采菱”，曲名。 7.“鹿鸣”，《诗经·小雅》篇名，是宴乐的诗。

齐

谢　朓

谢朓（464—499），字玄晖，陈郡阳夏（今河南太康）人，南齐代表作家。与谢灵运前后齐名，世称“小谢”。曾任宣城太守、尚书吏部郎等职。后受诬陷，下狱死。他的诗今存二百多首，风格清逸秀丽。山水诗方面的成就很高，完全摆脱了百年来玄言诗的影响，是李白最倾心的诗人。他对黑暗政治虽有所不满，但只停留在一般游宦的感触上。于民歌有所学习。他和沈约等共同开创了“永明体”，讲求声律，对近体诗的建立也有贡献。有《谢宣城集》。近人郝立权有《谢宣城诗注》。

江上曲[1]

易阳春草出[2]，踟蹰日已暮。莲叶何田田[3]，淇水不可渡[4]。愿子淹桂舟[5]，时同千里路[6]。千里既相许[7]，桂舟复容与[8]。江上可采菱，清歌共南楚[9]。

1.“江上曲”，乐府《杂曲歌》名。本篇学习民间情歌，写青年男女的相爱。2.“易阳”，约在今河北邯郸西南。枚乘《菟园赋》里说，邯郸、易阳等地的男女，每到晚春早夏，都喜欢共往菟园游玩。这里借以渲染爱情气氛。3.“莲叶”句：用汉乐府《相和歌辞·江南》的成句，写江南蓬勃的春景。“田田”，形容莲叶的挺秀丰茂。 4.“淇水”句：“淇水”，发源于河南林州。《诗经·卫风》中的恋歌多说到淇水，在六朝诗中，它与巫山都成为爱情的象征，《卫风》的《氓》《竹竿》等诗里又写到女子渡过淇水嫁给所爱的男子。这里说“不可渡”，乃借以喻追求爱情，但还没有得到。 5.“淹”，停留，这里是等一等的意思。 6.“时同”，同时的意思。 7.“相许”，指结伴同行。 8.“容与”，从容地。 9.“南楚”，指南方的楚歌。《尔雅翼》：“吴、楚之风俗，当菱熟时，士女子相与采之，故有采菱之歌以相和，为繁华流荡之极。”

同王主簿有所思[1]

佳期期未归，望望下鸣机[2]。徘徊东陌上，月出行人稀。

1.“有所思”，乐府《鼓吹曲·汉铙歌》名。“同”，和。“王主簿”，王融，详见后王融小传。 2.“望望”，不断抬头看望。“鸣机”，织机。

暂使下都夜发新林至京邑赠西府同僚[1]

大江流日夜，客心悲未央。徒念关山近[2]，终知返路长。秋河曙耿耿[3]，寒渚夜苍苍。引领见京室，宫雉正相望[4]。金波丽鳷鹊[5]，玉绳低建章[6]。驱车鼎门外[7]，思见昭丘阳[8]。驰晖不可接[9]，何况隔两乡？风云有鸟路[10]，江汉限无梁。常恐鹰隼击[11]，时菊委严霜。寄言罻罗者[12]，寥廓已高翔[13]。

1. 永明九年（491）到十一年（493），谢朓在荆州任随王萧子隆文学。随王和谢朓很亲近。长史王秀之密告朝廷，说谢朓年轻惑乱随王。朝廷敕令谢朓回都。本篇即回都时所作，写思旧和愤谗的心情。“下都”，指随王荆州藩国。“新林”，在今江苏南京西南。“京邑”，京城，齐都金陵，今南京。“西府”，指荆州随王府。 2.“徒念”二句：意思是说，起初只想到沿江而下，关山无多，离京都很近；然而临近京都，又勾起思旧之情，而且终于明白自己很难重返荆州了，故说“返路长”。 3.“秋河”，秋夜的银河。“曙”，破晓。“耿耿”，光亮。 4.“雉”，雉堞，城上齿状短墙。 5.“金波”，月光。“丽”，附着，照在。“鳷鹊”，汉长安的观名，这里是借指。 6.“玉绳”，星名，共二星，位于斗柄北。天色临明，远望玉绳低落于宫殿附近。“建章”，汉宫名，也是借指。 7.“鼎门”，相传周成王定鼎于郏鄏（音jiárǔ，今河南洛阳西），名南门为定鼎门。这里借指金陵南门。 8.“思见”句：意思是说想迎接荆州的落日在这里东升。“昭丘”，楚昭王的墓，在荆州西南。“阳”，太阳。 9.“驰晖”二句：是说运驰不停的太阳这时还不可骤见，那么，何况遥隔两地的人呢？“接”，迎。 10.“风云”二句：表示自己不如鸟儿自由，无法回荆州。 11.“常恐”二句：意思是说，自己常怕谗邪中伤，就像鸟怕鹰隼袭击，盛开之菊怕严霜一样。“隼”，音 sǔn，鹰类而小。“委”，枯萎。 12.“罻罗者”，张网捕鸟的人，喻王秀之之类。“罻”，音 wèi，捕鸟的小网。 13.“寥廓”句：以鸟自喻，说自己已远走高飞。“寥廓”，指广阔的天空。

晚登三山还望京邑[1]

灞涘望长安[2]，河阳视京县。白日丽飞甍[3]，参差皆可见。余霞散成绮[4]，澄江静如练[5]。喧鸟覆春洲[6]，杂英满芳甸[7]。去矣方滞淫[8]，怀哉罢欢宴。佳期怅何许[9]，泪下如流霰[10]。有情知望乡，谁能鬒不变[11]！

1.“三山”，在今南京西南长江南岸，上有三峰，南北相接。这诗约是离京出任宣城太守时所作。 2.“灞涘”二句：用王粲《七哀诗》“南登霸陵岸，回首望长安”和潘岳《河阳县诗》“引领望京室”的意思，比喻自己在三山还望京邑。“灞”，灞水，源出陕西蓝田，流经长安过灞桥。“涘”，音 sì，岸。“河阳”，晋河阳县约当今河南孟州西。“京县”，晋都洛阳。 3.“甍”，音 méng，屋顶。“飞”，是形容屋顶两檐张开像飞鸟展翅。 4.“余霞”，指晚霞。“绮”，锦缎。 5.“练”，白绸子。 6.“覆春洲”，形容鸟很多。7.“英”，花。“甸”，郊野。 8.“去矣”二句：“去”，指离京。谢朓久居京都，所以说“滞淫”，王粲《七哀诗》：“荆蛮非吾乡，何为久滞淫！”这里有在京都游宦无成的感慨和思乡的意思。“怀哉”，用《诗经·王风·扬之水》“怀哉，怀哉！曷月予旋归哉”语意，表示返乡无期。“罢欢宴”，是说失去了与故乡亲友欢宴的生活。 9.“佳期”，指还乡之期。“怅何许”，不知有多少惆怅。 10.“霰”，雪珠。 11.“鬒”，音 zhěn，黑发。“变”，是说黑发因愁变白。

之宣城出新林浦向板桥[1]

江路西南永[2]，归流东北骛[3]。天际识归舟，云中辨江树。旅思倦摇摇[4]，孤游昔已屡。既欢怀禄情[5]，复协沧州趣[6]。嚣尘自兹隔[7]，赏心于此遇[8]。虽无玄豹姿[9]，终隐南山雾。

1. 这诗是出任宣城太守途中所作，写江行所见景色和出任郡守的自励之情。“板桥”，浦名，在三山、新林浦南。 2.“江路”，西南去宣城的路程。“永”，长。 3.“归流”，江水东北归流入海。“骛”，奔驰。 4.“旅思”二句：是说已厌倦于作客的奔波，却早习惯于孤独的生活。 5.“既欢”句：是反话，古代出仕外郡是被看作不得意的。“禄”，指做官食禄。 6.“协”，合。“沧州”，荒野水滨，古代常用来代称隐居的地方。这里指宣州。 7.“嚣尘”，指京都喧杂的生活。“自兹隔”，从此离开了。 8.“赏心”，心领大自然的快乐。 9.“虽无”二句:《列女传》陶答子妻传里说过一个全身远害的比喻，大意是南山有只玄豹，因为爱惜自己美丽的皮毛，雾雨七天，它宁愿挨饿而不下山觅食。这里比喻自己虽无美德高行，但出仕外郡总可幽栖远害了。

王　融

王融（468—493），字元长，祖籍琅邪临沂（今山东临沂北），东晋名相王导的后裔。少举秀才。因思捷才辩，为齐武帝所赏识，以中书郎兼主客，接待异国使节。竟陵王萧子良举为宁朔将军。武帝卒，他企图废东宫，拥立萧子良，不成。明帝立，被杀。他深知音律，与沈约等共创“永明体”。诗比较净练，游子思妇之作稍有兴寄。有辑本《王宁朔集》。

巫山高[1]

想像巫山高[2]，薄暮阳台曲。烟云乍舒卷[3]，猿鸟时断续。彼美如可期[4]，寤言纷在瞩[5]。怃然坐相望[6]，秋风下庭绿。

1.“巫山高”，乐府《鼓吹曲·汉铙歌》名，古辞今存。本篇借巫山神女故事以寄兴，又题作《同沈右率诸公赋鼓吹曲》。“巫山”，在今四川巫山东南。宋玉《高唐赋序》说，楚怀王在巫山高唐观遇见巫山神女，缱绻而去。巫山神女临别对怀王说：“妾在巫山之阳，高丘之阻，旦为朝云，暮为行雨，朝朝暮暮，阳台之下。”　2.“想像”，一作“仿佛”。　3.“烟云”二句：想象中巫山阳台之景。“乍”，忽然。　4.“彼美”，指神女，也指所思念的人。“如”，仿佛。　5.“寤言”句：从幻想中觉醒来，神女的形象还纷然在目。 6.“怃然”，惆怅地。

沈 约

沈约（441—513），字休文，吴兴武康（今浙江德清）人，齐梁文坛的领袖。好学能文。历仕宋、齐、梁三朝。齐时官至国子祭酒。入梁，以拥立梁武帝萧衍功封建昌县侯，官至尚书令领太子少傅。卒谥隐侯。

他和谢朓等开创了“永明体”，是讲求声韵格律的主要人物，进一步促使诗歌由古体向近体发展。他著有《四声谱》，提出“八病”之说，也同时加深了诗坛形式主义的倾向，但也有少数形象鲜明的作品。所著《四声谱》已佚，今存其《宋书》及辑本《沈隐侯集》。

夜夜曲[1]

河汉纵且横[2]，北斗横复直。星汉空如此[3]，宁知心有忆？孤灯暧不明[4]，寒机晓犹织。零泪向谁道[5]，鸡鸣徒叹息。

1. “夜夜曲”，乐府《杂曲歌》名。这诗写思妇独处空闺之情。 2. “河汉”二句：是说银河、北斗夜夜都照样不停地运转。 3. “星汉”二句：是说银河、星斗空自运转，怎能了解我心中有所怀念呢？ 4. “暧”，昏暗。5. “零”，落。

早发定山[1]

夙龄爱远壑[2]，晚莅见奇山[3]。标峰彩虹外[4]，置岭白云间。倾壁忽斜竖[5]，绝顶复孤圆。归海流漫漫[6]，出浦水溅溅[7]。野棠开未落，山樱发欲然[8]。忘归属兰杜[9]，怀禄寄芳荃。眷言采三秀[10]，徘徊望九仙。

1. 齐鬱林王隆昌元年（494），沈约出为东阳太守，途经定山。“定山”，在浙江杭州东南七十里，又名狮子山。 2.“夙龄”，少年时。 3.“晚”，晚年，这时沈约五十四岁。“莅”，音 lì，莅临，指赴任东阳太守。“奇山”，即指定山。 4.“标”，突出。 5.“倾”，危。“倾壁”，指悬崖峭壁。 6.“漫漫”，形容水流大而平稳。 7. “浦”，水口。“溅溅”，形容水流很急。 8. “然”，同“燃”，形容山樱花开红似火。 9. “忘归”二句：是说忘却归去，是因为属意于香草；一面做官，是因为还寄意于君王。“兰”“杜”都是传统用来比喻幽洁的香草。“怀禄”，即指赴任东阳太守。“荃”，香草。此用屈原《离骚》中对楚怀王的称呼“荃不察余之中情”，喻君王。 10. “眷言”二句：意思是说自己很愿长居定山，度着服食求仙的生活。“眷言”，依恋地；“言”，语助词。“三秀”，指灵芝草，《楚辞 · 九歌 · 山鬼》：“采三秀兮于山间”。“九仙”，道家分神仙为九等。

陆厥

陆厥（476—499），字韩卿，吴郡吴（今江苏苏州）人。永明九年（491）举秀才，是当时反对沈约声病说的主要人物。永元元年（499）始安王萧遥光叛，他的父亲陆闲受牵连被杀，他遇赦出狱，伤痛而死。其诗今存十一首，十首是乐府，诗体颇有新意。

临江王节士歌[1]

木叶下[2]，江波连，秋月照浦云歇山。秋思不可裁[3]，复带秋风来。秋风来已寒，白露惊罗纨[4]。节士慷慨发冲冠[5]，弯弓挂若木[6]，长剑竦云端。

1.“临江王节士歌”，乐府《杂歌谣》名。曲题可能是《汉书·艺文志》所载的《临江王及节士愁思歌》误合而成的。本篇即依题意并结合着秋思来写。“临江”，地名，汉置县，约当今四川忠县；南朝宋置郡，故治在今安徽和县东北。“节士”，有壮志高节的人。 2.“木叶”二句:《楚辞·九歌·湘夫人》“袅袅兮秋风，洞庭波兮木叶下”，这里是暗示秋风之来。 3.“秋思”二句：是说秋天引起的愁思无法裁减，如今又带着秋风来了。 4.“白露”句：是说白露使人们惊觉到夏衣的单薄。 5.“发冲冠”，

《史记·刺客列传》里写荆轲辞别燕太子丹去刺秦王时慷慨悲歌，“士皆瞋目，发尽上指冠”。这里借以形容节士的慷慨。 6.“弯弓”二句：极写节士愤欲与天搏斗的高大形象。“弯弓”，所弯的弓，“弯”，拉的意思。“若木”，即扶桑，神话中日出之处的树木。“竦”，同“耸”。“竦云端”，极言高举长剑。

梁

吴 均

吴均（469—520），字叔庠，吴兴故鄣（今浙江安吉西北）人。家世寒贱，好学善文。天监初，柳恽任吴兴太守，召补主簿。后曾为建安王萧伟记室，除奉朝请。因撰《齐春秋》获罪，免职；又撰《通史》，未竟而卒。他的骈文清新爽洁，当时有“吴均体”之称。有辑本《吴朝请集》。

答柳恽[1]

清晨发陇西[2]，日暮飞狐谷。秋月照层岭，寒风扫高木。雾露夜侵衣，关山晓催轴[3]。君去欲何之，参差间原陆[4]。一见终无缘，怀悲空满目。

1. 柳恽，字文畅，河东解（今山西解州西北）人，梁天监二年（503）出任吴兴太守，在任时常与吴均赠答诗赋。今存其赠吴均诗三首，其中《夕宿飞狐关》一首，可能是天监六年（507）柳恽去任时赠别吴均的诗。本篇为答赠兼送行之作。 2.“清晨”二句：应柳诗首二句“夕宿飞狐关，晨登碛砾坂”的意思，不是实指自陇西至飞狐谷。“陇西”，郡名，今甘肃东南部，郡治在今甘肃陇西。“飞狐谷”，关隘名，在今河北涞源北，跨蔚县界。两地相去数千里。 3.“轴”，车轴。“催轴”，催行的意思。 4.“间”，间隔。

何　逊

何逊（？—约518），字仲言，东海郯（今山东郯城北）人。八岁即能赋诗，见重于当代名流。曾任尚书水部郎，后世多称“何水部”。曾为梁武帝所赏识，但不久即疏远失意，卒于庐陵王记室任上。他的诗多写行役羁旅之思，得民歌之长，风格宛转清新，时人以之与谢朓并论。有《何记室集》。

临行与故游夜别[1]

历稔共追随[2]，一旦辞群匹[3]。复如东注水[4]，未有西归日。夜雨滴空阶，晓灯暗离室[5]。相悲各罢酒，何时同促膝。

1. 这诗《艺文类聚》与《文苑英华》均题作《从政江州与故游别》，所以可能是任庐陵王记室随府赴江州时所作。“江州”，今江西九江。 2. “历稔”，多年。“稔”，谷熟；谷一年一熟，所以一年称“稔”。 3. “匹”，偶，指旧游。 4. “注”，流。 5. “晓灯”，破晓时室内显得暗淡的灯光。

赠诸游旧[1]

弱操不能植[2]，薄技竟无依[3]。浅智终已矣[4]，令名安可希[5]？扰扰从役倦[6]，屑屑身事微[7]。少壮轻年月，迟暮惜光辉。一涂今未是[8]，万绪昨如非。新知虽已乐，旧爱尽睽违[9]。望乡空引领，极目泪沾衣。旅客长憔悴，春物自芳菲[10]。岸花临水发，江燕绕樯飞[11]。无由下征帆[12]，独与暮潮归[13]。

1. 这诗感叹游宦无成，抒发思乡念旧之情。“游旧”，指旧友。 2. “操”，音 cào，志。“植”，树立。 3. “技”，才能。“竟”，终于。 4. “浅智”句：是说自己的一点点能力得不到什么成就。 5.“令”，美。“希”，希求。 6.“扰扰”，形容纷乱。“从役”，指游宦的奔波。 7. “屑屑”句：是说自己身事细琐，无足轻重。 8. “涂”，即“途”。“一涂”，指仕途。“今未是”，和下句的“昨如非”，都是形容无一是处。陶渊明《归去来兮辞》：“觉今是而昨非。” 9. “旧爱”，指旧友。“睽违”，别离。 10. “芳菲”，芳香。11. “樯”，音 qiáng，桅杆。 12. “无由”，无法。“征帆”，喻旅途。“下征帆”，不再扬起远行的帆。 13. “暮潮”，指归潮。暮有归宿的意思，诗中每以暗喻归心。也可能诗人遇见的真是落潮，所以说兴之同“归”。何逊的故乡东海郯县和他久居的京都建康均在江州以东，随落潮正可归去。

相送

客心已百念，孤游重千里[1]。江暗雨欲来，浪白风初起。

1. “重”，更。

温子昇

温子昇（495—547），字鹏举，济阴冤句（今山东曹县西北）人。温峤的后代，晋宋时期世居江东，祖父恭之曾任宋彭城王户曹，后流亡北朝，便在那里安家。温子昇少年好学，在北魏做过侍读兼舍人、金紫光禄大夫、中军大将军等官。后入东魏，高澄引为大将军参议，被怀疑与谋叛乱，下狱饿死。他在北朝极负才名，今存诗十一首，颇受南朝文风影响而风格清峻。有《温侍读集》。

捣衣[1]

长安城中秋夜长，佳人锦石捣流黄[2]。香杵纹砧知近远，传声递响何凄凉。七夕长河烂[3]，中秋明月光。蠮螉塞边逢候雁[4]，鸳鸯楼上望天狼[5]。

1.“捣衣”，古人制寒衣，先把绢素一类衣料捣软，再裁制成衣。六朝和唐时的捣衣，多由两女子对立执一杵，像捣米一样直着舂，后来才改为横着捶打。 2.“锦石”，美而有纹理的石，用来形容砧的精美，也即下句的纹砧。砧，捣衣石。“流黄”，杂色的绢类。 3.“七夕”，指牛郎织女渡河相会的七月七日夜。“长河”，银河。“烂”，明亮。 4.“蠮螉塞”，地名，今址未详，《晋书·慕容皝载记》说，慕容皝攻后赵石季龙时“出蠮螉塞，长驱至于蓟城”。可知是蓟北的一座关塞。这句写征人在边塞正看见南归的雁群。“蠮螉”，音 yēwēng。“逢”，一作“绝”。“候雁”，雁是候鸟，秋来南飞。 5.“鸳鸯楼”，汉长安未央宫内有鸳鸯殿，这里借指佳人在长安所居。“天狼”，星名，古人以为天狼星出则有战争，没则消歇。“望天狼”，表示希望战事消歇，征人得归。

陈

阴　铿

阴铿（生卒年未详），字子坚，武威姑臧（今甘肃武威）人。梁时曾任湘东王法曹行参军，入陈后官至晋陵太守、员外散骑常侍。他的诗与何逊齐名，今存三十多首，长于描绘山水景物，风格秀丽。

江津送刘光禄不及[1]

依然临江渚[2]，长望倚河津。鼓声随听绝[3]，帆势与云邻。泊处空余鸟，离亭已散人。林寒正下叶，钓晚欲收纶[4]。如何相背远[5]，江汉与城闉。

1. “津”，渡口。“光禄”，光禄卿，梁代宫掖主管官，下设令史之属，管理门户、膳食、帐幕等事，有正卿、少卿二级。“刘光禄”，未详。　2. “依然”，依恋地。 3.“鼓声”，古时开船，打鼓为号。 4.“钓晚”句：是说秋深景寒，江边很少人流连，连渔翁也都要回去了，以见自己独立伫望之久。“纶”，钓丝。 5.“如何”二句：“江汉”是友人所去的地方，“城闉”是作者归去的地方，所以说“相背远”。“闉”，音 yīn，城曲重门。“城闉”，即指城门。

开善寺[1]

鹫岭春光遍[2]，王城野望通[3]。登临情不极[4]，萧散趣无穷[5]。莺随入户树[6]，花逐下山风[7]。栋里归白云，窗外落晖红。古石何年卧，枯树几春空？淹留惜未及[8]，幽桂在芳丛。

1.“开善寺”，在南京城郊钟山（即紫金山），梁武帝天监十四年（515）建，赵宋以后改名太平兴国禅寺。 2.“鹫岭”，即灵鹫山，在中印度，如来曾在此讲经，所以成为佛家圣地。诗中每以鹫岭称有著名佛寺的山。这里喻指钟山。 3.“王城”，指京城建康，今南京。“野望通”，是说在钟山上可俯瞰城内。 4.“不极”，不尽。 5.“萧散”，闲散，指自然的野趣。 6.“莺随”句：是说屋旁的树枝伸入户中，黄莺乃因之飞入。 7.“花逐”句：是说花被风吹落下山，却像花在追逐下山的风。 8.“淹留”二句：淮南小山《招隐士》：“桂树丛生兮山之幽，……攀援桂枝兮聊淹留。”这里是说可惜自己未能久留山中做个隐士。

徐　陵

徐陵（507—583），字孝穆，东海郯（今山东郯城北）人。梁时曾二次出使北朝。陈武帝时官至尚书左仆射，国家重要文书都由他负责草拟。后主即位，迁左光禄大夫、太子少傅。卒赠镇右将军。他是当时著名宫体诗人，形式主义的成分很多。庾信未去北朝时，两人齐名，有“徐庾体”之称。诗今存四十首，其中描写北方边塞的几首诗，较有生活，语言简洁有力，颇近唐人作品。有辑本《徐孝穆集》及其编辑的《玉台新咏》。

关山月[1]（二首选一）

其一

关山三五月[2]，客子忆秦川[3]。思妇高楼上，当窗应未眠。星旗映疏勒[4]，云阵上祁连[5]。战气今如此[6]，从军复几年？

1. “关山月”，乐府《汉横吹曲》名。本篇拟乐府旧题，写征人的室家之思，诗中全用汉代故事。　2.“三五月”，阴历十五的月亮，即月满之夜。　3.“秦川”，今陕西关中之地，是汉时京畿地区。　4. “星旗”，旗星。《史记·天官书》说，房心二宿东北角的十二颗星叫旗星。古人以为是天宫的鼓旗标志，主兵象。“疏勒”，汉西域国名，都城即今新疆维吾尔自治区疏勒县。5.“云阵”，阵云，《史记·天官书》：“阵云如立垣。”古人也以为是兵象。“祁连”，即天山，古匈奴语“祁连”即“天”。 6.“战气”，即指上二句所描写的景象。

王 褒

王褒（约513—576），字子渊，琅邪临沂（今山东临沂）人。他原是南朝梁的宫廷文人，官至吏部尚书、左仆射。西魏陷江陵，入北朝，从此未能返回。北周时官至少司空，出为宜州刺史而卒。今存诗歌四十余首，多是到北方后的作品，写羁旅之慨、故国之思和边塞风情，风格比较雄健。有辑本《王司空集》。

渡河北[1]

秋风吹木叶[2]，还似洞庭波。常山临代郡[3]，亭障绕黄河。心悲异方乐[4]，肠断陇头歌[5]。薄暮临征马，失道北山阿[6]。

1.“渡河北”，渡黄河北上。 2.“秋风”二句：用《楚辞·九歌·湘夫人》中“袅袅兮秋风，洞庭波兮木叶下”的意境，写黄河秋色引起的故国之感。

洞庭湖在江南，所以说“还似”。 3.“常山”二句：意思是说，汉代的边关在黄河北面很远的代郡那边，可是现在沿着黄河却是北朝异族修筑的工事。“常山”，恒山，或是关名。山和关都北临代郡。“代郡”，汉代北方边郡，治所在今河北蔚县。“亭”，岗哨；“障”，堡垒：都是边防工事。 4.“异方乐”，异国音乐。 5.“陇头歌”，乐府《梁鼓角横吹曲》名，原是北朝民歌，也就是“异方乐”，内容抒写离乡行役的悲伤。 6.“失道”，迷路。

庾信

庾信（513—581），字子山，南阳新野（今河南新野）人。是齐、梁著名宫体诗人庾肩吾之子。自幼聪敏博学，早年与徐摛、徐陵父子同任抄撰学士，出入宫廷，写了不少轻薄绮丽的宫体诗赋。侯景之乱，梁都建康失守，他逃奔江陵（今湖北荆州）。元帝即位，任右卫将军、散骑侍郎，封武康县侯，出使西魏。梁亡，北朝慕他的文名，留他在长安不肯放回。北周代魏后，历官清显，周静帝大象初，因病去官。

庾信早年作品留存很少，现存大部分诗歌是羁留北朝后，痛感国破家亡、屈身异国，抒写乡关之思的。他用南朝丰富的文学技巧，抒写在北朝激发起来的生活感受，又善于运用各种诗歌体裁，所以在诗歌艺术的发展上成就很高，起了承前启后、南北交流的作用。今存其集以清倪璠编注的《庾子山集注》为好。

昭君辞应诏[1]

敛眉光禄塞[2]，还望夫人城[3]。片片红颜落，双双泪眼生。冰河牵马渡，雪路抱鞍行。胡风入骨冷，夜月照心明。方调琴上曲[4]，变入胡笳声。

1.《昭君辞》，又作《明君辞》，乐府《琴曲歌辞》名。"昭君"，王昭君，名嫱，汉元帝宫女。汉与匈奴和亲，昭君应命嫁呼韩邪单于。本篇想象昭君出塞后琵琶马上思恋故国的深情，流露着作者自己的身世之感。 2."敛眉"，皱眉。"光禄塞"，汉朝北方最远的边城之一，约在今内蒙古自治区包头西北面。出光禄塞便入匈奴境，所以说"敛眉"。 3."夫人城"，范夫人城，在今河北境内，确址未详。《汉书·匈奴传》应劭注："本汉将筑此城，将亡，其妻率余众完保之，因以为名也。"夫人城在塞内，所以说"还望"。 4."方调"二句：是说音乐也随着出塞后的心情而变成凄厉哀怨的胡笳声了。"调"，弹的意思。"胡笳"，胡人的一种吹奏乐器，声音很悲凉。"入"，一作"作"。

狭客行[1]

狭客重连镳[2]，金鞍被桂条[3]。细尘鄣路起[4]，惊花乱眼飘。酒醺人半醉，汗湿马全骄。归鞍畏日晚[5]，争路上河桥[6]。

1. “狭客”，即侠客。一作《咏画屏风诗》二十五首的第一首。 2. “镳”，音 biāo，马衔。“连镳”，指乘马相连而行，这里表示侠客们好结交的豪气。 3. “桂条”，良马名。 4. “鄣”，通“障”，遮住。 5. “归鞍”，指归骑。 6. “争路”句：形容侠客们归途中竞驰的豪情。

拟咏怀[1]（二十七首选四）

其七[2]

榆关断音信[3]，汉使绝经过。胡笳落泪曲，羌笛断肠歌。纤腰减束素[4]，别泪损横波[5]。恨心终不歇[6]，红颜无复多[7]。枯木期填海[8]，青山望断河。

1.《拟咏怀》二十七首是庾信羁留北周时思念故国的一组诗。题一作《咏怀》。 2. 本篇感咏汉朝和蕃出塞女子思念故国之情，以抒己怀。 3. “榆关”，秦、汉边关，在今陕西榆林东。 4. “纤腰”句：宋玉《登徒子好色赋》中形容女子纤腰柔美说：“腰如束素”。这里用来形容身体消瘦，所以说“减”。“束素”，用来约束腰身的白绢。 5.“横波”，形容水汪汪的眼睛。 6. “恨”，指羁留异国之恨。 7. “红颜”，青春美丽的姿色。“无复多”，没有多少，越来越少的意思。 8. “枯木”二句：用“精卫填海”和“巨灵劈山”两个神话来表示心中朝夕思念南归，但不能实现的心情。精卫故事见前陶渊明《读山海经》注。《水经注 · 河水注》说，华山本是横截大河的一座山，河神巨灵把它分开来，使河流畅通。下句反用其事，是说华山还是想横断河流。

其十七[1]

日晚荒城上，苍茫余落晖。都护楼兰返[2]，将军疏勒归。马有风尘色，人多关塞衣[3]。阵云平不动，秋蓬卷欲飞。闻道楼船战[4]，今年不解围。

1. 本篇写荒城秋晚见北朝军旅调动而忧思江南故国。 2.“都护”二句：是说征边将帅功成归来。“都护”，官名，汉宣帝置西域都护，司边事。这里泛指边将。“楼兰”，汉西域国名，后改名鄯善。《汉书》傅介子传说，汉昭帝时楼兰屡屡反复，杀汉朝使臣，霍光派遣傅介子去计杀楼兰王而返，于是西域各国慑服。“疏勒”，汉西域国名。《后汉书》耿恭传说，耿恭在明帝时任戊己校尉，引兵据疏勒城。匈奴攻城，城中食尽，坚守不降，后汉遣军迎返。 3.“关塞衣”，指塞外的衣甲装束。 4.“闻道”二句：是说南方还在战争，言外有故国之忧。“楼船”，高大的战船。当时南朝和北朝凭江战守，所以说“楼船战”。

其十八[1]

寻思万户侯[2]，中夜忽然愁。琴声遍屋里，书卷满床头。虽言梦蝴蝶[3]，定自非庄周。残月如初月[4]，新秋似旧秋。露泣连珠下[5]，萤飘碎火流。乐天乃知命[6]，何时能不忧？

1. 本篇感伤羁留异国，功业无望，时光徒然消逝。 2.“万户侯”，食邑一万家的爵位，这里指立大功勋。 3.“虽言”二句：《庄子·齐物论》说，庄子曾梦蝴蝶，梦中只觉得自己是蝴蝶，醒后发现原来还是庄周。他不知究竟是自己梦为蝴蝶呢，还是蝴蝶梦为自己。他以为自己和蝴蝶是有分别的，并把这个叫作“物化”。这是庄子否认客观事物矛盾差别的“齐物”观。这里借以感慨自己无法像庄子那样达观以摆脱心中的矛盾忧愁。“自”，语助词。 4.“残月”，阴历月末残缺如弓形的月亮。“初月”，月初的新月，也是弓形。 5.“露泣”，古人以为露水是从天上滴落的，所以用“泣”形容。 6.“乐天”二句:《易经·系辞》:“乐天知命故不忧。”这里是说自己还做不到乐天知命，又如何能不忧呢?

其二十六[1]

萧条亭障远[2]，凄惨风尘多[3]。关门临白狄[4]，城影入黄河。秋风别苏武[5]，寒水送荆轲[6]。谁言气盖世[7]，晨起帐中歌。

1. 本篇写北方边塞景象引起的羁留异国的感慨。 2.“萧条”，寂寞冷落。“亭”，岗哨所在;“障”，堡垒：都是边塞防御工事。 3.“风尘”，风沙。4.“白狄”，春秋时狄族的一支，这里泛指异族疆域。 5.“秋风”句：是说当年李陵曾经在异域送别苏武，言外感慨自己像李陵一样不能南归。《汉书》苏武传和李陵传说，苏武出使匈奴，被拘十九年不变节，终于返回汉朝。苏武离开匈奴时，被迫投降的李陵，为他置酒祝贺，同时感慨地说:“异域之人，一别长绝。” 6.“寒水”句：是说当年燕太子丹曾经送荆轲出使秦国，言外感慨自己当年出使西魏，使命未成竟不能再返故国。荆轲事详见陶潜《咏荆轲》诗注。 7.“谁言”二句:《史记·项羽本纪》载，项羽被围垓下，夜闻四面楚歌，于是感慨地在军帐中对宠姬虞姬唱道:“力拔山兮气盖世，时不利兮骓不逝。骓不逝兮可奈何！虞兮虞兮奈若何！”这里用其英雄被困的意思，写自己被羁无奈的痛苦。

重别周尚书[1]（二首选一）

其一

阳关万里道[2]，不见一人归。唯有河边雁，秋来南向飞。

1.“周尚书”，周弘正，字思行，梁元帝时为左户部尚书。陈文帝天嘉元年（560），周弘正往长安迎陈顼，三年，还江南。庾信先有《别周尚书弘正》，所以这首题为“重别”。全诗感叹塞外戍客不归，寄托自己羁留长安的忧伤。 2.“阳关”，关名，在今甘肃敦煌西南，这里泛指边关。

江　总

江总（519—594），字总持，济阳考城（今河南民权东北）人。梁时官至太子中舍人兼太常卿。入陈，至宣威将军、尚书令。曾与后主游宴后宫，共写无聊的艳诗，有“狎客”之名。入隋为上开府。其诗今存近百首，偶有清新之作。有辑本《江令君集》。

闺怨篇

寂寂青楼大道边，纷纷白雪绮窗前[1]。池上鸳鸯不独自，帐中苏合还空然[2]。屏风有意障明月，灯火无情照独眠。辽西水冻春应少[3]，蓟北鸿来路几千[4]。愿君关山及早度，念妾桃李片时妍[5]。

1.“绮窗”，雕饰花纹的窗子。 2.“苏合”，香名。“然”，同“燃”。 3.“辽西”，秦、汉郡名，郡治在今辽宁锦州西北。 4.“蓟”，郡名，六朝以前郡治都在今北京市。 5.“桃李片时妍”，喻己青春易老。“妍”，美。

南朝民歌

南朝民歌是由乐府机关采集而存的，现在大部分收入宋郭茂倩编的《乐府诗集》中《清商曲辞》类，计“吴声”廿几种曲调三百二十六首，“西曲”三十几种曲调一百四十二首，以及祭祀神祇的“神弦曲”十一曲。“吴声”原是晋、宋间产生于建业（今南京）一带的民间徒歌，“西曲”则是宋、齐时盛行于荆、襄间。南朝民歌以五言四句的爱情小诗为主，“西曲”且多有关水上行旅客商的情歌，基调都是明朗健康而又婉约缠绵，风格清丽，表现细腻。

子夜四时歌[1]（七十五首选二）

其一

春风动春心，流目瞩山林。山林多奇采，阳鸟吐清音[2]。

1. “子夜四时歌”，《清商曲·吴声歌曲》名。依歌辞内容又分作春歌、夏歌、秋歌、冬歌。这二首都是春歌。歌曲的总数和序数都从《乐府诗集》，下同。 2. “阳鸟”，这里泛指春天的鸟。

其十

春林花多媚，春鸟意多哀[1]，春风复多情，吹我罗裳开。

1. “哀”，动人的意思。

华山畿[1]（二十五首选一）

其一

华山畿，君既为侬死[2]，独生为谁施[3]！欢若见怜时[4]，棺木为侬开。

1. “华山畿”,《清商曲·吴声歌曲》名，是《懊恼曲》的变曲。《古今乐录》载其本事:“(宋)少帝时，南徐一士子从华山畿往云阳，见客舍有女子年十八九，悦之无因，遂感心疾。母问其故，具以启母。母为至华山寻访，见女具说。闻感之，因脱蔽膝，令母密置其席下，卧之当已。少日果差(愈)。忽举席见蔽膝而抱持，遂吞食而死。气欲绝，谓母曰:‘葬时车载从华山度。’母从其意。比至女门，牛不肯前，打拍不动。女曰:‘且待须臾。’妆点沐浴既而出，歌曰:‘华山畿，君既为侬死，独生为谁施！欢若见怜时，棺木为侬开。’棺应声开，女遂入棺，家人叩打，无如之何，乃合葬，呼曰‘神女冢’。”“畿”，都城附近。 2.“侬”，古时吴地方言称“我”为“侬”。 3.“施”，指姿容的装饰。 4.“欢”，称呼所爱者。

读曲歌[1]（八十九首选一）

其七十六

暂出白门前[2]，杨柳可藏乌[3]。欢作沉水香[4]，侬作博山炉[5]。

1.“读曲歌”,《清商曲·吴声歌曲》名。 2.“白门”，刘宋京都建康（今南京）城门的别称，后世用作南京城的别称。 3.“乌”，兼指戴乌帽的情郎。《读曲歌》第三十首:“白门前，乌帽白帽来，白帽郎，是侬良，不知乌帽郎是谁？” 4.“沉水香”，一种著名的熏香料，即沉香，又名蜜香。5.“博山炉”，雕刻着山川图纹的香炉。

神弦歌[1]

青溪小姑曲[2]

开门白水[3]，侧近桥梁。小姑所居，独处无郎。

1.“神弦歌”，《清商曲·吴声歌曲》名，是祭神的歌曲，共十一题十八曲。《青溪小姑曲》为第六题。 2.“青溪”，水名，在今南京钟山附近。“小姑”，《异苑》说是汉秣陵尉蒋子文的第三妹。干宝《搜神记》说蒋子文因击贼受伤而死，吴孙权为他立庙钟山。钟山因而又名蒋山。小姑被祀为神或在同时，最迟不过晋代。 3.“白水”，即指青溪。

青溪小姑歌[1]

日暮风吹，叶落依枝。丹心寸意，愁君未知！

1.这首诗见于《续齐谐记》，《乐府诗集》失载，篇名从《古诗源》所拟。《续齐谐记》载其本事，大意是说会稽人赵文韶住在青溪中桥，月夜思归，唱歌抒情。歌声感动了青溪小姑，她托为邻巷王姓女子前来相访。于是互相唱歌达意。青溪小姑唱歌二支，此即其一。分别时，赵赠女银碗、白琉璃匕各一。初不置疑，次日偶至青溪庙，见所赠碗在神座上，匕在屏风后，于是细察神像，发现即夜间来访女子，始悟其为神女。

三洲歌[1]（三首选二）

其一

送欢板桥湾[2]，相待三山头[3]。遥见千幅帆，知是逐风流[4]。

1.“三洲歌”，《清商曲·西曲歌》名，是流行于商旅间的歌曲。 2.“板桥湾”，在今南京南。 3.“三山”，在今南京西南，近板桥湾。 4.“风流”，双关语，表面说风和流水，暗中在说着男女爱情。

其二

风流不暂停，三山隐行舟[1]。愿作比目鱼，随欢千里游。

1.“三山”句：是说山头之上也已望不见行舟。

莫愁乐[1]（二首选一）

其一

莫愁在何处？莫愁石城西。艇子打两桨[2]，催送莫愁来。

1.“莫愁乐”，《清商曲·西曲歌》名。《唐书·音乐志》说：“《莫愁乐》出于《石城乐》。石城有女子名莫愁，善歌谣。”“石城”，今湖北钟祥。 2.“艇子”，轻快的小船。

那呵滩[1]（六首选二）

其四

闻欢下扬州[2]，相送江津弯[3]。愿得篙橹折，交郎到头还[4]。

1.“那呵滩”，《清商曲·西曲歌》名。《古今乐录》说：“多叙江陵及扬州事。那呵，盖滩名也。”六首都是对唱的歌。 2.“扬州”，即今南京。 3.“江津”，在今湖北江陵附近。 4.“交”，同“教”。“到”，通“倒”。

其五

篙折当更觅，橹折当更安。各自是官人[1]，那得到头还！

1.“官人”，指公事在身的人。

西洲曲[1]

忆梅下西洲[2]，折梅寄江北[3]。单衫杏子红，双鬓鸦雏色[4]。西洲在何处？两桨桥头渡。日暮伯劳飞[5]，风吹乌臼树[6]。树下即门前，门中露翠钿[7]。开门郎不至，出门采红莲[8]。采莲南塘秋，莲花过人头。低头弄莲子，莲子青如水[9]。置莲怀袖中，莲心彻底红。忆郎郎不至，仰首望飞鸿[10]。鸿飞满西洲，望郎上青楼[11]。楼高望不见，尽日栏杆头。栏杆十二曲，垂手明如玉。卷帘天自高，海水摇空绿[12]。海水梦悠悠，君愁我亦愁。南风知我意，吹梦到西洲。

1.“西洲曲”，南朝《杂曲歌辞》名。这诗写一个女子离别后的相思，全篇自春及秋，写来若断若续，情节不很明确，所以历来异说纷纭。诗中说“折梅寄江北”，乃是不能实现的梦想，与篇末“吹梦到西洲”对照，疑诗中首二句所写的乃是女子因思念至深而做的忆旧之梦，之后便描写做了这个梦的女子的姿容服饰，和自春至秋的别后相思情景。最后仍归结到这个梦上。“西洲”，未详；据下文“西洲在何处？两桨桥头渡”，则当在女子住家的附近，也即曾与情人相会话别之地。 2.“梅”，在西洲与情人话别时所见的景物。“梅”又与“媒”谐音，也有双关的意思。 3.“江北”，指情人所去之地。 4.“鸦雏”，小乌鸦。 5.“伯劳”，鸟名，又叫“博劳”“䴗（jú）”，夏天始鸣，喜欢单栖。 6.“乌臼树”，落叶乔木，夏天开小黄花。 7.“翠钿”，翠玉首饰。“钿”，音 diàn，金花。 8.“采红莲”，此下的“莲”都有谐“怜”的双关意思。 9.“青如水”，谐“清如水”，兼喻情人的品德。 10.“望飞鸿”，表示盼望音信，古有鸿雁传递音信之说。 11.“青楼”，漆以青色的楼，指女子所居。 12.“海水”，如海的水，当是指大江或附近的大湖。张若虚《春江花月夜》“江潭落月复西斜，斜月沉沉藏海雾”，江潭之西而说海雾，则不过是江上之雾。可参看。又或因恋人在江北，更近海，也可以遥有此想。“摇空绿”，是说天水一色相接，好像一齐摇荡起来。

长干曲[1]

逆浪故相邀[2]，菱舟不怕摇。妾家扬子住[3]，便弄广陵潮[4]。

1.“长干曲”，《杂曲歌辞》名。“长干”，金陵（今江苏南京）南五里，有小山岗，其间平旷之地，是当时郊区的居民点，有大长干、小长干等。这是船家女子的歌。 2.“故”，故意。“邀”，邀请。 3.“扬子”，长江自镇江到扬州一段，名扬子江。古有渡口扬子津，在北岸，近扬州，但现在已离江颇远。 4.“广陵”，汉代广陵郡，治广陵县，故城在今江苏扬州东北。自晋至唐，或置郡，或置县，或名江都，或名扬州。这里是沿用古称。“广陵潮”，即指扬子江的潮水。

北朝民歌

北朝民歌主要是北魏以后用汉语记录的作品，大约是传入南朝后由乐府机关采集而存的，《乐府诗集·梁鼓角横吹曲》收有六十多首。北朝民歌内容较为广泛，反映北方游牧民族的生活和斗争。除恋歌外，还有战歌和牧歌，风格粗犷豪放、刚健朴质，与南朝民歌形成鲜明对照。

折杨柳歌辞[1]（五首选三）

其一

上马不捉鞭[2]，反折杨柳枝。蹀座吹长笛[3]，愁杀行客儿。

1.“折杨柳歌辞”，《梁鼓角横吹曲》名。 2.“捉”，握。 3.“蹀”，音dié，行。“座”，同“坐”。

其四

遥看孟津河[1]，杨柳郁婆娑[2]。我是虏家儿，不解汉儿歌。

1.“孟津”，今河南孟州南河阳渡，在黄河边上。“河”，指黄河。 2.“郁”，盛。“婆娑”，形容舞姿回旋，这里写柳姿。

其五

健儿须快马，快马须健儿。跸跋黄尘下[1]，然后别雄雌[2]。

1.“跸跋”，形容马快跑。“跸”，音bì。 2.“别雄雌”，分高下的意思。

幽州马客吟[1]（五首选一）

其一

快马常苦瘦，剿儿常苦贫[2]。黄禾起羸马[3]，有钱始作人。

1.“幽州马客吟”，《梁鼓角横吹曲》名。 2.“剿”，劳。“剿儿”，即指劳苦人民。 3.“黄禾”句：是说有了好的马料才能振起瘦弱的马。“羸”，音 léi，瘦弱。

李波小妹歌[1]

李波小妹字雍容，褰裳逐马如卷蓬[2]。左射右射必叠双。妇女尚如此[3]，男子安可逢！

1. 这诗咏叹李波小妹的武艺高超，借以显示李波的人马精良，势力强大。《魏书》李安世传载，广平人李波，宗族强盛，常常进行抢掠，曾经击败官府的镇压，而成为流民投奔之地。这首歌就是当地人民作的。 2.“褰”，提起。“逐马”，骑马追逐。“如卷蓬”，形容轻疾。“卷蓬”，被风卷起的蓬草。 3.“妇女”二句：意思是说李波家男子的武艺一定非常厉害，更加碰不得。

捉搦歌[1]（四首选一）

其三

华阴山头百丈井[2]，下有流泉彻骨冷。可怜女子能照影，不见其余见斜领[3]。

1.“捉搦歌”，《梁鼓角横吹曲》名。搦，音 nuò，捉，握持。 2.“华阴”，今陕西华阴东南。 3.“不见”句：意思是说，井口只能照见头部，到衣领为止。“斜领”，斜衣领。

陇头歌辞[1]

陇头流水，流离山下[2]。念吾一身，飘然旷野。朝发欣城[3]，暮宿陇头。寒不能语，舌卷入喉。陇头流水，鸣声呜咽。遥望秦川[4]，心肝断绝。

1.“陇头歌辞”，《梁鼓角横吹曲》名。但此曲出自魏晋乐府，歌辞风格也和一般北歌不相类似，所以有人怀疑是汉魏旧作。“陇头”，即陇山，又叫陇坂、陇坻、陇首，在今陕西陇县西北。《三秦记》说：“其坂九回，上者七日乃越。上有清水四注下，所谓‘陇头水’也。” 2.“流离”，山水四散流下的样子。 3.“欣城”，地名，未详。 4.“秦川”，指关中，今陕西中部之地。汉魏时为京畿地区。

敕勒歌[1]

敕勒川[2]，阴山下[3]。天似穹庐[4]，笼盖四野。天苍苍，野茫茫，风吹草低见牛羊。

1.“敕勒歌”，乐府《杂曲歌辞》名。“敕勒”，族名，又名铁勒，北朝时居于今山西北部一带。这诗是当时敕勒族的民歌。据《乐府广题》说：“其歌本鲜卑语，易为齐言，故其句长短不齐。” 2.“敕勒川”，未详，当是敕勒族聚居区的河流。 3.“阴山”，山脉名，起于河套西北，绵亘于内蒙古自治区，与内兴安岭相接。 4.“穹庐”，毡帐，即今俗称“蒙古包”，是游牧民族住宿的帐房。

木兰诗[1]

唧唧复唧唧[2]，木兰当户织。不闻机杼声[3]，惟闻女叹息。问女何所思？问女何所忆？女亦无所思，女亦无所忆。昨夜见军帖[4]，可汗大点兵[5]。军书十二卷，卷卷有爷名。阿爷无大儿，木兰无长兄，愿为市鞍马[6]，从此替爷征。东市买骏马，西市买鞍鞯[7]，南市买辔头[8]，北市买长鞭。朝辞爷娘去，暮宿黄河边。不闻爷娘唤女声，但闻黄河流水鸣溅溅。朝辞黄河去，暮宿黑山头[9]。不闻爷娘唤女声，但闻燕山胡骑声啾啾[10]。万里赴戎机[11]，关山度若飞。朔气传金柝[12]，寒光照铁衣[13]。将军百战死，壮士十年归。归来见天子，天子坐明堂[14]。策勋十二转[15]，赏赐百千强[16]。可汗问所欲，“木兰不用尚书郎[17]，愿借明驼千里足[18]，送儿还故乡[19]”。爷娘闻女来，出郭相扶将[20]。阿姊闻妹来[21]，当户理红妆。小弟闻姊来，磨刀霍霍向猪羊[22]。开我东阁门，坐我西阁床。脱我战时袍，著我旧时裳。当窗理云鬓[23]，对镜帖花黄[24]。出门看火伴，火伴皆惊惶。“同行十二年，不知木兰是女郎。”雄兔脚扑朔[25]，雌兔眼迷离。双兔傍地走，安能辨我是雄雌？

1.“木兰诗”，《乐府诗集》收入《横吹曲辞·梁鼓角横吹曲》。据郭茂倩《乐府诗集》说，这诗最早著录于陈智匠《古今乐录》，而唐人韦元甫已有拟作，则知诗作年代约在后魏，而入唐已传诵较著。至于木兰其人其事，文献记载都属后出，众说附益，未可深究。 2.“唧唧”，叹息声。3.“机”，指织机。“杼”，织机上穿引纬线的工具。 4.“军帖”，即下文的“军书”，征兵的公文、名册。 5.“可汗”，音 kèhán，古代西北民族对君主的称呼。 6.“市”，买。 7.“鞯”，音 jiān，马鞍下的垫子。 8.“辔头”，马笼头。“辔”，音 pèi。 9.“黑山”，即今北京昌平境内的天寿山。“黑山”，一作“黑水”。 10.“燕山”，屏障蓟北至山海关的古燕山。 11.“戎机”，军事行动。“赴戎机”，奔赴战场的意思。 12.“朔气”，指北方的寒风。“金柝”，《博物志》说：“番兵谓刁斗曰金柝。”刁斗是我国古代的一种军用食器，为铜制有柄的三脚锅，夜间用作巡守报更的梆子。“柝”，音 tuò。 13.“铁衣”，即铠甲。 14.“明堂”，其形制和用途，古人说法不一，这里是指天子临朝的殿堂。 15.“策勋”句：是说随着军功不断建立，官爵连连升级。“策勋”，记功。“转”，升迁。“十二转”，极言其功大位高。 16.“强”，通“繦”，串钱的绳索。“百千强”，是说许多钱财。 17.“尚书郎”，官名，西汉末年以后，尚书令下分曹理事，诸曹官员皆可称“尚书郎”，后魏曾设尚书三十六曹，尚书位同宰相。这里泛指朝中官职。 18.“明驼”，《杨太真外传》：“明驼［使］腹下有毛，夜能明，日驰五百里。”又《酉阳杂俎》：“驼卧，腹不贴地，屈足漏明，则行千里。”“借”，一作“驰”。 19.“儿”，木兰自称。 20.“出郭”句：是说爷娘互相搀扶着出外城来迎接木兰。“郭”，外城。“将”，扶携的意思。 21.“阿姊”句：一作“阿妹闻姊来”。 22.“霍霍”，形容磨刀急速。23.“云鬓”，柔美如云的鬓发。 24.“帖”，同“贴”。“花黄”，古时妇女的面饰。据说，后魏时禁止民间女子搽粉点黛，所以面容只能用粘贴的方式来修饰。 25.“雄兔”四句：是说雄兔雌兔走顾之间很难辨别。“扑朔”，扑落，或扑打，形容兔前后脚不齐的动作。它可能是“扑簌”的同声词，无名氏《后庭宴》：“万树绿低迷，一庭红扑簌。”“朔”，疑通“搠”，涂的意思。“迷离”，张皇，眼神不定的样子。二者乃是兔所共有的特征。“傍地走”，一起在地上跑。

隋

卢思道

卢思道（535—586），字子行，范阳（今河北涿州）人。历仕齐、周，入隋曾为丞相，迁武阳太守，终于散骑侍郎。为人恃才而傲。诗长于七言，已开初唐七言歌行的先声。有《卢武阳集》。

从军行[1]

朔方烽火照甘泉[2]，长安飞将出祁连[3]。犀渠玉剑良家子[4]，白马金羁侠少年。平明偃月屯右地[5]，薄暮鱼丽逐左贤[6]。谷中石虎经衔箭[7]，山上金人曾祭天。天涯一去无穷已，蓟门迢递三千里[8]。朝见马岭黄沙合[9]，夕望龙城阵云起。庭中奇树已堪攀[10]，塞外征人殊未还。白雪初下天山外，浮云直上五原间[11]。关山万里不可越[12]，谁能坐对芳菲月[13]。流水本自断人肠[14]，坚冰旧来伤马骨[15]。边庭节物与华异[16]，冬霰秋霜春不歇。长风萧萧渡水来，归雁连连映天没。从军行，军行万里出龙庭[17]，单于渭桥今已拜[18]，将军何处觅功名？

1.“从军行”，乐府《相和歌·平调曲》名。本篇拟乐府旧题，前半写将士英勇出征久戍不归，后半写思妇的遥念之情。诗中多用汉代故事。 2.“朔方”，郡名。“甘泉”，秦、汉皇帝的离宫，在甘泉山上，今陕西淳化甘泉山。《汉书·匈奴传》说，当时北防匈奴的烽火直通甘泉、长安。 3.“祁连”，即天山，详见徐陵《关山月》注。 4.“犀渠”，犀牛皮制成的盾。“良家子”，好人家的子弟;《汉书·地理志》说，汉代皇帝的近卫军是从“良家子”中选拔的。颜师古注引如淳说，医、商贾、百工是没有资格的。这里就是指随飞将出征的将士们。 5.“平明”，天刚亮。“偃月”，战阵名，阵势为半月形，主将带领军队居中，两边军队张角向前。“右地”，西边之地。 6.“鱼丽”，战阵名。古代以二十五辆战车为一偏，五个步兵为一伍。战车在前，步兵配合其间，就是鱼丽阵法。“左贤”，匈奴官名，是世袭的，其地位相当于汉官制的丞相。 7.“谷中”二句：意思是说将士们到了李广和霍去病远征过的地方。《史记·李将军列传》说，李广出猎，误以石为虎，一箭射去，箭镞竟射进石中。《史记·霍去病传》说，霍去病曾经远征到皋兰山，没收了匈奴祭天的金人。“金人”，金属佛像。 8.“蓟门”，在今北京西北郊。“迢遰”，遥远。遰，同“递”。 9.“朝见”二句：写转战无已的情形。“马岭”，关隘名，在今山西晋中太谷东南，古代著名要塞。“龙城”，汉时匈奴祭天地的地方，约在今内蒙古自治区锡林郭勒境内阴山一带。 10.“庭中”二句：写思妇在家中长久等待丈夫归来，以下都是写遥念征人的心情。 11.“浮云”，有比喻征人游子的意思。“五原”，汉郡名，今内蒙古自治区包头西北。 12.“关山”句：是说与征人久别不能相见。 13.“芳菲月”，芳香的花草和明月，喻青春美好的时光。 14.“流水”

句:《陇头歌辞》:“陇头流水，鸣声幽咽。遥望秦川，肝肠断绝。”这里借以写离别之情。　15.“坚冰”句：陈琳《饮马长城窟行》:“饮马长城窟，水寒伤马骨。”这里是遥念征人在外之苦。　16.“边庭”二句：蔡琰《悲愤诗》:“边荒与华异，人俗少义理。处所多霜雪，胡风春夏起。”“边庭”，边地。“霰”，雪珠。　17.“龙庭”，即龙城。　18.“单于”二句：是埋怨将军们追求功名，使得征人们久戍不归。“单于”，匈奴君长的称呼。“渭桥”，指中渭桥，在故长安城北，今陕西省西安市长安区西北，接咸阳市界，跨渭水上。“今已拜”,《汉书·匈奴传》说，汉宣帝甘露三年（前51），匈奴呼韩邪单于入朝，宣帝登渭桥接见。当时在长安的各异族君臣都下拜于渭桥下，口呼“万岁”。这里用来表示四方臣服，天下太平。

薛道衡

薛道衡（540—609），字玄卿，河东汾阴（今山西万荣西南）人。历仕北齐、北周。入隋，位至内史侍郎，加开府仪同三司。炀帝时，转潘州刺史，改司隶大夫。后得罪炀帝，下狱自缢死。他的诗与卢思道齐名，骈俪习气还很浓厚，但已有清新的趋势。有辑本《薛司隶集》。

昔昔盐[1]

垂柳覆金堤[2]，蘼芜叶复齐[3]。水溢芙蓉沼[4]，花飞桃李蹊[5]。采桑秦氏女[6]，织锦窦家妻[7]。关山别荡子，风月守空闺。恒敛千金笑，长垂双玉啼[8]。盘龙随镜隐[9]，彩凤逐帷低[10]。飞魂同夜鹊[11]，倦寝忆晨鸡。暗牖悬蛛网[12]，空梁落燕泥。前年过代北[13]，今岁往辽西。一去无消息，那能惜马蹄[14]？

1.“昔昔盐”，隋、唐乐府题名。明杨慎认为就是梁代乐府《夜夜曲》。本篇写闺怨。唐刘悚《隋唐嘉话》:“炀帝善属文而不欲人出其右，司隶薛道衡由是得罪。后因事诛之，曰:‘更能作“空梁落燕泥”语否？’”即指此诗。 2.“金堤”，即堤岸，“金”是形容堤的坚固。 3.“蘼芜”，一种野草，叶作羽状，夏开白花。 4.“沼”，池塘。 5.“桃李蹊”，桃李树下的路。汉代成语:“桃李不言，下自成蹊。” 6.“采桑”句：汉乐府《陌上桑》:“秦氏有好女，自名为罗敷。罗敷喜蚕桑，采桑城南隅。”这里用来表示思妇的美好。 7.“织锦”句:《晋书·列女传·窦滔妻苏氏传》:“窦滔妻苏氏……名蕙，字若兰，善属文。滔，苻坚时为秦州刺史，被徙流沙。苏氏思之，织锦为回文旋图诗以赠。”这里用来表示思妇的相思。 8.“双玉”，双玉箸，一双玉制的筷子，南朝诗文中常用来形容眼泪。 9.“盘龙”句：意思是说，思妇不愿梳妆，用不着镜子。“盘龙”，镜上的雕饰。 10.“彩凤”句：意思是说，思妇不整理闺房，帐帷老是垂挂着。“彩凤”，帐上的绣饰。11.“同夜鹊”，曹操《短歌行》:“月明星稀，乌鹊南飞，绕树三匝，何枝可依。”这里用来形容神魂不定。“飞魂”，唐赵嘏《昔昔盐》二十首中第十三首以本句为题，作“惊魂”。 12.“牖”，音 yǒu，窗洞。 13.“前年”二句：

意思是说丈夫征戍愈来愈远。“代”，隋代州治，今山西代县，当时的边区。“辽”，辽水，今辽宁境内辽河，当时在代州西北，已出塞外。　14.“惜马蹄”，反用东汉苏伯玉妻《盘中诗》“何惜马蹄归不数”的意思。

人日思归[1]

入春才七日，离家已二年。人归落雁后[2]，思发在花前。

1.“人日”，阴历正月初七。《隋唐嘉话》：“薛道衡聘陈，为《人日诗》云：‘入春才七日，离家已二年。’南人嗤之曰：‘是底言？谁谓此虏解作诗！’及云：‘人归落雁后，思发在花前。’乃喜曰：‘名下固无虚士。’”据此可知本诗当作于隋开皇五年（585）。　2.“落”，居。

无名氏

送 别[1]

杨柳青青著地垂，杨花漫漫搅天飞。柳条折尽花飞尽，借问行人归不归？

1. 崔琼《东虚记》说，此诗作于隋炀帝大业（605—617）末年。

隋代民谣

隋代的民谣，现存很少，散见于史书中，多是直接反映政治斗争的谣谚，富于现实性和斗争性。

绵州巴歌[1]

豆子山[2]，打瓦鼓[3]。扬平山[4]，撒白雨[5]。下白雨，取龙女[6]。织得绢[7]，二丈五。一半属罗江[8]，一半属玄武。

1.《绵州巴歌》，隋代民谣，歌咏瀑布的壮观。“绵州”，隋置，治所巴西县，今四川绵阳。“巴”即指巴西县。 2.“豆子山”，即豆图山，在绵州。 3.“瓦鼓”，陶制的鼓；古时以土烧制的器物都可称瓦器。“打瓦鼓”，形容瀑布的声音。 4.“扬平山”，未详。 5.“撒白雨”，形容瀑布的飞溅。 6.“取龙女”，由“雨”想起了“龙”，由“打鼓”想起了嫁娶。“取”，同“娶”。 7.“绢”，比喻瀑布本身。 8.“一半”二句：意思是说瀑布分流入罗江和玄武两处。“罗江”，今四川绵阳，境内有水名罗江。“玄武”，今四川中江。

挽舟者歌[1]

我兄征辽东[2]，饿死青山下[3]。今我挽龙舟，又困隋堤道[4]。方今天下饥，路粮无些小[5]。前去三千程[6]，此身安可保！寒骨枕荒沙，幽魂泣烟草。悲损门内妻，望断吾家老。安得义男儿，焚此无主尸[7]，引其孤魂回，负其白骨归！

1.《挽舟者歌》，一作《隋炀帝时挽舟者歌》，见于《炀帝海山记》。隋炀帝杨广曾三征高丽，三下江都（今江苏扬州），都给人民带来了极其深重的灾难。本诗便是隋炀帝大业十二年（616）第三次下江都时听见挽龙船的民夫唱这首歌。 2.“辽东”，隋辽东城，属辽西郡，今辽宁辽阳西北，是当时与高丽纷争之地。隋炀帝三征高丽在大业八、九、十年。 3.“青山”，隋属襄国郡青山县，在今河北内丘西南。《元和志》说青山“幽深险绝，为逋逃之薮”。大约是征辽东时途经青山。 4.“隋堤道”，《隋书·炀帝纪》载，大业元年（605）炀帝动员百万男女开永济渠，沿渠筑御道，栽柳树，西通河济，南连江淮，直达江都。这堤道便是隋堤，又叫汴堤。 5.“些小”，一点点。 6.“程”，里程。“三千程”，极言其远。 7.“无主尸”，与下文“孤魂”“白骨”，都是假定自己死后而言。

隋大业长白山谣[1]

长白山头知世郎，纯著红罗锦背裆[2]。横稍侵天半[3]，轮刀耀日光。上山食獐鹿，下山食牛羊。忽闻官军至，提刀向前荡[4]。譬如辽东豕[5]，斩头何所伤！

1.“大业”，隋炀帝年号，公元605年至617年。“长白山”，在山东邹平南。据《资治通鉴·隋纪》大业七年载，邹平人王薄在长白山聚众起义，自称“知世郎”，意思是世事可知者。他曾作《无向辽东浪死歌》，动员人民起义。本诗见于宋曾慥《类说》卷六引《河洛记》“知世郎条”，歌唱起义军的英勇无畏。 2.“纯著”，一色地穿着。“背裆”，背心，俗称马甲。 3.“矟”，音shuò，长矛，《释名·释兵》：“矛长丈八尺曰矟，马上所持。” 4.“荡”，冲击。 5.“辽东”，辽河之东，今辽宁东南部。“豕”一本作“死”，即指征辽东浪死。又汉朱浮《为幽州牧与彭宠书》中引用的一个故事说，从前辽东有头猪，生下白头小猪，主人以为异物，要进献朝廷，到了河东，看见很多猪都是白的，于是很惭愧地回去了。大概古时辽东猪是很次的品种，也可能这里是用来骂官军的，说杀了他们没有什么可伤心的。